LAUREN LAYNE

RECOMEÇOS — LIVRO I

Tradução
LÍGIA AZEVEDO

Copyright © 2014 by Lauren LeDonne

A Editora Paralela é uma divisão da Editora Schwarcz S.A.

Grafia atualizada segundo o Acordo Ortográfico da Língua Portuguesa de 1990, que entrou em vigor no Brasil em 2009.

TÍTULO ORIGINAL Broken
CAPA Marina Avila
FOTO DE CAPA svetikd/ iStock
PREPARAÇÃO Paula Carvalho
REVISÃO Érica Borges Correa e Renato Potenza Rodrigues

Dados Internacionais de Catalogação na Publicação (CIP)
(Câmara Brasileira do Livro, SP, Brasil)

Layne, Lauren
   Em pedaços / Lauren Layne ; tradução Lígia Azevedo. — 1ª ed. — São Paulo : Paralela, 2018.

   Título original: Broken.
   ISBN 978-85-8439-117-2

   1. Ficção norte-americana I. Título. II. Série.

18-14796   CDD-813

Índice para catálogo sistemático:
1. Ficção : Literatura norte-americana   813

1ª reimpressão

[2021]
Todos os direitos desta edição reservados à
EDITORA SCHWARCZ S.A.
Rua Bandeira Paulista, 702, cj. 32
04532-002 — São Paulo — SP
Telefone: (11) 3707-3500
www.editoraparalela.com.br
atendimentoaoleitor@editoraparalela.com.br
facebook.com/editoraparalela
instagram.com/editoraparalela
twitter.com/editoraparalela

Para Nic, por saber que eu devia escrever este livro.

1

OLIVIA

Só em Manhattan alguém daria uma festa para comemorar o fato de sua filha ter largado a faculdade. E só no Upper East Side as pessoas realmente compareceriam.

Para ser honesta, os convites não deixavam *clara* a parte da desistência. Seria deselegante. Afinal de contas, estamos em Nova York. As pessoas seguem um determinado estilo de vida. Pelo menos na frente dos outros.

Os convites, que custavam doze dólares cada, propagandeavam a coisa toda como a "festa de despedida de Olivia Elizabeth Middleton".

E eles queriam mesmo celebrar a partida dela.

O destino? Bar Harbor, Maine.

O motivo? Trabalho humanitário.

Bom... não é *bem* isso. Pelo menos eles acertaram o lugar, ainda que até isso seja meio ridículo. Não é exatamente Ruanda, Haiti ou qualquer outro local onde Olivia Elizabeth Middleton pretendia ir *a princípio*, em sua tentativa de salvar o mundo. Mas, quando seus pais conhecem alguém que conhece alguém que conhece *todo mundo*, você acaba se comprometendo com pessoas que precisam de ajuda e que estão mais próximas da sua casa. No caso, Bar Harbor, Maine.

E essa história toda de trabalho humanitário? A maior bobagem. Sei disso muito bem.

Porque *eu sou* Olivia Elizabeth Middleton. Larguei a New York University e logo estarei morando no meio do nada.

E preciso dizer que a razão de eu ter deixado a faculdade não tem *nada* a ver com caridade. Não sou tão boazinha assim. Não mesmo. Com certeza não mereço a porcaria de uma festa pelas coisas que fiz.

Mas sou uma Middleton. *Sempre* damos festas. Já fico feliz de ter convencido minha mãe a não encomendar uma escultura de gelo da madre Teresa de Calcutá.

Queria que tudo isso fosse uma piada.

Mas aqui estou, com um vestido Versace novinho, tentando fazer todo mundo acreditar que fui mordida pelo bichinho da filantropia bem a tempo de largar a faculdade no último ano.

O mais deprimente é que todo mundo parece realmente disposto a acreditar nessa história. *Muito bem, Liv! Temos muito orgulho de você. Bonita por dentro e por fora!*

Argh.

Pelo menos minha melhor amiga não parece acreditar. "Liv, você não está falando sério, né? Quer dizer, onde vai arranjar um lugar para fazer suas luzes?"

Uma parte de mim, escondida lá no fundo, quer bater na minha amiga mais antiga por ser tão superficial. Mas a outra parte — aquela com que estou mais familiarizada — só quer pegá-la pelos ombros e sacudi-la enquanto digo "*Eu sei!!*". Porque essa é a verdade: passei muito tempo pensando em como manter meu cabelo nesse tom de mel enquanto estiver no Maine. Não queria que ele voltasse à sua cor natural de *lama*.

Bella Cullinane e eu vamos ao mesmo cabeleireiro desde que nossas mães decidiram que era hora de aprender a diferença entre luzes e trevas. Tínhamos treze anos. Àquela altura nós duas já éramos inseparáveis. Ao longo dos doze anos que frequentamos a escola particular, ela foi a morena bonitinha que fazia dupla com a loira elegante aqui. Bella me introduziu na arte de subir na medida certa a barra da saia sem graça do uniforme: só o bastante para chamar a atenção sem ser óbvio demais. Em troca, dei cobertura a ela quando deixou Todd Akin tirar seu vestido de festa lavanda na noite da formatura. Assim que ela foi para Fordham e eu para a NYU, fizemos um pacto de nos vermos pelo menos algumas vezes por mês. Até agora cumprimos o prometido.

Desde que contei para ela essa história de ir para o Maine, dois meses atrás, Bella me garantiu que, independentemente de qualquer coisa, será sempre minha melhor amiga (a parte do "independentemente de qualquer coisa" se refere, é claro, ao fato nada irrelevante de que, depois de três anos estudando, não vou conseguir o diploma de administração porque vou sair antes de completar o último ano da faculdade).

Mas, lá no fundo, nós duas sabemos que as coisas mudaram. Telefonemas não são a mesma coisa que tomar vinho juntas às quartas. E mesmo quando a gente *de fato* se encontrar, não vamos ter mais nada em comum. Bella vai estar se matando de estudar para as provas de admissão no curso de direito, de modo que possa escolher com todo cuidado para onde vai, enquanto eu levarei um veterano de guerra à fisioterapia, tentando convencê-lo a tomar sua sopa de ervilha, ou o que quer que ele coma.

"Vou voltar para o feriado de Ação de Graças", respondo, diante do medo de Bella sobre o destino do meu cabelo. "Posso marcar um horário aqui."

Ela contrai os lábios brilhantes em reprovação e toma só um golinho de champanhe Taittinger, porque bebida é carboidrato, e Bella vive com medo de que seu corpo violão fique cheio de gordurinhas antes de caminhar até o altar em um vestido de noiva tamanho trinta e seis.

"Três meses", ela diz, dando uma rápida inspecionada no meu cabelo. "As pontas *talvez* sobrevivam se você não passar chapinha no cabelo, mas as raízes... afe."

"Acho que posso usar uma sacola na cabeça", sugiro, enquanto tomo um gole de champanhe maior que o de Bella — diferente da minha amiga cheia de curvas, sou mais para esbelta (leia-se: tábua), e se a genética prevalecer, minha magreza provavelmente dure mais que os meus dentes.

Poder beber nas inúmeras reuniões sociais dos meus pais deve ser a única coisa boa de ficar mais velha. Acho que esse é um dos motivos pelo qual, por lei, só é permitido beber depois dos vinte e um. É como se lá atrás alguém muito esperto soubesse que, a partir de um determinado momento da vida, o álcool seria bastante útil. Tenho quase vinte e dois, e Deus sabe que precisei de um drinque uma vez ou outra. Principalmente no ano passado.

Sinto um perfume adocicado um segundo antes de alguém abraçar minha cintura.

"Você nunca vai adivinhar quem teve a cara de pau de aparecer", minha amiga Andrea murmura no meu ouvido. "E com *ela*."

Bella e Andrea arregalam os olhos de forma apreensiva. É o que todo mundo faz quando Ethan Price e eu estamos no mesmo recinto. Antes que eu perceba, estou rodeada por outras quatro amigas, todas quase idênticas, em vestidos de festa coloridos e sapatos de salto alto de designers famosos.

Não preciso me virar para saber que a garota que preocupa tanto Andrea não estará vestida como minhas amigas. A nova namorada de Ethan tem um estilo próprio que as pessoas mais educadas consideram "único", enquanto os esnobes chamam de "esquisito". No meu círculo social, não há nada pior do que ser "esquisito".

"O que é isso que ela está usando?", Sarah pergunta um tanto agressiva.

Não é segredo nenhum que minhas amigas são do tipo esnobe, com exceção de Bella, na maior parte das vezes. Sarah é a pior de todas, e não é a primeira vez que me pergunto por que continuo fingindo que somos amigas.

Sabendo que vão continuar a me rodear como uma matilha de cães de caça glamorosos até que eu preste atenção nos recém-chegados, dou uma espiada por cima do ombro e noto Ethan e Stephanie conversando com um amigo da família.

Sinto um leve aperto no coração ao vê-lo. De calça cinza, camisa branca impecável e uma gravata Burberry, ele está tão elegante e lindo como nunca. Seu cabelo loiro-escuro e seus ombros largos combinam mais com Hollywood do que com o mundo dos negócios, mas ele tem a inteligência e o charme para não se afogar em meio aos tubarões de Manhattan.

Daí olho para *ela*.

Pelo escárnio estampado no rosto das minhas amigas, esperava que Stephanie estivesse usando um *jeans* rasgado, um macacão colado de oncinha ou qualquer coisa do tipo, mas a verdade é que ela até que está estilosa. A maquiagem de tons escuros nos olhos complementa perfeitamente seus grandes olhos azuis, e o vestido tomara que caia cinza seria bastante sem graça se não fosse pelo cinto laranja berrante que envolvia sua cintura fina. Stephanie complementou o look com botas de montaria gastas, o que, embora esteja fora dos padrões do Upper East Side, dá a impressão de ser uma garota que está confortável na sua própria pele.

É claro que ela está confortável. Está de braço dado com o cara com quem você achou que ia casar.

Afasto logo esse pensamento desagradável. Demorei meses para aceitar que Ethan não vai voltar. Fui eu quem insistiu para que ele e a namorada fossem convidados para a festa. Os pais de Ethan e os meus são amigos desde que tínhamos parado de usar fraldas. Não vou deixar algo tão insignificante quanto *traição* estragar isso.

"Você está bem?", Bella pergunta, baixinho.

Desvio o olhar de Ethan e Stephanie. "Claro. Só preciso de um minuto." Entrego minha taça de champanhe para ela. "E não deixe que elas ataquem a Stephanie", murmuro antes de sair.

Mas fugir não é tão simples. Sou parada pelo menos cinco vezes por pessoas bem-intencionadas me dizendo que sempre souberam que eu tinha um coração bom.

Rá.

Finalmente consigo me servir de um copo de chá gelado de framboesa para rebater a dor de cabeça iminente e me dirijo às escadas para me trancar no meu quarto, onde quero ficar por um tempinho.

Só que, antes que eu pudesse escapar, minha mãe me segura pelo braço. "Aonde você está indo?"

Aponto para meus sapatos Jimmy Choo de seiscentos dólares. "Bolhas. Só vou colocar um band-aid."

Ela estreita os olhos verdes — que todo mundo sempre diz que são idênticos aos meus —, mas solta meu braço. "Todo mundo está orgulhoso de você", minha mãe diz, parecendo ao mesmo tempo aliviada e encantada. "Holly Sherwitz disse que não ficaria surpresa se você ganhasse o Nobel da paz algum dia."

Por dentro, estou ultrajada diante de tanta bobagem, mas os anos de treinamento em etiqueta social me fazem apenas levantar as sobrancelhas. "Espero que tenha dito a ela como isso é absurdo."

Minha mãe sorri. "Não é absurdo. O que você está fazendo é admirável. Mudar para o meio do nada para ajudar um veterano inválido."

"Só que não é o meio do nada. Graças à interferência dos meus pais, vou ficar a uma hora de avião daqui."

Minha mãe nem se dá ao trabalho de parecer culpada. "Olivia, você não duraria um dia em El Salvador ou onde quer que fosse construindo casas. Há muitas pessoas neste país precisando de ajuda. Estamos muito orgulhosos de você."

Eu a encaro. "Sei. Foi por isso que quando contei o que ia fazer, vocês não falaram comigo por uma semana?"

"Ficamos chocados", minha mãe comenta, sem se abalar. "Seu pai e eu não tínhamos ideia de que você não estava feliz na faculdade, e é claro que sempre imaginamos que iria assumir a empresa..."

É em momentos como esse que eu gostaria que a família dos meus pais tivesse herdado muito dinheiro por várias gerações. Meus amigos são todos cheios da grana, mas o dinheiro deles data do século XIX, da construção das estradas de ferro ou de alguma indústria antiga que agora se retroalimenta. Não é o meu caso.

Meu avô sofria da síndrome do sonho americano e mudou seu destino de homem de classe média do Meio-Oeste ao criar uma agência de publicidade altamente respeitada. Meu pai manteve o sucesso do negócio montado pelo meu avô, e todo mundo espera que a empresa continue na família.

Só que sou filha única. *Nenhuma pressão* aí.

"Talvez eu ainda assuma, mãe. Só preciso me afastar disso tudo, sabe? Só saio de Manhattan para ir aos Hamptons no verão ou a Saint-Tropez em janeiro. Foi você que sempre disse que não quer que eu seja como essas garotas...".

Minha mãe balança a cabeça para me interromper. "Eu sei. Acredite em mim, por mais que participe desse joguinho da alta sociedade de Nova York, quero que você saiba que tem um mundo lá fora, Olivia. Mas tem certeza de que não quer ficar um pouco mais perto de casa? Tem um lugar no Queens que..."

"Já me comprometi, mãe", digo, com delicadeza. "O sr. Langdon já me mandou um cheque para cobrir as despesas da viagem, e estão esperando que eu chegue na próxima sexta."

Ela suspira. "Será que um homem adulto não consegue cuidar de si mesmo? Tem algo esquisito no pai dele ter que cuidar de tudo."

"Foram vocês que me colocaram em contato com os Langdon. Eles são pessoas sérias. E Paul é inválido. Se ele pudesse cuidar de si próprio, provavelmente não precisaria de ajuda." Digo isso com a maior paciência. É uma indicação clara de como o mundo da minha mãe é pequeno, apesar de suas boas intenções. Ela não conhece ninguém que foi à guerra, muito menos alguém que tenha sido ferido nela.

Não que *eu* conheça alguém assim, claro. A Park Avenue não está exatamente cheia de membros das Forças Armadas.

"Bom", minha mãe suspira, tirando meus cabelos compridos dos ombros com carinho, "sorte dele ter uma garota tão linda como você para ajudar."

Abro um sorriso cansado. Estou ouvindo isso a noite toda, o que me deixa um tanto irritada. Não só porque é condescendente com o coitado do cara de quem vou cuidar, mas porque também me transforma numa fofa, quase uma santa.

Só outras duas pessoas nesta casa sabem a verdade sobre mim. E minha mãe não é uma delas.

"Bom, volte logo", ela diz. "Os Austen disseram que ainda não tiveram chance de falar com você."

Provavelmente porque eu os evitei. Annamarie Austen é o tipo de fofoqueira antipática que tenho evitado a todo custo nos últimos meses, e Jeff Austen só fica olhando pros meus peitos.

"Pode deixar", garanto, antes de subir as escadas para pegar o band--aid imaginário. Meus pés estão mais do que acostumados aos saltos para que eu tenha bolhas. Só quero cinco minutos pra mim — *preciso* disso. É uma chance de ficar longe dessa puxação de saco descabida e da pressão esmagadora que sinto no meu peito sempre que olho para Ethan.

Mas meu quarto não é o santuário calmo que achei que seria. Longe disso.

Eu dou um pulo, mas uma parte de mim não se surpreende ao vê--lo aqui. *Ele*, o *iceberg* que destruiu o curso da minha vida. É até apropriado que esteja aqui para me ver afundando.

Agora há *três* pessoas nesta casa que sabem a verdade sobre mim.

"Michael", digo, mantendo a calma em tom educado. Sempre sou educada.

"Liv."

Michael St. Claire é um desses caras agradáveis e bonitões que atraem amigos e garotas como um ímã. Ele mantém o corte perfeito do cabelo castanho em um salão que é quase tão caro quanto o meu, e sua pele levemente dourada é um presente dos genes italianos do lado da mãe. Sempre foi um dos meus melhores amigos.

Os Middleton, os St. Claire e os Price formam um grupo exclusivo no topo da pirâmide social nova-iorquina há mais de vinte anos. Minha mãe e a mãe de Michael eram melhores amigas desde a faculdade, e conheceram a mãe de Ethan no primeiro dia de aula dos filhos na educação infantil.

A partir de então, os jantares esporádicos começaram, e quando eu tinha oito anos já passávamos mais feriados com os St. Claire e os Price que com os meus avós.

A amizade dos nossos pais garantiu que Ethan, Michael e eu fôssemos para a mesma escola, mas, quando chegou na época da faculdade, já estávamos tão próximos que a inscrição conjunta na NYU foi nossa escolha. Daquele modo, poderíamos continuar próximos uns dos outros e ficar perto de casa.

Mas agora...

Agora só a ideia de nós três estarmos na mesma casa é quase insuportável.

"O que está fazendo aqui?"

Michael deixa de lado o porta-retratos com uma foto de nós três no barco dos pais de Ethan, que foi tirada no verão depois do primeiro ano da faculdade. "O que acha? Vim perguntar que porra é essa."

Recorro à vaidade e retoco o batom para não precisar encará-lo. "Você deve ter visto no convite. Vou passar alguns meses fora, trabalhando como voluntária."

Ele se aproxima de mim, com seus olhos dourados demonstrando ceticismo e interesse, como se tivesse o direito de estar preocupado comigo.

"Você vai fugir", Michael diz, baixinho.

Viro para ele, cruzando os braços e desistindo da estratégia da vaidade. "Claro. Você não gostaria de fazer o mesmo?"

"Não", ele diz, com a voz mais dura e raivosa. "Não quero enfiar o rabo entre as pernas e sair correndo só para não ter que lidar com as coisas."

"E qual é o seu plano então? Vai continuar fingindo que nada mudou? Até meu pai sabe que tem alguma coisa estranha, e ele nem é lá muito observador."

"Não precisamos esconder o que aconteceu, Liv."

"*Nada* aconteceu."

Seu rosto mostra como foi dolorido ouvir esse comentário. A parte de mim que costumava ser amiga dele quer abraçá-lo para que a dor passe. Mas não somos mais amigos. E nosso último abraço... Não posso pensar nisso. Não com uma centena de pessoas lá embaixo.

"Você precisa ir", digo.

"Então, é assim que vai ser? *Eu* vou ser chutado do grupo? Decidiram que sou o vilão?"

Quero gritar que ele é o vilão. Quero jogar toda a culpa em Michael. Mas, no fundo, sei que não posso.

"Só não quero ficar no mesmo quarto que você", falo entre os dentes cerrados. "Não deu muito certo da última vez."

Michael chega ainda mais perto, inclinando-se e deixando o rosto a centímetros do meu. "É? Porque eu acho que deu *supercerto*."

Fecho os olhos para afastar essa imagem mental. Quando isso não funciona, eu o empurro para longe. A proximidade dele traz de volta as memórias que levaram ao meu exílio autoimposto.

O empurrão só é forte o bastante para assustá-lo. Seus olhos se voltam para mim, ao mesmo tempo que a expressão do seu rosto endurece.

Michael se afasta com um ar de nojo. "Sei do que realmente se trata essa bobagem de ir para o Maine, Olivia. Você não vai conseguir o que está procurando."

Sinto um vazio no estômago. "Você não sabe de nada", revido.

"Sei que quer perdão", ele diz, virando-se para mim. "Eu também. Mas não vai encontrar isso em Bar Harbor. Me procura quando se der conta disso."

Nós nos encaramos por alguns segundos, e por um momento acho que o que sinto pode ser desejo, mas lá no fundo sei que é apenas arrependimento. Nunca vou poder dar a Michael o que ele acha que quer.

Mas, independentemente de sermos ou não certos um para o outro, Michael me conhece. Sabe que a razão pela qual estou saindo de Nova

York não tem nada a ver com bondade e tudo a ver com o fato de eu me sentir deplorável.

Para mim, cuidar de um veterano de guerra não é filantropia.

É uma forma de penitência.

2

PAUL

Quem acha que onze e catorze da manhã é cedo demais para começar a beber nunca conheceu meu pai.

E quem acha que *qualquer* hora do dia é cedo demais para beber não *me* conheceu.

"Pretende adicionar 'alcoólatra' ao currículo?", meu pai me pergunta, olhando com desdém para o copo de bourbon na minha mão.

Largado na poltrona de couro, só chacoalho o gelo no copo. Dá trabalho manter a postura "não tô nem aí", mas aprendi que é uma necessidade quando se trata do meu pai. Se ele visse quem eu realmente sou — a versão que está sempre prestes a socar alguma coisa —, iria me internar. "Relaxa." Abro um sorriso de escárnio. "Pelo menos tem gelo aqui. Quando eu começar a tomar puro, aí teremos um problema."

A expressão dele nem vacila. Por que deveria? Está no modo "desaprovação" desde o dia em que eu contei que ia me alistar como fuzileiro naval, em vez de me tornar funcionário na empresa dele.

Se prefere ficar com areia no rabo e explodir a cabeça no lugar de assumir suas responsabilidades, vá em frente. Mas não pense que vou agir como se você tivesse sido um herói quando seu corpo gelado for enviado de volta para casa em um caixão.

Esse é o meu pai. Sempre a um passo de me chamar para jogar beisebol ou ir pescar. Quando não está me incentivando a seguir meus sonhos, claro.

Fico um pouco satisfeito de saber que ele não estava totalmente certo. A parte da areia no meu rabo realmente aconteceu. Mas ninguém explodiu minha cabeça.

Foi minha perna.

Bom, talvez eu esteja sendo meio melodramático. Ainda tenho minha perna. Mas, pela utilidade que tem agora, poderia muito bem ter sido destroçada. Como tudo o mais na minha vida.

A raiva ameaça me sufocar. Faz dois anos que voltei do Afeganistão, e ela não diminui. Talvez tenha até aumentado.

Mas tenho amanhã e todos os dias que virão para ficar com pena de mim mesmo. Agora foco minha atenção em descobrir qual é o jogo do meu pai no momento. Não é todo dia que o ilustre Harry Langdon vem até Bar Harbor visitar o único filho.

Se aprendi alguma coisa nos últimos dois anos além de como ser eu mesmo, foi a adivinhar com precisão o real sentido dessas visitinhas.

Nada de aviso prévio. *Confere.*

Nem um cumprimento além de uma olhadela para minha perna esquerda pra ver se não voltou magicamente a ser digna de um *quarterback* — o que nunca acontece, claro. *Confere.*

Nem uma espiada na minha cara. *Confere.*

Comentários passivo-agressivos sobre o quanto eu bebo. *Confere.*

O que nos leva ao próximo item da lista...

"Beth me ligou", ele comenta. "Disse que a última não durou nem duas semanas."

Ah. Então esse é o motivo.

Balanço a cabeça, pesaroso, e encaro o bourbon. "Pobre Beth. Deve ser duro para ela descobrir que seus escravinhos não têm o que é preciso para sobreviver na selva."

"Não é..." Meu pai perde o controle e soca a mesa antiga de madeira, irritado. Ele não grita. Harry Langdon nunca grita. "Não é a *selva*, pelo amor de Deus. É um château de nove quartos com duas casas para hóspedes, uma academia e um estábulo."

Sinto o tom de censura em sua voz. De alguma forma, eu entendo. Do ponto de vista dele, sou um menino mimado. Mas é mais fácil que ele me veja assim do que deixá-lo descobrir a verdade... E a verdade é que eu nem ligaria se tudo pegasse fogo. E torceria para queimar junto.

Porque se meu pai descobrir como estou morto por dentro, não vai se contentar em contratar cuidadores para manter as aparências. Vai me internar em algum hospício onde os copos são de papel e os talheres são de plástico.

Minha expressão-padrão de escárnio surge em meu rosto. "Bom", digo, levantando preguiçosamente e mancando até o aparador para pegar mais bourbon, "talvez essa Gretchen — ou era Gwendolyn? — não gostasse de cavalos. Além disso, ela ia assustar os cavalos, pois soava como uma hiena."

"Não foram os cavalos que a assustaram", meu pai reage, socando a mesa ainda mais forte dessa vez. "Foi *você*. *Você* a assustou, como assustou os sete que vieram antes."

Oito, na verdade. Mas não vou corrigi-lo. Não quando está no modo sermão hipócrita.

"E quantos vão bastar, Harry?", pergunto, colocando mais gelo no copo, encostando o quadril no aparador e me virando para encará-lo.

"Não me chame assim. Sou seu pai. Tenha respeito."

"Sr. Langdon", digo, fazendo uma leve reverência. "Quantos?", repito. "Quantas babás vão ter que vir até aqui só para sumir assim que descobrirem que não preciso de ninguém que limpe minha baba ou leia para mim até que eu durma?"

"Droga, Paul..."

"Dez?", continuo. "Quinze? Você pode continuar trazendo-os pra cá, mas eventualmente a oferta de cuidadores vai acabar, não acha?"

Ele continua apertando o punho contra a mesa, agora sem me encarar. Está olhando pela janela, onde o porto pode ser vislumbrado através das árvores, sob a luz do fim da manhã.

Deve ser uma bela paisagem, mas prefiro o fim da tarde, quando o sol está se pondo. Principalmente porque significa que o dia acabou. Pelo menos até que venha um novo dia. E ele sempre vem. Não importa o quanto eu torça para isso não acontecer.

"Contrato essas pessoas para *ajudar* você", meu pai diz, dessa vez batendo na mesa com a mão aberta.

Tomo um gole maior de uísque e deixo que o líquido queime minha garganta. A merda é que eu acho que meu pai realmente acredita que está ajudando. Ele acredita que ter alguém perfumada demais fazendo as vezes de enfermeira pela casa de alguma forma vai apagar tudo o que aconteceu. Só não sei como fazer com que ele entenda que algumas coisas não podem ser consertadas ou apagadas. Minha perna, por exemplo. E meu rosto.

Além de, claro, todas as coisas fodidas que se passaram na minha cabeça enquanto eu estava numa caixa de areia esquecida por Deus do outro lado do mundo.

"Pai", afirmo, com a voz um pouco áspera, "eu estou bem."

Seus olhos azuis, do mesmo tom claro dos meus, me perfuram. Era isso o que eu via quando ainda me olhava no espelho.

"Você não está bem, Paul", ele retruca. "Mal consegue andar. Não sai dessa casa a não ser forçado. Só lê e fica aí deprimido..."

"Prefiro 'pensativo'. É mais ativo."

"Para de fazer graça! Você perdeu esse direito depois de..."

"Depois do quê?" Eu me endireito, tomando o cuidado de colocar todo o peso na perna direita, para não ficar torto. Ou pior, para não cambalear. "Em que ponto perdi o direito de ser engraçadinho? Depois disso?" Aponto para a perna. "Não, não foi. Então deve ter sido depois *disso*." Aponto para o rosto e fico estranhamente satisfeito quando meu pai desvia o olhar.

"Não se trata da sua perna ou do seu rosto", ele diz, bruscamente. "É a forma *como* você lida com isso. Você sabe."

Sei mesmo.

Só que não acredito nem por um segundo que o fato de um desconhecido vir aqui para tentar me convencer a ir à academia ou a fazer fisioterapia e ficar me perguntando a cada cinco minutos se eu comi vai consertar alguma coisa.

"Já tenho a Lindy", resmungo.

"Ela cuida da casa. Está aqui para lavar os lençóis e se certificar de que os copos em que você passa o dia todo bebendo estão limpos. Ela não está para garantir que você não faça nenhuma idiotice. E, antes que diga qualquer coisa, tampouco cabe a Mick fazer isso. Ele é o motorista."

"E isso o mantém bastante ocupado, já que você vem uma vez a cada dois meses."

"Ele não é *meu* motorista. É seu."

Volto para a poltrona de couro, cansado demais para tentar esconder que manco. "Bom, então pode se livrar dele. Não tenho lugar nenhum para onde ir. Eu poderia estar fazendo coisas bem piores que ficar longe do seu caminho, sabia? Quer mesmo que seus colegas e amigos do clube me vejam?"

"Foi você que se exilou aqui. Não eu."

"Exatamente! Então para de obrigar toda babá e enfermeira de Boston a vir tomar conta de mim."

"Está certo", ele afirma, assentindo uma única vez.

Abro a boca para retrucar antes de entender o que meu pai tinha dito. "Espera. Sério? Cansou de tentar..."

Ele levanta o dedo e seus olhos se endurecem. Só aí me dou conta de que não estou mais lidando com Harry Langdon, meu pai, mas sim com Harry Langdon, o magnata do ramo hoteleiro. O homem que a *Forbes* descreveu como impiedoso e implacável.

Meu pai tinha quarenta e sete anos quando nasci, ou seja, estava no meio dos sessenta quando eu estava no ensino médio. Mas ninguém achava que ele era meu avô. Em parte, porque todo mundo o conhecia e por isso sabia que ele tinha casado com uma mulher vinte e dois anos mais nova, tivera um filho e se divorciara antes que eu tivesse tirado a fralda. Mesmo assim, nunca poderia ser meu avô porque ele não parecia velho. Sempre teve a energia e a força de um homem com metade da sua idade.

No entanto, nos últimos anos, a idade começou a pesar nos ombros encurvados, na papada sob o queixo, nas rugas ao redor dos olhos. Mas o homem dentro do corpo em decadência não perdeu seu vigor. Dá para ver isso em sua boca comprimida e no gelo em seus olhos.

Por instinto, me preparo para o que está por vir. Já tem um tempo que estamos nesse jogo. Ele manda um cuidador chato para tomar conta de mim; eu reclamo, xingo e atiro coisas nele até que vá embora. E a história sempre se repete.

Da primeira vez, recebi um e-mail enfurecido dele. A segunda rendeu uma conversa telefônica. Na quarta, meu pai de fato *veio*, me deu uma bronca e foi embora.

Então o quinto cuidador apareceu — dessa vez, um homem —, e eu me livrei dele. Daí, recebi um e-mail *e* um telefonema.

E foi por aí. Não passa de um jogo ridículo, para que ele possa fingir que se importa comigo.

Dessa vez, no entanto, sinto que as regras vão mudar, e me preparo. Levou vinte e quatro anos, mas finalmente comecei a entender meu pai. Meu instinto me diz que está prestes a mudar de tática.

Tomo outro gole do bourbon — um belo gole — e me afundo na poltrona, mostrando para ele que, não importa o que venha, nada vai mudar. Nada *pode* mudar.

"É sua última chance", ele declara.

Bufo, sem nem me dar ao trabalho de disfarçar. Esperava mais dele. "Não foi o que disse da última vez? E na anterior?"

Ele pega a bebida da minha mão. Não esperava que um homem de setenta e um anos fosse tão rápido assim. Eu o encaro, surpreso. O líquido cai em sua mão e no tapete, mas meu pai nem parece perceber isso, porque está ocupado demais me odiando.

Fique à vontade. Eu também me odeio.

"Estou falando sério, Paul. É sua última chance de mostrar pra mim que tem algum desejo de continuar vivendo. Que tem vontade de recuperar sua agilidade, se adaptar diante das mudanças físicas. Entendo por que no começo quis se esconder, mas já se passaram mais de dois anos. Chega. Você tem seis meses pra se recompor."

"Ou?", pergunto, me levantando — amo o fato de que, apesar do ferimento na perna, continuo alguns centímetros mais alto que ele.

"Ou você está fora."

Pisco. "O que você quer dizer com isso?"

"Vai ter que sair desta casa."

"Mas é aqui que eu moro", explico, sem entender aonde ele quer chegar.

"É? Você pagou alguma quantia para manter este lugar? Comprou as coisas que estão aqui? Construiu a academia exatamente como o fisioterapeuta mandou? Ou será que fui eu?"

O sarcasmo do meu pai me faz ranger os dentes. Foi ele quem deu a ideia para que eu me mudasse para uma casa luxuosa que não me pertencia — o que mostra como ele não me conhece. Se meu pai acha que me expulsar dessa mansão aconchegante tem algum significado pra mim, está totalmente errado.

Ele me olha com uma certa expectativa, como se pensasse que vou obedecê-lo só para poder ficar vivendo em meio à riqueza, bebendo coisas caras.

Sinto uma leve onda de satisfação porque estou prestes a desapontá-lo.

"Tá", digo, soando deliberadamente tranquilo. "Vou embora."

Ele pisca os olhos, surpreso. "Pra onde?"

"Vou dar um jeito."

E vou mesmo. Sei que não tenho muito dinheiro, mas com a pensão por invalidez e minhas pequenas economias, posso alugar uma casinha em algum lugar.

Ele estreita os olhos. "E comida? Roupas? Coisas assim?"

Dou de ombros. "Não preciso dessa merda gourmet ou de roupas de marca."

Meus olhos se voltam para o bourbon de alto nível no aparador, mas não sinto nem um pouco de arrependimento por saber que logo isso não vai caber no meu orçamento. Só quero ficar amortecido, não ligo para o gosto. Bebida barata vai ter o mesmo efeito.

"E seus preciosos livros?", ele desdenha. "Todas aquelas primeiras edições de que tanto se orgulha?"

Viro-me para a estante. Meu pai sabe que acabou de atingir meu calcanhar de aquiles com a ponta do seu sapato fino.

Ele é ridiculamente rico, e a mesada que me manda todo mês é ridiculamente generosa. Não gasto nem um centavo comigo, a não ser pelos livros. Depois do que aconteceu comigo, acredito que ganhei o direito de ficar sentado e deprimido, lendo meus livros caros.

Mas a ideia de perder minha coleção não é o que faz meu coração acelerar. Não preciso dos livros. Mas *preciso* do dinheiro do meu pai, pelo menos até completar vinte e cinco anos, quando poderei receber o que foi investido pela minha mãe em um fundo fiduciário.

Pensar que meu pai acha que gasto tudo em livros e video games me deixa incomodado. Eu adoraria falar pra ele onde poderia enfiar esses cheques.

Mas o dinheiro não é pra mim.

Então, continuo recebendo a mesada. Mesmo que me torne apenas um vagabundo aleijado aos olhos dele.

"O que você quer?", pergunto bruscamente, me recusando a encará-lo. É covardia, mas sou muito bom nisso.

Ele solta o ar devagar. "Quero que *tente*, Paul. Quero que pelo menos tente voltar ao mundo dos vivos."

Eu o corto: "Estou falando da próxima enfermeira que você mandar. O que preciso fazer para que seu filho patético não se torne mais um veterano sem-teto?".

A palavra "veterano" paira entre nós, e, por um segundo, acho que ele pode ceder, porque se meu calcanhar de aquiles é depender dele, o calcanhar de aquiles *dele* é o sacrifício que eu fiz por este país.

Mas a teimosia do homem só aumentou com a idade. Em vez de recuar, ele se volta para a mesa, derrubando o copo de bourbon. O líquido escorre e molha a madeira. É um gesto descuidado, o que não é característico dele.

"Seis meses", meu pai sentencia. "Coopere com a moça por seis meses. Faça o que ela te pedir. Se disser para ir à academia, vá à academia. Se disser para comer a porra dos brócolis, coma a porra dos brócolis. Se quiser que use um smoking no jantar, use. Vou falar com ela todo domingo, e se você lançar só um olhar esquisito para ela, tiro tudo de você."

"Em resumo", digo, apertando o maxilar, "se eu me comportar mal, estou na rua?"

Ele fecha os olhos por meio segundo. "Estou dizendo que vai ficar por sua conta. Se quer desistir da sua vida, use seu próprio dinheiro para fazer isso."

Sinto um aperto no peito. Por um segundo acho que é raiva e tenho vontade de socar meu pai por não me entender. Ele já viu o rosto perplexo de um garotinho ao se dar conta de que sua mãe está no meio de uma explosão? Ou um cachorro magrelo perder a perna por causa de uma bomba caseira? Já foi ameaçado por alguém com uma faca ou viu corpos tão mutilados que nem as mães conseguiam reconhecer seus próprios filhos?

Rosno e afasto os pensamentos. Todos eles.

Isso não é sobre mim. É sobre meu pai. E com certeza não é sobre uma cuidadora idiota e inútil que acha que pode consertar meu mundo inteiro se eu tomar canja no jantar.

Isso é sobre uma mulher que perdeu o homem que amava desde a escola. É sobre uma menininha com câncer e sem pai. Quando se trata de ter má sorte na vida...

Não preciso do dinheiro do meu pai.

Mas a família de Alex precisa.

"Então, se eu me comportar direitinho nos próximos seis meses os cheques vão continuar vindo?"

Ele me encara, e pela primeira vez não parece bravo ou enojado. Só parece triste. "Isso. Os cheques vão continuar vindo."

Inspiro fundo. É uma situação de merda, e pela milésima vez queimo os neurônios tentando pensar em uma maneira de ajudar os Skinner sem o dinheiro do meu pai. Se fosse só uma questão de colocar comida na mesa e presentes embaixo da árvore no Natal, talvez bastasse um empreguinho mal pago que um veterano de guerra pudesse arranjar.

Mas o tratamento de Lily é caro. E Harry Langdon pode pagar por ele.

"Três meses", digo. "Faço o joguinho idiota dessa mulher por três meses, não seis."

Seus olhos continuam parados fixamente sobre os meus por alguns segundos, enquanto avaliamos a decisão um do outro. Para minha surpresa, venço, porque ele aceita. "Três meses."

E então, como se tudo estivesse ajeitado e ele não se importasse em ter acabado com a vida patética que eu levo, meu pai vai para a porta. "Mick vai me levar ao aeroporto. A gente se vê..."

As palavras morrem. Apoio as duas mãos na mesa, olhando para a poça de bourbon. "É. A gente se vê."

Meu pai para na porta, e eu viro para ele.

"Ei", falo, antes que ele desapareça por mais um mês, ou três meses, ou até que a culpa o obrigue a vir me visitar. "Essa mulher que vem amanhã... E se eu fizer meu melhor para cooperar, mas, como os outros, ela não der conta... do Maine?"

Ambos sabemos que não estou falando do Maine. O problema é que é preciso mais que um cheque polpudo para esperar que alguém passe os dias olhando para minha cara devastada e aguentando meu temperamento ruim. O problema não é o Maine. Sou eu.

25

"E se ela for embora antes que os três meses acabem?", insisto, pensando nos olhos tristes de Lily e na expressão assustada de Amanda.

Meu pai fica em silêncio por alguns segundos. "Bom... vamos torcer para que isso não aconteça."

3

OLIVIA

O voo de Nova York até Portland, no Maine, é mais curto do que eu gostaria.

Esperava que, no momento em que saísse do avião, já estivesse com os pensamentos em ordem. Que já teria me preparado para o modo "eu consigo!".

A realidade é muito mais próxima de um enjoo profundo, mas é tarde para voltar atrás.

O último e-mail de Harry Langdon informava que eu devia procurar por alguém segurando um papel com meu nome. Simples assim. Eu cresci na terra dos motoristas particulares. Em outras palavras, sou capaz de encontrar meu nome em meio ao mar de motoristas esperando na saída da esteira de bagagens.

Enquanto me desloco pelo aeroporto, procuro me colocar no estado mental adequado. Dessa vez, não vai ser um motorista particular. Vai ser um pescador de uma cidade pequena, usando camisa de flanela.

Só que estou errada. Tem apenas duas pessoas segurando placas com nomes no desembarque e, como prometido, uma delas tem meu nome. Mas o homem em questão não é um pai preocupado e durão que se isolou para cuidar de seu filho ferido. O que vejo é alguém de uniforme preto, usando inclusive um quepe de chofer.

Talvez eu não esteja tão longe de casa, afinal de contas.

Fico surpresa com o tratamento refinado. Para a sorte dele, sou fluente em riqueza.

"Srta. Middleton", ele diz quando me aproximo, assentindo. "Trouxe mais malas?"

"Só isso", digo, apontando para minha malinha de bordo. "O resto vai direto para os Langdon."

"Muito bem." Ele pega a minha bagagem. "Vamos?"

Tranquilizada pela familiaridade de toda essa rotina, eu o sigo pelo pequeno aeroporto, sem deixar de notar o modo como as mulheres encaram as minhas sapatilhas Tory Burch e os homens, a minha bunda. Eu não sabia qual era a vestimenta apropriada para uma cuidadora na Nova Inglaterra, então optei por calças pretas justas e uma malha rosa. Ao ver o sedã de luxo, no entanto, fico feliz por não ter vindo de calça jeans. E pensar que eu estava preocupada em sujar minha malha numa caminhonete suja. O máximo com que tenho que me preocupar nesse carro é se devo ligar ou não o ar-condicionado.

O motorista coloca a bagagem no porta-malas e abre a porta traseira para mim, para depois se acomodar atrás do volante. Acho um pouco estranho o tratamento, já que sou uma funcionária agora, mas não vou reclamar.

Os olhos dele encontram os meus pelo retrovisor. "Mick."

"Olivia", me apresento, abrindo um sorriso que espero que indique que ele pode relaxar. Talvez esse cara possa responder algumas dúvidas sobre quem são os Langdon e o que exatamente esperam de mim.

"Eu sei", ele diz, simpático. Pelo menos não é de todo formal.

"E você..." *É motorista particular dos Langdon? Foi contratado só para me impressionar na chegada?*

Mick continua a me olhar pelo espelhinho e levanta as sobrancelhas quando percebe que não vou terminar a pergunta.

"Você é daqui?", pergunto, perdendo a coragem.

"Nascido e criado no Maine", ele responde, depois de uma pausa para verificar os retrovisores e sair.

"Portland?", pergunto. É a única cidade que eu conheço. Além de Bar Harbor, onde vou ficar os próximos três meses, sobre a qual não sei nada. Na verdade, só se eu passar no teste dos Langdon e eles pedirem para estender minha estadia. Mas se chegar a esse ponto, espero já saber o que quero fazer da minha vida. E espero já me sentir menos anormal.

"Skowhegan", Mick retruca.

Aceno a cabeça como se eu soubesse onde fica esse lugar. Mick parece ser um homem de poucas palavras, mas pelo menos responde minhas perguntas.

"E sempre foi chofer?", pergunto, cruzando os dedos mentalmente para que ele não se sinta ofendido.

Os cantos de sua boca se contorcem de um jeito simpático. "É assim que chamam a gente em Nova York?"

Abro um sorriso inocente. "Bom, sempre chamei Richard de *Richard*. Mas quando falamos do motorista de outra pessoa, acho que dizemos... 'motorista'?"

"É assim que eu falo também", ele diz, com uma piscadela.

O embrulho que sinto no estômago desde que subi no avião melhora um pouco. Meu primeiro encontro com um morador do Maine está indo bem, e, se ele suspeita de que sou uma fraude total como cuidadora, está escondendo bem.

"Quanto tempo leva até Bar Harbor?", pergunto, mesmo já sabendo. Fiz a lição de casa. Bom, parte dela. Os detalhes cruciais ainda faltam.

"Umas três horas. Demora mais nos fins de semana de verão, mas, numa terça no fim da temporada não devemos pegar trânsito."

"Temporada?"

"O verão", ele diz, levantando o olhar. "O Maine é um destino turístico bastante atraente nessa época."

Mordo a língua para não retrucar que é claro que sei em que estação estamos. Só não sabia que o Maine tinha uma *temporada*.

Deixe de ser esnobe, Olivia.

"Você costuma fazer o trajeto até o aeroporto com frequência?", pergunto, atrás de informações sobre os Langdon.

Por um segundo Mick não diz nada, e acho que cruzei oficialmente os limites da bisbilhotice, mas ele acaba respondendo. "Não muito. O sr. Langdon já não vem tanto quanto antes, e o sr. Paul... não sai muito de casa."

Paul.

Minha responsabilidade. Ou paciente. O que quer que seja.

Estou morrendo de vontade de perguntar mais, só que tem algo no tom de Mick... Tensão? Tristeza? Sei que é alguma coisa, e não quero começar com o pé esquerdo presumindo errado.

Eu me recosto contra o assento de couro confortável e tento me acostumar à paisagem do Maine. Pela pesquisa que fiz na internet, descobri que Bar Harbor fica à beira-mar, mas no momento não vejo nada além de árvores. Para alguém que dificilmente vê árvores fora do Central Park, tem algo estranhamente relaxante no verde.

Bom, é relaxante até eu começar a pensar no que realmente me espera. Não tenho a menor ideia.

É esquisito, mas não pensei muito no que vou fazer agora que estou aqui. Não é como se eu tivesse recebido uma lista de deveres e responsabilidades. Eu nem mesmo me *candidatei* para essa vaga de emprego. E, se tivesse feito isso, tenho certeza de que com uma graduação incompleta e sem possuir um certificado garantindo que sei fazer reanimação cardiorrespiratória (embora agora eu tenha conseguido um), eu não seria considerada apta a ser cuidadora de um veterano ferido em combate.

É óbvio que, quando Harry Langdon chegou até mim por indicação de um amigo de um amigo dos meus pais, não estava procurando por um profissional treinado.

Mas por que eu?

É um pouco tarde para questionar esse tipo de coisa. Sei disso há uns três meses, mas venho me enganando, conforme a resposta que dou quando alguém me pergunta o que faço como especialista em assistência domiciliar: *dou uma mãozinha a quem precisa.*

É tudo muito vago. Mas as pessoas engolem, e não chega a ser uma mentira. O e-mail de Harry Langdon dizia que não era necessária experiência em enfermagem. Ele estava procurando alguém que fizesse companhia, soubesse cozinhar o básico e topasse mudar para Bar Harbor.

Eu não tenho nenhuma experiência em enfermagem — não acho que distribuir picolés na frente do hospital infantil conta. Surpreendentemente, gosto de cozinhar. Quer dizer, não faço nada muito sofisticado, mas mamãe sempre deu folga ao cozinheiro quando não ia dar nenhuma festa nos fins de semana e, por isso, acabou me ensinando o básico. Queijo quente. Ovos mexidos. Espaguete.

Quanto a topar mudar... Por favor. Eu *pagaria* para me levarem para longe de casa. Minha única reclamação é que o emprego não é em Los Angeles, Seattle ou qualquer lugar com um fuso horário diferente de tudo o que estou deixando para trás. Apesar de que, julgando pelo número de placas de "cuidado com animais selvagens" que vi até agora, estou longe o bastante de casa.

Basicamente, tudo se resume ao fato de que um ricaço disse a outro ricaço para encontrar uma ricaça bobinha que aceitasse ser paga para fazer companhia a alguém com restrições físicas.

Não é exatamente uma história para um Nobel da paz, mas não estou nem aí. Quer eu tenha conseguido o trabalho com a ajuda dos meus contatos ou por pura sorte (com certeza não foi por minhas habilidades), foi um jeito de sair de Nova York. Uma fuga possível.

Dito isso, não sei muito sobre meu cliente. Quer dizer, sei que Harry Langdon é um homem de negócios de certa idade com uma porrada de dinheiro. Mas seu filho? Não tenho ideia.

Não porque não esteja curiosa. O Google teria me dito o que quero saber num piscar de olhos. E Deus sabe que teria sido prudente ter feito uma pesquisa. Mas, honestamente, estava morrendo de medo de que uma foto horrível ou um relato detalhado dos ferimentos dele me fizesse desistir da coisa toda.

Sei que é terrível admitir, mas não estou acostumada com a *feiura* do mundo real. E, pelo que o sr. Langdon deu a entender, o que quer que tenha acontecido com seu filho foi *muito* feio.

Quase não peguei o avião esta manhã sem saber disso. Imagina o que aconteceria se eu soubesse no que estava me metendo. Mas agora que não tenho mais como fugir, manter a cabeça enfiada na areia não é uma opção.

Não consigo parar de pensar em como a voz de Mick soou *triste* ao falar de Paul. Não. Do *sr. Paul*. Talvez seja hora de descobrir exatamente com o que estou lidando.

Pego o celular na bolsa e passo os olhos na infinidade de mensagens que esperam ser lidas.

Mamãe: *Me ligue assim que chegar. E lembre que ninguém vai pensar menos de você se decidir voltar antes.*

Papai: *Ligue se precisar. Estou orgulhoso.*

Bella: *Sdds. Você é a Florence Nightingale mais estilosa que já vi.*

Andrea: *Vc chegou? meus tios têm uma casa de veraneio em Vermont, se cansar de cuidar do cara e precisar fugir. bjs!*

As outras são mensagens de amigos, numa mistura de apoio e ceticismo. Congelo quando chego à de Michael: *Me liga quando estiver cansada de fugir*. Deleto na hora.

Mas é a última mensagem que *realmente* me atinge. Ethan e eu não tivemos nenhum contato desde que tentei — e fracassei — voltar com ele há alguns meses. Mas ele ainda se importa o bastante para me mandar um simples: *Boa sorte, Liv*.

Leio as três palavras umas cinco vezes, sem conseguir encontrar nada nas entrelinhas. Ethan é esse tipo de cara. *Do bem*.

Eu não o merecia.

Respondo aos meus pais, informando que cheguei bem e que está tudo certo. Não saberia o que dizer aos outros. Ainda que o voo de Nova York ao Maine tenha durado pouco mais de uma hora, já me sinto completamente desconectada da minha antiga vida. É perturbador, mas também libertador. Como se eu pudesse recomeçar de verdade.

Volto, então, à tarefa de pesquisar a vida de Paul Langdon. Mas a internet está fraca, e antes que meu celular carregue os resultados, ela cai de vez.

Ótimo.

Guardo o telefone e me reclino no assento, deixando a mente livre. Meu estado mental fica alternando entre a negatividade (*é só mais uma coisa para você estragar*) e o papo Pollyanna (*você consegue!*) durante a maior parte do trajeto, me endireitando quando percebo de relance algum sinal de água por entre as árvores.

Mick nota meu movimento. "É a Frenchman Bay. Fica ainda mais bonita num dia de sol."

Balanço a cabeça concordando, mas meio que gosto que esteja nublado. Parece combinar com o meu humor. A presença da água vai ficando cada vez mais frequente, e mesmo com o céu cinza parece um cartão-postal.

"Quanto falta?", pergunto. Minhas mãos molhadas de suor.

"Pouco. As propriedades dos Langdon ficam à beira-mar, do lado de fora da cidade."

Propriedades? Interessante. Porque tem gente rica e tem gente *rica*. Não paro de pensar que minha pesquisa sobre os Langdon devia ter sido mais cuidadosa.

Quando Mick pega uma estradinha ladeada por árvores, já estou achando que deveria ter contratado um investigador particular, porque estou quase certa de que a construção ao meu lado é um *estábulo*.

"Quanto tempo faz que você trabalha para a família?", pergunto, agora confiante de que Mick é um funcionário em tempo integral de uma família abastada, e não só um luxo ocasional.

Dessa vez, ele não me encara pelo espelhinho. "Muito", finalmente diz, muito mais conciso que antes.

Entendido. Sem fofocar sobre o patrão.

Então, eu vejo a casa. Na verdade, "casa" é pouco. É mais como um complexo.

A distância entre pelo menos três das construções pode ser facilmente percorrida a pé, rivalizando com a maior propriedade em que já fiquei nos Hamptons. Ainda estou boquiaberta quando Mick dá a volta e abre a porta pra mim. O lugar não é nem minimalista nem ostensivo. A única vez que vi algo do tipo foi quando passamos o Natal em um chalé nos Alpes suíços. A casa principal é composta de três andares de madeira muito bem conservada, chaminés de pedra e pé-direito alto.

Imagino como ela deve ficar coberta de neve, talvez adornada com luzinhas de Natal. Não que esteja tentando romantizar a coisa toda, mas preciso admitir que não é um lugar nada ruim para se exilar.

"O sr. Langdon prefere que você fique na casa principal com o sr. Paul", me informa Mick, tirando a bagagem do porta-malas. "Mas, se não der certo, há lugar de sobra na ala dos funcionários, que chamamos de 'casinha'."

Lanço um olhar meio estranho para ele. Deve ter alguma coisa escondida por trás desse comentário. Por que não "daria certo"?

Sigo Mick até a porta da frente, fazendo meu melhor para não mostrar o quanto estou impressionada. Já estive em tantas casas bonitas que, em geral, sou meio que imune aos luxos que o dinheiro pode comprar, mas não estou acostumada com esse tipo de beleza. Não tem nada da ostentação esnobe da Park Avenue, nem da falsa casualidade das casas de praia nos Hamptons. É um tanto rústica. Em vez de um vestíbulo de mármore com lustre de cristal, há uma ampla entrada que dá para uma larga escada de madeira. Não há quase nenhuma decoração, a não ser por um tapete verde, o que funciona muito bem. Frescuras demais desviariam a atenção da beleza natural da madeira exposta.

É uma casa masculina, e eu me dou conta de que deveria ter procurado o que aconteceu com a *sra.* Langdon. Porque, ainda que seja tudo lindo de uma maneira imponente, fica claro que faz bastante tempo que uma mulher não chama este lugar de lar. Se é que alguma vez chamou.

Sigo Mick até a maior cozinha que já vi. O fogão no meio do cômodo tem, tipo, oito bocas, e a geladeira é pelo menos duas vezes maior que a da minha casa.

Mick murmura alguma coisa para uma mulher de meia-idade cujo avental que se encontra por cima do jeans e da camisa identifica-a como a responsável pelo cheiro delicioso.

"Srta. Middleton, esta é Linda Manning."

"Olivia, por favor", digo com um sorriso.

"Pode me chamar de Lindy", a mulher de cabelo grisalho diz, apertando minha mão de maneira amistosa, embora fique claro que estou sendo avaliada. "Você é bem mais nova que os outros."

"Os outros... funcionários?", repito, sem entender.

Mick e Lindy trocam um olhar que só confirma que não estou entendendo.

"Não há muita gente trabalhando aqui", comenta Mick, com um sorriso forçado. "Eu dirijo e gerencio a propriedade. Lindy cozinha e cuida da casa, embora algumas moças da cidade venham toda semana para fazer a faxina pesada. Scott cuida da terra e do estábulo."

"Ah", murmuro, ainda tentando descobrir o que estão querendo dizer. Então, era mesmo um estábulo?

Por sorte, Lindy aparentemente não gosta do clima de mistério. "Quando disse que você era mais nova que os outros, pensei nos cuidadores que passaram por aqui antes. Em geral, são senhoras antiquadas e espalhafatosas, ou pessoas na faixa dos trinta querendo fazer caridade." Ela faz uma pausa. "Você conheceu o sr. Langdon?"

"Ainda não", digo. "Mas estou louca para conhecer. Ele está em casa?"

Mick e Lindy trocam outro olhar de cumplicidade, e eu estreito meus próprios olhos. Algo me diz que os dois são mais que colegas. Acho que isso é bom, considerando que os dois estão sozinhos, no meio do nada.

"O sr. Langdon só vem a Bar Harbor num intervalo de alguns meses", Lindy explica, cuidadosa. "Ele disse que estaria aqui?"

Fico estupefata. Alguns *meses*? Sabia que ele não morava aqui, mas achei que fosse pelo menos estar presente quando eu chegasse, para me passar as diretrizes do que espera que eu faça.

"Acho que não", digo, tentando não parecer assustada. "Só pensei que..."

"Bom, não importa", Lindy me corta, abrindo um sorriso confiante. "Vamos mostrar o lugar pra você e apresentá-la ao sr. Paul. Logo vai estar se sentindo em casa."

Tenho quase certeza de que Mick balbucia algumas palavras bem baixinho, mas logo em seguida já está levando minha mala até o quarto verde, segundo indicação de Lindy sobre onde vou dormir.

"Tem uma vista incrível da água", ela diz, ajeitando o avental. "E fica perto do quarto do sr. Paul, caso ele precise de alguma coisa."

"E onde está... hum, o sr. Paul?", pergunto, chamando-o da forma que eles usam para se referir a ele, embora pareça algo de séculos atrás.

A expressão confiante de Lindy vacila um pouco, e, por um segundo, penso que quer me alertar sobre alguma coisa, mas então o sorriso volta a seu rosto. "Ele passa a maior parte das manhãs lendo na biblioteca", ela conta, indicando com a cabeça para segui-la. "Deve estar lá."

"Mas já é de tarde", comento.

Lindy não me encara. "Ele também passa a maior parte das tardes lá. E das noites."

Vixe...

"Ei, Lindy", chamo-a, me colocando entre ela e a porta que imagino ser a da biblioteca. "O que... hum, o que esperam que eu faça? Ninguém me passou nenhum detalhe."

Ela aperta os lábios. "O sr. Langdon não disse nada?"

"Bom, ele falou que eu deveria encorajar o filho a fazer fisioterapia e..."

Lindy bufa.

"... garantir que coma direito."

Ela bufa de novo.

"Mas que o principal seria fazer companhia a ele."

Lindy não reage ao último comentário, e, tarde demais, percebo que não está olhando para mim. Está olhando *atrás* de mim.

Viro e quase não consigo segurar um gritinho quando vejo a silhueta de um homem na entrada.

Não consigo ver seu rosto, mas sua voz tem um tom gélido. "Parece que meu pai esqueceu de comentar a parte mais importante do seu trabalho. Mas acho que ele nunca conta às babás o que *realmente* vão ter que fazer."

Dou um passo para a frente, querendo dar uma olhada no homem com quem estou falando, mas ele recua, se acobertando na escuridão.

"E qual é?", pergunto, estreitando os olhos.

"Impedir que eu me mate."

A porta bate na minha cara.

4

PAUL

Que merda.
Que a porra toda vá pro inferno.
Antes que eu consiga pensar direito, meu braço já está em movimento, e o vidro se estilhaça contra a parede. Mal percebo o bourbon escorrendo pela parede e formando uma poça cara no piso de madeira.

Achei que estivesse preparado.

Cara, eu *estava* preparado.

Preparado para cumprimentar a próxima matrona impiedosa da fila de fornecimento sem fim de babás do meu pai, com o propósito de fazê-la se sentir em casa. Tudo bem, não vamos exagerar. Mas eu tinha toda a intenção de não ser um babaca. Ia mostrar a ela meu lado bom — meu lado correto. Talvez até forçasse um sorriso. Ia lhe dar as boas-vindas. Passei a noite toda dizendo a mim mesmo que uma bruxa velha não ia se importar com minha aparência.

Mas a mulher do outro lado da porta... não, a *garota*. Ela não é uma bruxa velha. Essa cuidadora é... linda.

Não acho que seja apenas o fato de que faz muito tempo que não fico com uma mulher, e mais tempo ainda que não vejo uma mulher da minha idade. Ela é maravilhosa. Tem grandes olhos verdes e um cabelo longo e loiro pelo qual adoraria passar a mão. Uma boca larga e carnuda que eu gostaria de...

Não. Porra nenhuma.

Ela não pode ter mais de vinte e dois. Todas as outras estavam *pelo menos* na segunda metade dos trinta. Foi justamente para evitar pessoas como essa mulher — de novo, essa *garota* — que eu resolvi me isolar no Maine.

Ela é uma tentação. Não só de um jeito sexual, embora tenha isso também. Mas, só de olhá-la rapidamente, já me sinto tentado por algo pior: o desejo de ser normal.

Ela precisa ir embora. Agora.

Fecho a mão em punho e soco a minha perna como punição. *E você tinha que falar sobre o suicídio, de todas as coisas no mundo?* Mas foi instintivo. Queria mandá-la embora pra longe e bem depressa, e esse parecia ser um jeito certeiro de assustar alguém que só podia estar começando nessa profissão.

Ela já deve estar voltando para o carro, e falo para mim mesmo que isso me deixa feliz. Não preciso de uma loira gostosa me lembrando de todas as coisas que não posso ter.

Só que...

Meus olhos se arregalam.

A droga do ultimato.

Dizer que meu pai me encurralou é pouco. O compromisso de me comportar por três meses já era bastante ruim quando pensei que estaria lidando com uma velhota excêntrica, mas isso? Pedir que eu passe três meses na companhia dessa loira maravilhosa?

É pura manipulação. Meu pai não está só tentando me trazer de volta ao mundo real, está esfregando o mundo real na minha cara.

Levo as mãos aos olhos enquanto a realidade da situação faz minha cabeça doer. Quais são minhas opções?

Posso dizer a meu pai pra esquecer — deixar a garota entrar no carro e, como resultado, ser jogado no olho da rua, sem nenhum lugar para onde ir e sem um centavo no bolso. Posso deixar a mulher e a filha de Alex sem *nada*.

Ou... Posso ir atrás da Cachinhos Dourados e fingir que a quero aqui. Fingir que *preciso* dela, só para que a filha do meu melhor amigo sobreviva.

Droga. Não tenho escolha. Não de verdade.

Vou em direção à porta, então sinto a panturrilha doer. *Merda.* Esqueci a perna esquerda por um tempo. O que só indica como estou perdido. Por um segundo, esqueci quem eu sou. *O que* eu sou.

Não sou mais Paul Langdon, *quarterback* invejado e herói americano marchando para a guerra. Sou Paul Langdon, recluso desfigurado sem qualquer utilidade. Cara, não consigo nem ser útil para mim mesmo. Mal consigo andar, porra.

Antes de mandar meu pai para o inferno e dizer que não preciso da casa ou do dinheiro dele, preciso resolver algumas coisas. E para fazer isso...

Me afasto da mesa e atravesso o cômodo o mais rápido que consigo. Hesito brevemente, com a mão na maçaneta, sabendo que minha vida está prestes a virar de cabeça para baixo.

Meu coração bate forte. Tento me convencer de que é raiva, mas suspeito de que seja algo pior. Medo. Sei o que a garota vai ver, e não é nada bonito. Longe disso.

Abro a porta, me perguntando como vou conseguir ir atrás dela mancando.

Então descubro que não preciso fazer isso.

Ela está esperando por mim.

5

OLIVIA

Estou há cinco minutos do lado de fora da biblioteca, olhando para a porta que ele acabou de bater na minha cara, pensando em quem — ou no que — é Paul Langdon.

Quer dizer, eu não estava esperando um bichinho de pelúcia precisando de um abraço e de um ombro amigo, mas ele pareceu mais um bárbaro atormentado que alguém devastado pela guerra. Mesmo assim, só percebo como estou despreparada quando a porta se abre de forma inesperada.

Antes ele estava completamente na sombra, mas dessa vez a luz do corredor chega até ele, e sinto o estômago cair aos meus pés.

Paul Langdon não é o recluso de meia-idade com restrições físicas que eu estava esperando.

Ele volta para as sombras antes que eu consiga olhá-lo bem, mas me parece que Paul Langdon tem ombros largos, cabelo loiro cortado ao estilo militar e penetrantes olhos azuis. E é jovem. Tipo da minha idade.

"O que ainda está fazendo aqui?", ele pergunta, recuando para a escuridão da biblioteca.

Instintivamente, dou um passo para a frente, e ele recua com a mesma velocidade. Pela primeira vez noto que, apesar de dar a impressão geral de juventude e vitalidade, ele não se movimenta com agilidade.

Paro, como se não quisesse assustar um animal ferido, sabendo que são mais propensos a atacar. E esse cara com certeza está ferido.

"O que ainda está fazendo aqui, porra?", ele repete, dessa vez com um rosnado.

Bom. Pelo menos agora tenho certeza de que não imaginei essa coisa toda de homem das cavernas. Logo depois que ele soltou a bomba do suicídio, Lindy suspirou e deu um tapinha no meu ombro, dizendo que precisava ser "paciente com o garoto".

Paciente porra nenhuma. É claro que o cara deve ter visto muitas coisas horrorosas, mas se tem algo com que uma garota rica de Manhattan está familiarizada é o tom de voz de um babaca autoindulgente. Paul Langdon certamente tem um pouco disso.

Eu provavelmente deveria responder à sua pergunta com palavras calmas, motivadoras e reconfortantes. Nada me vem à mente, então fico quieta.

Ele continua na sombra, e de repente fico desesperada para saber o que está escondendo. Como alguém como ele se tornou um suicida recluso?

"Pelo menos coloca um dólar no chapéu", ele diz, antes de virar de costas e retornar à mesa. Ele manca um pouco, mas...

É imaginação minha ou ele só mancou *depois* de começar a andar? Como se ele precisasse se lembrar de mancar?

Imagino que deva ir até ele para ajudá-lo de alguma forma, mas algum instinto sombrio e inexplorado me impede de fazer isso. É o que ele está esperando, e ser previsível com esse cara é um erro.

"Um dólar no chapéu?", repito, fechando devagar a porta da biblioteca atrás de mim, o que é uma idiotice. A sala escura agora parece intimista, e sei bem que somos apenas eu e esse cara que pode querer ou não se matar aqui. Ou *me* matar.

"Se vai ficar me encarando, pelo menos me dá o dólar que deixaria no chapéu de qualquer outra aberração de circo", ele explica, ainda sem se virar para mim.

Reviro os olhos diante do melodrama e me aproximo, querendo ver o rosto dele. Não, *precisando* ver seu rosto.

De costas, o cara é praticamente perfeito. Está usando uma camiseta preta justa o bastante para mostrar os músculos, e seu jeans escuro tem a cintura baixa o suficiente para despertar minha atenção. Tenho certeza de que, se levantasse os braços, conseguiria vislumbrar a cueca.

Boxer, imagino.

Por que estou com água na boca?

Ainda nem vi o cara direito, mas sinto que estou a quinze segundos de perguntar se a prole dele gostaria de vir morar no meu útero.

Eu deveria correr. Mas, em vez disso, me aproximo.

"Posso adivinhar? Você estava esperando um velhote de casaco?", ele pergunta, abruptamente.

Na verdade, sim. Não esperava que Harry Langdon tivesse tido Paul mais velho. *Bem mais velho*, se ele tem a idade que aparenta nas fotos.

Mas é claro que não digo isso. Arrisco dar outro passo para a frente, e noto como ele fica tenso à medida que me aproximo. Ele é mesmo como um animal ferido, e eu teria pena se não suspeitasse de que está usando o ferimento para justificar o fato de que é um filho da mãe manipulador.

Bom, se ele quer jogar...

Minha bolsa Chanel ainda está pendurada no ombro, e eu procuro minha carteira enquanto o observo.

Ele me dá as costas por completo, mas agora está preso entre mim e a mesa, com nada além da escuridão do fim do dia para escondê-lo.

Paro e espero. A boa educação manda que ele vire para mim, o que não faz. Vou para o lado, mas ele me acompanha, mantendo as costas voltadas para mim.

Sério? Isso é mais do que infantil.

Vou para o outro lado, mas ele me acompanha de novo.

"Quando terminarmos esse jogo, talvez possamos jogar Ludo ou Banco Imobiliário", digo, simpática, ainda olhando para suas costas. "Imaginando que você já atingiu esse nível de maturidade, claro."

"Ótimo", ele retruca, no mesmo tom agradável. "Jogos de tabuleiro não exigem duas pernas funcionais."

Sinto uma pontada de pena. Talvez eu esteja sendo dura demais com ele. E preciso me lembrar do motivo pelo qual estou aqui. Ajudá-lo é uma maneira de *me* ajudar também. De provar para mim mesma que não sou um monstro.

Antes que eu perceba, minha mão já está sobre o ombro dele. Sei que ele não estava esperando que eu fosse tocá-lo, porque, ainda que seu corpo esteja tenso, consigo virá-lo pra mim. Não totalmente, mas o bastante. Por pouco não consigo segurar o susto que senti.

Eu sabia que Paul Langdon era aleijado. Vim preparada pra isso. Mas, apesar de toda a conversa por e-mail, Harry Langdon parece ter esquecido de mencionar as cicatrizes irregulares que cobrem o lado direito do rosto do seu filho.

Agora tudo faz sentido: por que ele se esconde na sombra, por que a hostilidade e a amargura vêm de um modo tão natural.

Paul tira meu braço com um xingamento, e eu espero que volte a virar de costas. Talvez até que me empurre.

Em vez disso, ele me encara, deixando que eu o veja direito, e a forma como seus olhos não revelam nada — nem mesmo cautela —, quase parte meu coração. É quase como se pudesse vê-lo bloqueando seu lado humano.

Nós nos olhamos por alguns segundos, aproveitando o último fio de luz do dia que entra pela janela. Os olhos dele, emoldurados por cílios grossos, são de um azul-claro ardente que chega perto do cinza. Seu cabelo é curto demais para que eu possa distinguir melhor a cor, mas fica entre o loiro e o castanho.

Daí, meus olhos se concentram nas cicatrizes. Agora que estou preparada para elas, não me parecem tão ruins. Três linhas descem pelo lado direito de seu rosto, a mais curta vai da extremidade externa da sobrancelha até a parte de cima da bochecha, como se algo tivesse errado seu olho por pouco. A segunda é mais comprida, indo dos fios de cabelo nas têmporas até a metade da bochecha. A última é a maior e a mais feia, passa por cima das outras duas percorrendo o canto do olho até pouco acima do lábio. Sua boca escapou ilesa, mas poderia muito bem ter sido desfigurada também, porque aposto que faz muito, muito tempo que dela não escapa um sorriso.

Finalmente, meus olhos encontram os dele, e eu sinto o estômago um pouco abalado quando Paul se concentra em mim. Ele levanta as sobrancelhas como se dissesse "E aí?". Fica claro que já passou por esse tipo de escrutínio antes e sabe o que esperar.

Imagino que a maior parte das pessoas finja que não tem nada de errado. Os mais bondosos provavelmente dizem que sentem muito, e talvez façam perguntas gentis baseadas na noção tola e equivocada de que Paul gostaria de falar sobre o que aconteceu com um completo desconhecido. E as mais cruéis devem fugir.

Não quero me encaixar em nenhum desses grupos. Quero que Paul Langdon me considere *diferente*.

Então faço o impensável. Algo horrível, mas que sinto que precisa ser feito.

Baixo a cabeça sem dizer nada, revirando minha bolsa mais uma vez.

"Procurando o spray de pimenta?", ele pergunta, sarcástico.

Eu o ignoro e tiro vinte dólares da carteira.

"O que é isso?", Paul pergunta, olhando para a nota na minha mão esticada. Já me sinto vitoriosa diante da expressão confusa em seu rosto. Por um breve momento, tenho uma vantagem sobre ele.

Balanço a cabeça, pesarosa. "Um dólar não é nem de perto o suficiente. Você deveria começar a cobrar mais para olharem. Vinte, pelo menos."

O silêncio se instala entre nós, mas sua expressão não muda.

Minha boca fica seca enquanto sou avaliada. Foi um lance arriscado, eu sei. Com outra pessoa — *qualquer* outra pessoa —, teria sido terrivelmente cruel. Mas, por algum motivo, suspeito que Paul Langdon queira que suas cicatrizes sejam reconhecidas pelo que elas são.

Então, com um grunhido estrangulado, ele dá um tapinha na minha mão, mas nenhum de nós acompanha a trajetória da nota até o chão.

Ops. Talvez eu estivesse errada. Talvez ele não *saiba* que quer isso.

Meu coração acelerado exige que eu dê um passo para trás antes de receber o contra-ataque desse cara lívido diante de mim, mas me mantenho imóvel, cara a cara com a fera que me olha como se quisesse apenas me atirar para fora do seu covil.

"Vai embora", Paul diz, quase sem mexer a boca.

Umedeço os lábios, nervosa, e noto a maneira como seus olhos seguem o movimento da minha língua. Finalmente aceito que, apesar do medo e contra todas as probabilidades, esse cara me atrai, e muito. De um jeito forte e animalesco como nunca senti antes.

Claro que achava Ethan atraente. Quer dizer, namoramos por, tipo, metade da minha vida. E Michael... *não quero pensar nele*.

Mas nada na minha limitada experiência sexual se compara à atração magnética que esse cara exerce sobre mim.

Ignoro a ordem dele.

"Quer alguma coisa?", pergunto, como se ele não tivesse me expulsado da biblioteca. "Um chazinho? Um sanduíche? Talvez óculos escuros pra proteger seus olhos de todo o brilho que você emite?"

Por um momento, vejo em seus olhos que está intrigado. Abro um sorriso falso e dou um tapinha em seu braço.

"Ah, desculpa. Você queria me assustar com seus rugidos e seu modo de homem das cavernas? Achou que eu fosse desmaiar só porque me olhou com raiva?"

Ele abre a boca, provavelmente para gritar comigo de novo, mas levo um dedo até sua boca, como se ele fosse uma criança petulante que precisasse ser silenciada, ainda que eu não reconheça quem é essa garota durona e corajosa, que também causa estranhamento em Paul.

Mas parece que não sou a única que pode surpreender, porque, em vez de me afastar ou me virar de costas, seus dedos enlaçam meu pulso com força o bastante para machucar. Sem aviso, ele passa a língua na ponta dos meus dedos, e eu, sobressaltada, tento recuperar minha mão de volta desse contato levemente erótico.

Ele está brincando comigo.

Sei que é apenas manipulação, claro, mas preciso dizer que o joguinho doentio com esse cara meio louco que eu nem conheço me deixa com tesão.

Estamos os dois respirando rápido demais, e sinto uma onda de pânico tomar conta de mim.

Nunca foi assim com Ethan, pois sempre era confortável e fácil. Tampouco era assim com Michael. Era só proibido. Uma fuga, uma transgressão pela qual continuo pagando.

Os olhos de Paul continuam fixos nos meus até que, muito lentamente, ele solta minha mão e me afasta. "Você me parece bem idiota, além de uma cretina, então acho que preciso ser mais claro: cai fora da porra da minha casa. *Não quero você aqui.*"

Dou de ombros, dando um passo em sua direção. Eu me sinto estranhamente recompensada quando ele dá outro passo para trás em reação. "Tá", digo, em voz baixa, sem tirar os olhos dele. A surpresa passa por seus traços meio lindos, meio deformados, e eu prossigo. "Tá, estou indo."

Ele estreita os olhos. "Qual é a pegadinha? Pagamento dobrado?", Paul pergunta, irônico.

"Não, pode deixar, vou embora. Em três meses, como combinado." Eu me inclino um pouco, olhando para sua boca. "É melhor se acostumar."

Chego até a porta antes de me dar conta do erro que cometi. Não, *Paul* faz com que eu perceba que errei.

Ele agarra meu pulso antes de me puxar com força. Minhas omoplatas batem na porta e sua boca cola na minha, com força. Solto um gritinho assustado, e minhas unhas afundam nos seus ombros firmes e largos, que parecem granito ao toque. Sua perna pode estar ferida, mas a parte de cima de seu corpo está ótima.

Esse beijo não tem a ver com desejo e muito menos com romance.

Esse beijo envolve poder. Paul está tentando me assustar.

Nunca achei que eu fosse do tipo que se irrita, mas tem algo nesse cara que mexe comigo. A raiva desponta, e eu cravo os dentes em seu lábio inferior. Não para tirar sangue, mas com força o suficiente para deixar claro que quero que pare com isso.

Mas, em vez de me soltar, ele grunhe e se aproxima, me prendendo contra a porta com o próprio corpo enquanto enfia a língua na minha boca.

Hum...

Aperto os dedos sobre seus ombros, não para afastá-lo. É como se uma parte selvagem e sombria de mim tivesse sido libertada ao sentir o gosto dele. Em vez de recuar e dar um tapa nele, faço o impensável: retribuo o beijo.

Paul congela no momento em que minha língua timidamente toca a dele. Ele começa a se afastar, mas ponho as mãos em sua nuca e o aproximo de mim. Quando nossos lábios se encontram de novo, começa uma batalha entre nossas línguas para obter o controle. Somos como dois animais sedentos que precisam um do outro para sobreviver.

O que é ridículo. É *errado*.

Mas não quero que pare.

É a vibração do celular de Paul que faz com que nos sobressaltemos, olhando de forma confusa um para o outro. Levo uma mão vacilante aos lábios antes de me dar conta de que é uma demonstração de vulnerabilidade, por isso levanto o queixo e lanço um olhar desafiador para ele.

Os olhos de Paul se fixam no meu corpo. "Cai fora."

Adoto um olhar condescendente. "Por favor... Se eu corresse de qualquer beijo morno de criança nunca teria terminado a escola."

Eu me afasto de sua carranca enraivecida confiante de que ganhei a batalha, mas a um custo muito, *muito* alto. Porque estou louca de tesão por esse cara para quem vou trabalhar.

6

PAUL

Preferia que tivesse batido a porta, brava, mas, em vez disso, ela a fecha atrás de si com todo o cuidado, produzindo apenas um "clique" sem grande estardalhaço. Digo a mim mesmo que foi uma saída presunçosa e melodramática.

Minhas mãos se fecham em punho, embora eu não tenha certeza se é com a intenção de socar a parede ou de correr atrás dela, enfiar meus dedos em seu cabelo e colar minha boca na sua. De novo.

É a segunda opção — e a lembrança do beijo — que me enraivece.

Deu tudo errado. Completamente errado. Só queria assustá-la, bancando o grandalhão desagradável que parte para cima da garota, mas ela respondeu de forma inesperada. Como se me *desejasse*. É claro que isso só pode fazer parte do seu joguinho, mas... por um segundo, eu quis que ela me quisesse.

Essa garota é tóxica. Posso ser legal com uma das cuidadoras do meu pai, mas não vai ser com ela. Aceito *qualquer* pessoa menos ela. Uma velhinha trêmula, uma cristã arrogante, até uma tirana ranzinza, mas não vou passar todos os dias com uma garota que me faz lembrar do que não posso ter.

Uma garota que não consigo parar de imaginar em cima de mim, embaixo de mim...

Minha nossa.

Achei que já era tentação suficiente só olhar para ela. Mas assim de perto? É ainda mais bonita, só que a ameaça é ainda maior, porque ela também é ousada, irreverente e corajosa. Essa combinação é mais ameaçadora que seus grandes olhos verdes e que seu corpo esguio.

Quanto tempo faz desde que alguém me desafiou assim? Ou se recusou a se render diante da minha "condição"?

E aquela hora em que ela olhou as cicatrizes — olhou *de verdade*... Se tivesse ficado horrorizada ou com pena, eu saberia lidar com qualquer uma dessas reações. Estaria preparado. Mas aquele tipo de reconhecimento franco? A postura de "É, seu rosto é feio. E aí?"... Me deixou intrigado.

Não consigo lidar com *isso*.

Pego o celular. Meu pai atende no segundo toque.

"Escolhe outra", digo, em vez de cumprimentá-lo.

Ele nem finge não saber do que estou falando. "Você já viu todas as outras, Paul. Avisei que não existe um suprimento infinito de pessoas treinadas para cuidar de inválidos."

Em geral, odeio a palavra "inválido", mas não é essa parte que me irrita agora. "Treinadas? Está mesmo tentando fingir que essa garota que acabou de sair da escola sabe fazer alguma coisa além da própria unha?"

O silêncio dele confirma que estou certo. "Eu nunca disse que ela era treinada. Mas vai fazer o que for preciso."

"E o que é preciso? Limpar minha bunda?"

"Você precisa de companhia", meu pai rosna. "De alguém que humanize você."

Fico perplexo diante de suas palavras. É claro que ele está certo. Não sou humano. Mas ouvir isso do meu próprio pai é...

Penso em desligar, contudo ouvir o suspiro dele do outro lado da linha me impede de fazer isso. "Fizemos um acordo, Paul."

"Eu sei. É difícil esquecer que meu próprio pai quer me chutar pra fora de casa."

"Você tem vinte e quatro anos. Pare de bancar a criança indefesa."

"Sua gentileza paternal me deixa comovido. Não estou voltando atrás no trato; só estou dizendo que precisa encontrar outra cuidadora." *Uma que não me dê tesão.*

"Não." A recusa categórica não é um bom sinal.

"Não estou voltando atrás", repito, mantendo a voz em um volume respeitoso. "Só estou pedindo que venha alguém que não pareça que saiu de um filme de sessão da tarde."

"É Olivia ou ninguém."

Olivia. Eu já sabia o nome dela? Certamente não nos apresentamos enquanto nos encarávamos, e se meu pai o mencionou antes, não me dei ao trabalho de memorizá-lo. O nome combina com ela.

Fico me perguntando qual é a dela. Já fez isso antes? Ajudar outro cara inútil e patético a fazer as coisas mais básicas da vida? Parece um desperdício. Uma garota daquelas perdendo tempo com a escória da sociedade.

"Esta conversa acabou, Paul", diz meu pai. "Ou passa três meses com ela ou não tem acordo. Você perdeu o direito de exigir qualquer coisa quando espantou a sexta pessoa que mandei."

Afundo na cadeira. Minha perna está me matando, embora não seja nada comparado à pressão no meu peito diante do tom assertivo do meu pai.

"Ela é jovem demais", justifico, odiando o desespero em minha voz. "Deve ter minha idade."

"E?"

Minha nossa, ele é assim sem noção? Sem coração?

"Ela é... parecida demais com alguém que eu conheceria... antes." Cara, ela parece com alguém com quem eu *sairia*.

"Talvez isso seja uma coisa boa." Sua voz denota cansaço. "Vai fazer bem lembrar que, ainda que seu rosto e seus movimentos tenham mudado, você continua a mesma pessoa."

Só que eu não continuo a mesma pessoa. Nem de perto. Minhas piores cicatrizes não são as que vejo no espelho, e eu queria que pelo menos uma vez o cretino do meu pai *tentasse* entender isso.

"Não vou passar os próximos três meses com ela. De jeito nenhum."

"Certo. Vou dizer a Lindy e Mick para fazer suas malas."

Fecho os olhos e me recosto na cadeira, desesperado. "Juro por Deus que vou receber bem quem vier depois. Pode ser qualquer outra pessoa."

Ele fica em silêncio, e por um segundo esperançoso acho que vai desistir. Então repete: "É ela ou ninguém".

"Que merda!", explodo.

"Tenho que ir. Estou atrasado para uma reunião com o conselho."

Claro. O homem come, respira e caga o trabalho.

Pense em Lily. Pense em Amanda. Faça isso por Alex.

"Tá", murmuro, me odiando por soar como uma criança petulante, mas não vou fingir que concordo com toda essa manipulação.

"Ligo no domingo", ele avisa.

Vou desligar, mas sua voz interrompe o meu gesto.

"Paul?"

Não respondo, mas aguardo na linha.

"Vai ficar tudo bem, filho. Você vai ver."

Porra nenhuma.

Mas ele desliga antes que eu possa dizer que faz tempo que parei de acreditar que as coisas vão ficar bem.

7

OLIVIA

Saio com a cabeça erguida da caverna depressiva de Paul, mas, assim que fecho a porta, me apoio contra a parede do corredor, tentando organizar os pensamentos.

Já estou arrependida do meu inesperado surto de... bom, na verdade, não tenho ideia do que foi aquilo. Gostaria de pensar que foi um ato corajoso e nobre, mantendo com firmeza o compromisso que assumi, ou algo virtuoso do tipo.

Mas a verdade é que tudo em Paul Langdon me irrita, e eu perdi o controle. Não sabia que podia ficar tão irritada assim.

Encontro o caminho para a cozinha, onde Lindy está com os braços cheios de farinha. "O que está fazendo?", pergunto, antes que me interrogue sobre meu encontro desastroso com Paul.

Ela me lança um olhar curioso. "O que acha?"

Olho para a massa em que está mexendo no balcão de granito. "Pizza?", arrisco. Seus movimentos me lembram os dos pizzaiolos do Grimaldi's.

Lindy sorri de lado. "Também faço pizza, mas hoje vai ser só um bom pão caseiro."

"Ah", digo, me sentindo uma idiota. Claro que é pão. Quando queremos pão na minha casa, alguém passa na padaria ou no mercadinho no Flatiron District. Observo Lindy trabalhando a massa por algum tempo. Embora seus movimentos sejam rítmicos e tranquilizantes, não fazem muito efeito sobre o meu cérebro agitado.

"Quer falar a respeito?", ela pergunta, sem levantar o rosto.

"Nem saberia por onde começar."

"Ele causa essa reação nas pessoas. Chegam todas esperando sentir pena, mas vão embora querendo estrangular o garoto."

"Isso resume bem a coisa", comento, passando o dedo sobre a farinha espalhada no balcão.

"Mas você vai ficar?", ela pergunta.

Aperto os lábios enquanto penso. Não quero ficar. Quero chamar Mick gritando e voltar correndo para Manhattan, onde as pessoas *compram* pão, onde não existe esse *silêncio* assustador, onde veteranos deficientes não têm lindos olhos azuis e uma atitude de merda.

Daí, penso na condescendência pretensiosa no rosto de Paul, que antes era lindo e agora está destruído. Ele *sabia* que eu ia me sentir assim. Droga, se certificou de que nada ia me segurar aqui. É como se soubesse do meu plano de aparecer nesta casa como uma santa ou um anjo da guarda para reparar meus próprios pecados, e deixasse claro que não vai compactuar com isso.

Parece que obter perdão não vai ser uma tarefa tão fácil quanto dar sopa na boca de uma alma combalida e agradecida.

Lindy dá outro sorriso torto — parece ter um estoque infinito deles. É um sorriso que diz: "A vida é uma merda, mas vale a pena".

"A maioria das pessoas não admite como é frustrante", ela diz. "Elas fingem que ele é um amor e acham que podem resolver tudo. Mas alguns nem se dão ao trabalho de fingir. Vão embora poucos minutos depois."

"Não culpo essas pessoas", opino, me afastando do balcão. "Mas acontece que não tenho outro lugar para onde ir. Acho que não sou a pessoa certa para ajudar Paul, mas também não sei se tal pessoa existe."

Lindy dá um tapinha satisfeito na massa antes de limpar as mãos em um pano de prato. "Agora vamos conhecer o seu quarto."

O andar de cima é tão amplo e grandioso quanto o de baixo, mas está tão vazio que chega a ser irritante. Sigo Lindy por uma série de corredores de madeira, notando que passamos por meia dúzia de quartos, todos parecendo desocupados. O que faz sentido, já que o sr. Langdon não mora aqui, e Mick e Lindy vivem na casa dos funcionários, cuja localização desconheço. Isso significa que somos só eu e Paul na casa. Sozinhos.

A ideia é realmente aterrorizante. Mas então me lembro de como reagi a ele... a onda de atração pura e não diluída, e agora além de nervosa estou agitada.

"Chegamos", Lindy anuncia, parando diante de um quarto à esquerda, no fundo do corredor. "Não é o maior, mas tem a melhor vista. Sem contar a da suíte principal, claro."

"É lá que o pai de Paul dorme quando vem?", pergunto, entrando no quarto.

"É raro o sr. Langdon passar a noite aqui", Lindy responde, num volume baixo. "Quando resolve ficar, dorme no quarto de hóspedes mais afastado de Paul. É o único jeito de manter a paz."

"É uma família bastante disfuncional", murmuro.

Ao olhar para meu novo quarto, esqueço temporariamente todos os problemas dos Langdon. Parece que estou hospedada em um resort de luxo. A cama é enorme, e os lençóis são de um branco imaculado. Há um cobertor peludo dobrado ao pé dela. Os móveis são todos de madeira e parecem peças únicas, por isso acredito que foram feitos na região, e não produzidos em larga escala e distribuídos para milhares de casas.

Há uma mesa grande em um canto e uma poltrona em outro, mas o charme do quarto são as janelas enormes com vista para o mar. "Uau", sussurro.

"Temos algumas coisas aqui que nem Nova York tem", Lindy comenta, sem se preocupar em esconder o orgulho na voz. "A Frenchman Bay é uma delas."

Tenho que concordar. Já tive muitas vistas maravilhosas nas férias de verão, mas essa com certeza é uma das melhores, porque é totalmente inesperada. Está quase escuro agora, mas isso só aumenta a beleza do cenário. Imagino que quando a luz brilhante do sol bate na água deve ser uma paisagem digna de cartão-postal.

"O banheiro fica ali", Lindy explica, apontando para a porta oposta às janelas. "Coloquei toalhas pra você, e tem uma geladeirinha perto do closet com água e lanchinhos. Preparo três refeições por dia. Nada de mais. Se quiser comer nos intervalos ou precisar de qualquer outra coisa, é por sua conta."

"Parece ótimo", falo, com um sorrisinho. "Mas a viagem me fez perder a fome, então não vou precisar de nada esta noite."

Não como nada desde o café, a não ser pelo salgadinho que a companhia aérea ofereceu durante o curto voo, mas meu apetite realmente não deu as caras. Deve ter alguma coisa a ver com o fato de eu ter me metido nessa confusão.

"Os cuidadores costumam comer com Paul?", pergunto.

Lindy aperta os lábios por um momento. "Não. Ele faz a maior parte das refeições no escritório, e às vezes no quarto. Pode comer comigo e com Mick quando quiser, claro, mas costumamos ir para a casinha."

Ela fala isso daquele jeito de quem não espera de verdade que você aceite a oferta. Fico um tanto chateada ao descobrir que vou ter que fazer as refeições sozinha. Minha família sempre considerou importante que todos comêssemos juntos, por isso a ideia de quatro pessoas morando numa mesma casa e comendo separadas me parece estranho.

Por outro lado, comer sozinha parece ser *menos* estranho que dividir a mesa com Paul. Como se ele fosse deixar, principalmente depois do modo como me comportei... Mas não me arrependo de ter sido tão direta. Já valeu a pena ver em seu rosto uma expressão de surpresa genuína. E algo me diz que o elemento surpresa é a única coisa que vou ter a meu favor.

Lindy se dirige até a porta. "Tem um telefone na cozinha e no fim do corredor. O número da casinha está gravado na memória dos dois aparelhos. Costumo ir pra lá logo depois de servir o jantar do Paul, então se precisar de alguma coisa...".

"Vou ficar bem."

Ela me avalia por um momento, e tenho quase certeza de que sabe que estou blefando.

Lindy fecha a porta atrás de si, e eu fico olhando para os barcos na água, desejando estar dentro de um deles, indo em direção a qualquer outro lugar que não aqui.

Isso mostra como a minha vida era confortável até poucos meses, pois nunca tinha pensado que eu podia ser infeliz. Bom, também não me questionava se eu era feliz. Pode-se dizer que eu flutuava por aí de maneira inofensiva, acreditando que a vida era simplesmente boa.

Mas agora...

Agora não suporto a ideia de voltar àquela vida, com toda a sua facilidade artificial. Mas ficar no Maine também me parece inaceitável. Não porque seja uma coisa totalmente estranha para mim, nem porque Paul é um completo babaca que talvez me dê tesão. Mas porque *não sei o que esperam que eu faça.*

Logo a manhã vai chegar, e eu deveria começar a fazer o trabalho pelo qual estão me pagando: fazer companhia a um cara que não consegue cuidar de si mesmo. Só que, apesar de mancar e de adotar uma atitude sarcástica, ele parece estar se virando muito bem. Não acho que vá querer que eu leia os clássicos em voz alta enquanto pinta aquarelas. Vou ter sorte se me deixar ficar no mesmo cômodo que ele.

Eu me sinto sufocada pela futilidade de toda essa situação. Começo a desfazer a mala que Mick trouxe para o quarto. A cada sutiã que guardo na gaveta, fico esperando que meu cérebro aceite que vou morar aqui.

Mas minha mente prefere seguir um caminho ridículo, tentando descobrir qual sutiã agradaria mais a Paul. Imagino como seria ele tirando essa peça de roupa do meu corpo. Pensando...

Ai, meu Deus, Middleton. Você está a um passo de se transformar em uma completa pervertida.

Depois que escovo os dentes e lavo o rosto no banheiro moderno, ainda que pequeno, fico surpresa ao perceber que estou exausta, ainda que o sol mal tenha se posto. Me pergunto se preciso dar uma conferida em como está "o sr. Paul", mas, pela maneira como me olhou quando o deixei, não acho que outro encontro hoje vá fazer bem a qualquer um de nós.

Ponho o pijama e deito de um lado da cama, apoiando a bochecha nas mãos e olhando para o céu escuro pela janela. Quando finalmente começo a pegar no sono, não é a água ou os barcos que eu vejo, mas uma boca raivosa e lindos olhos azuis.

Pela primeira vez em meses, não sonho com Ethan. Ou Michael.

Esta noite, sonho com alguém muito mais perigoso que qualquer cara do meu passado.

8

PAUL

Quando eu estava na escola, era muito bom no futebol americano. Eu até gostava de jogar, mas nunca foi minha verdadeira paixão, por mais ridículo que seja dizer isso.

Fiquei meio decepcionado quando o treinador me escolheu para ser *quarterback* no meu primeiro ano. Porque o *quarterback* não corre muito.

E *essa* é minha paixão. Correr. Lançar a bola pra um cara não era nada comparado ao barato que eu sentia correndo.

Corri todos os dias até ir para o Afeganistão. Lá, corria o quanto podia em volta da base. E desde que voltei... bom, vamos dizer que as minhas chances de correr no futuro são iguais às que eu tenho de voar.

Mas guardo um segredo.

Não é muito importante. É até meio patético, na verdade. Mas ninguém sabe. Bom, talvez Mick e Lindy, mas eles nunca comentariam nada.

O único raio de esperança que eu me deixo ter é a possibilidade de correr de novo. Não é esperança de verdade, uma vez que não posso me enganar pensando que isso pode se tornar realidade. Sonho em voltar a correr.

É essa a razão de eu acordar bem cedo todas as manhãs. Antes que Lindy, Mick ou o pobre cuidador da vez acordem... cara, antes que o sol tenha se levantado.

Vou lá pra fora e finjo que estou correndo. Não fisicamente, claro. Minha perna não tem força para sustentar esse tipo de fantasia. Mas, na minha cabeça, eu corro.

É a única hora em que uso a bengala. Em parte porque não tem ninguém vendo, e também porque ela me permite chegar mais longe, mais rápido, por mais tempo. Por um ou dois quilômetros em uma trilha que margeia a baía. Eu ando mancando no silêncio que precede o raiar do dia e finjo apenas por uma hora que estou correndo. Que sou normal. É um momento meu.

É claro que, sendo o eremita que sou, todo momento é meu. Mas isso é diferente. Poderia dizer que é "sagrado", se não soasse tão ridículo. Com exceção dos pescadores — afinal de contas, estamos no Maine —, estou sozinho. E essa solidão é diferente da que enfrento o resto do dia, porque é intencional.

É a única hora em que me sinto vivo.

E nunca pensei que esse momento pudesse ser tirado de mim do jeito mais debilitante possível.

Olivia Middleton, a mesma pessoa que me manteve acordado a noite toda, corre. E pior: corre no *meu* momento, na *minha* pista.

A garota vem na minha direção e, embora ainda esteja distante, sei que é ela. Desde o beijo, só consigo pensar em seu rabo de cavalo loiro e em seu corpo alto e magro.

É inútil ir na direção contrária. Em seu ritmo, ela vai me alcançar com facilidade, de modo que não há nada a fazer além de esperar. E me apoiar.

Diminuo o ritmo até parar. Já é ruim que veja a bengala; de jeito nenhum vou deixar que me veja andando com ela.

Olivia usa um tênis de corrida pink ridículo, ainda mais porque combina perfeitamente com a camiseta de mangas compridas e com a faixa no cabelo. Ela também não estava com uma mala pink ontem? É exatamente o que eu preciso. Uma explosão de chiclete na minha vida.

Mesmo que a vestimenta não tivesse revelado que ela é nova nisso (corredores de verdade não se importam em combinar a faixa no cabelo e o tênis), isso é óbvio pelo ritmo lento, pelas bochechas rosadas e pela pisada ligeiramente torta.

Na minha cabeça, começo a dar dicas para ela. *Inspira pelo nariz, expira pela boca. Não mexe tanto os braços. Seus tênis cheios de fru-frus compensam sua pisada exagerada?*

A princípio, acho que ela não me vê. As passadas e sua expressão não se alteram conforme vai se aproximando. De repente, está quase chegando. Fica na minha frente. E para.

Meus dedos se fecham no apoio da bengala, que é uma cabeça de cobra — comprei esse troço na internet, de tão espalhafatoso e ridículo que me pareceu. Resisto à vontade de virar o rosto. Para mostrar meu lado bom.

Mas vamos ficar presos juntos por três meses, é melhor ela se acostumar com a minha aparência. E é melhor *eu* me acostumar com o olhar dela.

Olivia mal nota a bengala e não parece ligar para minhas cicatrizes pela forma como seus olhos verdes passam brevemente por elas. Mas ainda não clareou, e a luz ainda está fraca, então talvez ela não consiga ver a feiura do meu rosto por inteiro. O que me lembra...

"Você não deveria sair sozinha no escuro", rosno.

Ela franze a testa de maneira quase imperceptível, formando uma ruguinha entre suas sobrancelhas loiro-escuras. "Por que não?"

"Tem o costume de correr pelas ruas de Nova York de madrugada?"

"Como sabe que sou de Nova York?"

Fico em silêncio, sem vontade de explicar que passei a maior parte da noite estudando as poucas informações que meu pai me mandou sobre ela. Nada interessante. Largou a NYU. Mora em Manhattan. Não tem nenhuma experiência como cuidadora e não fez nem um curso intensivo de reanimação cardiorrespiratória. Completou vinte e dois anos poucos dias antes de chegar ao Maine.

Mas meu pai não passou nenhuma das informações que me interessam. Tipo, ela gostou do beijo de ontem ou estava só fingindo? Prefere que o cara segure seu rosto ou sua cintura quando a beija? Tem namorado? E o mais importante: *que porra está fazendo no Maine?*

"Não saia pra correr sozinha aqui", alerto. Não me dou ao trabalho de explicar quais são os perigos dessa situação para uma mulher. Bar Harbor é um lugar seguro, mas basta um tarado filho da puta escondido no mato pra destruir uma vida.

"Tá", ela diz, o que me surpreende.

Estreito os olhos e fico esperando.

Ela estranha. "Por que está me olhando assim?"

"Nunca vi uma mulher concordar com tanta facilidade sem ter alguma condição por trás. Fala logo qual é pra gente resolver isso de uma vez."

Olivia dá de ombros. "Tá. Eu ia dizer que não vou correr sozinha se você prometer vir comigo."

"Não", eu digo, quase antes que termine a frase.

"Por que não?"

Bato a bengala no chão. "Bom, pra começar, apesar das tartarugas serem mais rápidas do que você, eu não conseguiria acompanhar nem mesmo o pior dos corredores."

"Que talento você tem em incluir insultos em todas as frases", ela diz, ajeitando o rabo de cavalo. "Deve ser bem útil na sua vida social agitada e tudo mais."

Bato a bengala no chão de novo, avaliando a garota. "Deve ser legal pegar no pé de um aleijado."

Olivia revira os olhos. "Para com isso. Você tem mais problemas na cabeça que na perna."

Ela não tem ideia do quanto está certa, e não tenho nenhuma intenção de deixar que descubra isso. Eu me tornei um especialista em afastar as pessoas, agindo da forma mais desagradável possível até levá-las ao limite. Mas com ela é diferente. Não só porque a regra de três meses imposta pelo meu pai me impede de mandá-la embora. Suspeito que, de todas as pessoas, ela talvez saque que minha hostilidade não é descabida. Que meu interior está completamente podre.

Talvez até seja melhor que ela descubra, mas preciso adiar isso. Por três meses, pra ser específico. Não estou dizendo que vou ser *legal* com ela. Não tenho nenhuma intenção de ser simpático. Mas vou fazer o necessário para impedi-la de perceber o quanto estou morto por dentro. Vou fazer o necessário para garantir que Lily consiga o tratamento de que precisa.

Entretanto, não vou sair para acompanhá-la nas suas "corridas" matutinas. E "corrida" é só um modo de dizer.

"Tem uma esteira na academia", digo, seguindo em frente.

"Ah, é?", Olivia pergunta, vindo atrás de mim. "Ouvi dizer que você não usa."

"Quer saber?", falo, como se tivesse acabado de me dar conta de algo. "Tive uma ótima ideia. E se a gente *não* tivesse esse papinho logo cedo? Você volta pra casa com seus tênis inadequados e eu continuo sozinho."

"Meus tênis não são inadequados."

Dou risada. "Ah, é. Onde você comprou? Na internet?"

Ela fica quieta. "As avaliações eram positivas."

"Tenho certeza disso. Mas provavelmente foram escritas por garotas que adoram cor-de-rosa."

"E qual é o problema?"

"É uma boa cor pra batom", respondo, sem ter a menor ideia de como continuar. A inocuidade da conversa parece estranhamente normal.

"Me deixa adivinhar", Olivia diz. "A equipe de corrida da qual você fazia parte na escola ficou em segundo lugar no campeonato estadual há uns cem anos e você ainda se orgulha disso?"

"Cem? Quantos anos acha que eu tenho? E não, não fiz parte da equipe de corrida da escola."

"Você deve ter uns vinte e quatro mas logo vai fazer cem."

Estreito os olhos para ela. "Está falando isso por causa da bengala?"

"Ah, sim, vamos falar da bengala agora", ela diz, focando no objeto em questão. "Essa cobra aí é uma referência ao seu pênis, né?"

Meu passo vacila. A garota parece que saiu de um anúncio do grupo de jovens da igreja, então não estou nem um pouco preparado para que diga "pênis". Muito menos assim do nada.

"Sério?", pergunto, odiando que tenha me feito baixar a guarda. Ela não só invade meu espaço pessoal e se convida para uma caminhada em que claramente não é bem-vinda, como tira sarro do meu passado, me acusa de ser um velho e menciona meu pênis como se estivéssemos discutindo o tempo.

"Bom, é uma cobra", ela diz, dando de ombros. "E você anda com ela perto aí do local onde está a sua 'cobra'... Acho difícil que seja acidental."

Meu Deus.

"É uma bengala. Não tenho como usar em outro lugar que não perto do meu... merda! Deixa pra lá. Pode voltar pra casa agora. Seus tênis da Barbie vão se sujar aqui."

Olivia dá de ombros mais uma vez, sem qualquer intenção de ir embora. "Você devia ter comprado uma bengala de jaguar. Aí, sim, ia ser legal."

Franzo a testa. "A cobra é legal."

"Não. A cobra é esquisita e tem duplo sentido. Mas um felino de corpo preto e brilhante é sexy. Bem mais legal."

Por um segundo, penso em dizer que não preciso de ajuda pra ser mais legal. Então me lembro de que não sou mais Paul Langdon, o garoto mais popular de Boston. Sou a versão aleijada e interiorana dele.

Inspiro o ar frio da manhã para impedir que o desespero instalado na minha garganta saia na forma de um grito enraivecido. Se eu deixar que veja uma fração do que existe dentro de mim, vai voltar correndo para a Park Avenue. E, por mais tentador que isso seja, preciso de Olivia aqui. Pelo menos até saber o que fazer da minha vida.

Enquanto isso, preciso mantê-la na casa sem ceder ao impulso de estrangulá-la — ou colocá-la contra a árvore mais próxima e beijá-la com força.

"Há quanto tempo você corre?", pergunto, quase engasgando com uma pergunta tão sem importância. Faz tanto tempo que não tenho uma conversa casual que é, ao mesmo tempo, pouco natural e estranhamente familiar. A vantagem é que distrai a minha cabeça de pensar no corpo que está embaixo da blusa pink. Imagino que esteja de top, provavelmente pink também, o que não me impede de pensar em roupas de baixo menos úteis vestindo o corpo dela. Ou, melhor ainda, no corpo dela sem nada.

"É uma coisa meio que nova", ela responde, me puxando de volta para a conversa.

"Quem diria?", murmuro.

"Desculpa se não sou a Florence Griffith-Joyner."

Sorrio de leve. "É a única corredora que você conhece, né?"

"Talvez. Nossa. Qual é a sua com corrida? Ninguém me falou que eu precisaria saber nada sobre o assunto quando me candidatei a esse trabalho", ela reclama, parecendo exasperada. Fazemos uma curva acentuada à direita, que nos aproxima da água.

"Sinto falta de correr." Minha resposta é simples e muito mais reveladora do que eu gostaria.

Fico esperando que tire uma com a minha cara. Que diga que tem coisas mais importantes na vida que correr, ou que me tranquilize afirmando que tem *outras* coisas legais que eu posso fazer.

Mas ela só concorda, não com pena, mas reconhecendo o que eu falei.

"Comecei a correr pra fugir", ela revela, depois de alguns segundos de silêncio.

Olho para Olivia, notando que seu nariz é levemente arrebitado e meio que bonitinho. "Fugir de quê?"

Ela levanta o rosto, e nossos olhares se cruzam em um momento de tensão. A mensagem é clara: Olivia vai me contar seus segredos se eu contar a ela os meus.

O que nunca vai acontecer.

"Você está respirando errado", mudo de assunto, virando o rosto.

"Estou respirando normal."

"Não se quiser correr mais de cinco quilômetros. Sua respiração é curta. Precisa pegar mais ar. Use o diafragma. E procure sincronizar a respiração e os passos. No seu ritmo lento, talvez dê pra inspirar em três ou quatro passadas, e expirar no mesmo intervalo de tempo."

"Parece muito trabalho pra algo que deveria ser natural."

"Você se acostuma."

"Tá. E o que mais?", ela diz, abrindo os braços. "Minhas pernas são tortas? Meu rabo de cavalo tem que ser mais alto?"

"Trabalhe a respiração por enquanto", recomendo, ficando um pouco irritado ao me dar conta de como eu queria ser aquele que está correndo, e não quem explica ao outro como correr.

"Pode deixar, treinador", ela murmura.

"E esse seu interesse repentino pela corrida não tem a ver com um desejo de ficar sozinha?"

Ela franze a testa. "Não. Por quê?"

"Fica a dica."

"Ah. *Você* quer ficar sozinho."

"Isso."

Ela para de imediato e vira em direção à casa. "Tá. Vou tentar fazer esse negócio da respiração na volta. Mesma hora amanhã?"

"Não. Corra outra hora."

"Sou paga pra te fazer companhia, sabia?"

"Mas pode fazer isso em silêncio. E à distância."

Ela suspira, como se eu fosse uma criança petulante. "Por que será que nenhum dos seus outros acompanhantes ficou por mais de uma ou duas semanas? Nem consigo imaginar."

"Tchauzinho, Middleton", afirmo, apontando com a bengala na direção da casa.

"A gente se vê, Langdon", ela responde, andando de costas na direção da casa, de modo que continua voltada pra mim. "Posso fazer uma observação em troca dos conselhos que eu não pedi pra você me dar sobre a minha respiração?"

"Não, obrigado."

Ela me ignora e aponta para a bengala. "Isso aí é só pra fazer graça. Você não se apoiou nela durante esse tempo todo."

Abro a boca para retrucar, mas meu queixo cai quando percebo que...

Ela está certa.

Nem pensei na minha perna. Ou nas minhas cicatrizes.

Olivia já está se afastando de mim. Fico parado por alguns minutos, observando-a desaparecer em uma curva no caminho. Então continuo a andar, dizendo a mim mesmo que estou aliviado por ela finalmente ter ido embora.

E, se sinto um pingo de solidão, ignoro.

9

OLIVIA

Depois que tomo banho, procuro saber sobre o paradeiro de Paul.

Ele não está na biblioteca nem na cozinha. Quando estou subindo a escada, ouço uma música alta e pesada saindo do seu quarto. Nunca tive um irmão (ou irmã, na verdade), mas estou certa de que o barulho opressivo da guitarra é um código para "fora daqui".

Por mim tudo bem.

Não sei bem o que foi mais estranho: o beijo na biblioteca ontem à noite ou a inesperada caminhada/corrida de hoje cedo, quando quase nos conectamos antes que ele voltasse ao modo babaca.

De volta ao quarto, checo meu e-mail, ignorando tudo a não ser a mensagem de Harry Langdon. Como resposta, vomito um monte de mentiras sobre como "Paul e eu vamos nos dar superbem!".

Não é como se eu pudesse dizer a verdade: que não estou muito certa de como vou sobreviver a três meses com seu filho gato e perturbado.

E como não tenho a menor ideia do que deveria estar fazendo, vou dar uma volta pela propriedade.

O lugar é realmente tão grande e impressionante quanto pareceu ao pôr do sol. Embora tudo seja muito moderno, incluindo o sistema de som da casinha, que Mick insiste em me mostrar, não posso deixar de sentir que voltei a uma era em que um duque desolado reina sobre um território quase totalmente abandonado.

A academia é particularmente deprimente. Tem equipamento suficiente para um time inteiro, o que é meio ridículo, considerando que só uma pessoa a usa — e, de acordo com os e-mails de Harry Langdon, Paul só trabalha a parte superior do corpo, não a perna precisando de reabilitação.

Mas... eu não estava mentindo hoje de manhã, quando disse que ele não parecia *precisar* da bengala. Admito que meus conhecimentos de psicologia são limitados a uma disciplina do primeiro ano da faculdade, mas poderia apostar que os problemas de Paul Langdon estão muito mais na cabeça do que na perna. E suspeito que, lá no fundo, ele também sabe disso.

E é por isso que está me evitando.

Já não tenta me assustar com a mesma hostilidade que demonstrou ontem, mas certamente não corre atrás de mim. Estou um tanto decepcionada, mas não surpresa. Afinal de contas, ele deixou bem claro que não me suporta. Minha personalidade, meu jeito de correr, meus tênis cor-de-rosa...

Lindy me pede que leve o almoço para Paul — sopa de legumes e sanduíche de presunto —, mas, quando chego ao escritório, ele não está lá. No entanto, há um copo com um líquido dourado na mesa que sei que é recente, o que significa que ele não deve mais estar enfurnado no quarto.

É. Paul está mesmo me evitando. Deixo a bandeja na mesa e levo o copo comigo. Não sou dedo-duro, mas a última coisa que esse cara precisa é começar a beber antes do meio-dia. Volto à cozinha e jogo a bebida na pia, torcendo secretamente para ter desperdiçado algo bem caro.

Passo as horas seguintes no meu quarto. Ligo para minha mãe e descrevo meu primeiro dia através de lentes cor-de-rosa. Então ligo para Bella. Embora mencione que Paul é mais novo do que eu esperava e ridiculamente *sexy* (é o privilégio da melhor amiga: não posso *não* contar isso a ela), não comento sobre como ele me atrai e me assusta ao mesmo tempo. Passei longe de falar do beijo.

Assim, mato o tempo visitando as redes sociais. Só para me punir, fico examinando as últimas fotos de Ethan e Stephanie.

A sensação de ver o sorriso aberto no rosto do meu ex olhando para a morena pequenina é como uma facada no peito. Ele costumava *me* olhar desse jeito. Não costumava? Argh. E se ele nunca tivesse me olhado assim? E se nunca mais ninguém me olhar dessa forma?

Já esgotei todas as redes sociais e todos os sites de fofoca que conheço, e quando estou prestes a fechar o laptop, chega um novo e-mail.

É de Harry Langdon.

> Srta. Middleton,
> Fico feliz em saber que está se adaptando bem. Espero que Paul não tenha sido muito desagradável. Ele pode ser um pouco rude com recém-chegados, dada sua condição. Sei que meu filho é difícil, mas tenho certeza de que até mesmo uma ou duas horas diárias de contato humano vão ajudar na sua recuperação. Seja paciente com ele. É um bom garoto.
> Manterei contato.
> Harry
> P.S.: Controle o quanto ele bebe.

Leio a mensagem duas vezes. *Sério?* "Um bom garoto"? Fica claro pra mim que Harry não tem passado muito tempo com seu "garoto", porque o cara que eu conheci está muito longe de ser uma criança ou de ser "bom".

E que "condição"? Hostilidade? Babaquice completa? Receber permissão para se afundar na autopiedade?

E tem mais uma coisa me incomodando no e-mail. Certo, o cara está investindo uma grana ridícula para esconder seu filho em um lugar com todos os luxos, mas essas babás contratadas podem compensar a falta da família? E onde está a mãe dele? Tenho que me lembrar de perguntar para Lindy depois.

A única coisa do e-mail que me traz *algum* conforto é o fato de mencionar "uma ou duas horas" de contato humano. Admito que estava me sentindo meio culpada por estar morando de graça em uma casa enorme e receber um salário decente para cuidar de um cara que não consigo encontrar. Mas, se querem me pagar para que me intrometa em sua caminhada matinal e jogue fora sua bebida, por mim tudo bem.

Deixo o laptop de lado e procuro o livro que trouxe comigo. Uma das minhas metas pessoais nessa pequena aventura no Maine é ler mais. Quer dizer, sempre li bastante revistas de fofoca e dava a atenção necessária aos livros da escola para garantir boas notas. Mas, nos últimos tempos, tenho sentido vontade de algo mais substancial.

Tirei a biografia de Andrew Jackson da estante da biblioteca de casa quando estava fazendo as malas, principalmente porque era grossa e tinha "vencedor do Pulitzer" impresso na capa. Impressionante, não? Talvez eu não lembrasse na hora que Andrew Jackson tinha sido presidente dos Estados Unidos, mas aquilo só reforçou minha resolução de trazer o livro. A nova e melhorada Olivia vai saber esse tipo de coisa.

Abro a porta do quarto, tentando ouvir a música de Paul. Nada. Espero que isso seja um sinal de que ele está no escritório. O pobre cara ainda não sabe, mas, por uma quantidade obscena de dinheiro, está prestes a ter companhia enquanto faz suas coisas naquele cômodo.

Passo rímel e gloss rapidamente, tentando me convencer de que é um velho hábito (minha mãe é da opinião de que as mulheres devem estar sempre arrumadas), mas tenho quase certeza de que é porque preciso compensar o fato de que, da última vez que Paul me viu, eu estava suada, com o cabelo ensebado e precisando de oxigênio.

O jeans escuro e a malha creme não são exatamente sexy, mas sem dúvida é uma grande melhora da roupa de corrida. E eu ainda tomei banho.

Você é uma funcionária, meu cérebro me lembra. *Não é hora de cultivar a tigresa dentro de si.*

Bato à porta da biblioteca, mas me dou conta de que assim ele vai ter a chance de se atirar pela janela ou desaparecer por alguma passagem secreta que deve mesmo existir. Então entro, e o que vejo à minha frente é uma cena... bem, *muito* agradável.

A lareira está acesa no canto, e tem um bonitão jogado na poltrona, segurando um livro e com um copo cheio de um líquido âmbar. Coisa fina.

Pela primeira vez desde que cheguei a esse lugar dos infernos, me arrependo de verdade de estar me intrometendo. Ele não parece uma vítima que precisa de cuidados, só um cara tentando ler em paz diante da lareira em uma tarde tempestuosa.

Enquanto penso em ir embora e deixá-lo tranquilo, ele teve que abrir a boca.

"A bebida que você jogou fora mais cedo custa quinhentos dólares a garrafa."

Ah. De volta ao normal. Uso o pé para fechar a porta atrás de mim. "Tenho certeza de que isso abriu um rombo nas finanças da família. Você sabe que todos os quadros da casa são originais, né?"

"Por favor", ele diz, ainda sem levantar os olhos do livro. "Você tem dinheiro também. Deve saber como esse tipo de comentário é ridículo."

"É, você parece estar mesmo muito preocupado", murmuro, me aproximando. "E por que acha que tenho dinheiro?"

"Google. Sua família é importante."

Eu o ignoro. Vamos ficar melhor se não falarmos de mim.

"Mas e aí, o que é?", pergunto, arriscando sentar na poltrona em frente à sua, embora não tenha sido convidada e não seja bem-vinda. Eu o estudo. Sua barba por fazer está ligeiramente maior que ontem. Em geral, prefiro um cara de rosto limpo, mas o visual meio rústico cai muito, *muito* bem com a vibe "menino de ouro transformado em herói de guerra fatigado". Espero que olhe para mim, me preparando mentalmente para isso.

Como se lesse meus pensamentos, seus olhos azuis encontram os meus, e de repente parece tolice ter pensado que faria alguma diferença me preparar para enfrentar esse olhar. O desejo ainda me percorre dos cílios até os dedos dos pés.

"O quê?", Paul pergunta.

Demora um pouco para eu me lembrar de que fiz uma pergunta. "A bebida tão preciosa que joguei fora. O que é?"

Seus olhos se acendem de irritação, e eu acho que vai me mandar cair fora, mas ele parece se conter. Muito devagar, Paul levanta o copo de cristal da mesa e passa pra mim.

Dou uma cheirada. "Uísque."

Ele assente. "Highland Park trinta anos. Não é o melhor que temos, nem algo para ser desperdiçado."

"Muito másculo."

Ele revira os olhos, e eu tomo um golinho, porque não gosto muito de uísque. Descubro também que não sou muito fã de uísques de quinhentos dólares, e devolvo o copo a Paul com um dar de ombros.

"Quer alguma coisa?", ele pergunta. "Vinho?"

"Não precisa."

Na verdade, água cairia muito bem agora. Entre seu olhar ardente e o calor do fogo, estou ficando com sede.

"O que está lendo?", pergunto.

Ele grunhe. "De novo isso? Sei que estamos presos um ao outro, mas precisamos mesmo nos conhecer? Não podemos ficar em silêncio?"

O modo como ele diz "presos um ao outro" me deixa reflexiva. Sei por que *eu* preciso dele, mas por que ele precisa de mim? Pelo que ouvi de Lindy e do que o sr. Langdon me disse, Paul não tem problema nenhum em mandar as pessoas embora.

Ele está me tratando diferente? Ou só ganhando tempo enquanto decide como me expulsar?

Quero *muito* que seja a primeira opção.

"Tá", digo, me acomodando na poltrona. "Vinte minutos de silêncio em troca de um jantar."

"De jeito nenhum", Paul recusa, calmo, com sua atenção voltada ao livro enquanto vira a página.

"Trinta minutos."

"Eu como sozinho."

"Vai", insisto. "Prometo que não vou te dar a sopa de aviãozinho."

"Não."

"Paul."

Seus olhos brilham de novo, e por um breve momento a expressão em seu rosto é quase de desejo. Percebo que é a primeira vez que o chamo pelo nome.

Tenho certeza de que não sou *só mais uma* cuidadora. Só não sei o que sou.

"Posso ficar falando sozinha por bastante tempo", continuo, tentando aliviar a tensão do momento. "Vamos ver, nasci em trinta de agosto, o que quer dizer que minha pedra é a crisólita, que tem esse nome refinado, mas uma cor verde estranha. Falando em cor, tá vendo meu cabelo? Nada natural. Quer dizer, eu era uma loirinha fofa quando bebê, mas ficou tudo castanho sem graça quando cheguei ao terceiro ano, e estou tentando consertar desde então. Fiquei menstruada com…".

"Tá!", ele me interrompe. "Desisto. Me dá uma hora e meia de silêncio agora e janto com você mais tarde. Mas você não vai poder falar enquanto comemos."

"Nada feito. Dou *uma* hora de silêncio agora e conversamos durante o jantar."

Ele dá um golinho no uísque e me avalia. "Você é irritante."

Penso em dizer que nunca me chamaram de "irritante" antes. Sempre fui chamada de educada, doce, tímida. Digo as coisas certas nas festas, respeito os limites dos outros, evito assuntos controversos como se estivesse em um campo minado. Mas há algo *nele* que desperta esse outro lado meu. E eu meio que gosto.

Dou de ombros, sem me desculpar. Além disso, a velha e bondosa Olivia seria esmagada por esse cara.

"Você sabe quem é Andrew Jackson?", pergunto, sentando sobre as pernas e me encolhendo no couro preto e macio da poltrona.

"Sim, eu sei quem foi Andrew Jackson. O Velho Coiote."

Oi? "Tá", digo. "E já ouviu falar desse livro? Chama *American Lion*, e..."

"Olivia", ele me interrompe com toda a delicadeza, virando a página do livro, "aquela hora de silêncio já está valendo."

Suspiro. Acho que vou ter que ler mesmo esse negócio em vez de só falar a respeito. Uma decepção.

"Tá bom", falo, abrindo o volume no prefácio. "Mas é bom que saiba que planejo comer bem devagarinho."

Ignoro seu resmungo e me acomodo para ler sobre o Velho Coiote. E talvez dê umas olhadelas para o cara mais interessante que já conheci.

10

PAUL

Está quente. Quente pra caralho. Mas nem me dou conta. Nenhum de nós se dá, porque está sempre quente e nem vale a pena reclamar, considerando que temos coisas mais importantes com que nos preocupar, como o helicóptero que foi derrubado na semana passada ou o Humvee que não voltou para a base ontem à noite.

O melhor a fazer é ignorar o calor, jogar futebol americano com seus amigos quando possível e rezar para qualquer deus, espírito ou divindade para ser um dos sortudos.

Então Williams quebra o código.

Estamos em uma patrulha de rotina, e ele quebra a porra do código.

"Odeio essa porra toda."

Estou pensando em que merda devo escrever para Ashley, minha namorada, mas meu cérebro trava com a confissão de Williams. Garcia e Miller param de assassinar sei lá que música do Jay-Z que estão tentando cantar e o encaram com uma mistura de consternação e desgosto.

Alex Skinner, meu melhor amigo desde o treinamento, está puto. "Cacete, Williams."

Greg Williams só dá de ombros. Ele é o mais baixo de nós, mas também é rápido pra burro. E esperto. Ou pelo menos era o que eu pensava antes que quebrasse a porra do código.

"Não começa", digo, tentando aliviar o clima. "Você sabe que no instante em que reconhecemos que estamos levando uma vida de merda nossa sorte acaba."

"Só estou falando. É ruim pra caralho. A areia, o calor, o medo constante de só ir pra casa dentro de um caixão. Vocês sabem."

Skinner se inclina para ficar cara a cara com Williams. "A gente sempre sou-

be que seria assim. Isso não é uma versão glorificada da Primeira Guerra Mundial em que não sabíamos o que esperar."

Williams empurra Skinner, e eu coloco o braço entre eles antes que os dois esquentadinhos piorem uma situação que já é ruim.

"Tenho o direito de dizer o que penso", Williams reclama, empurrando nós dois e depois olhando para as próprias mãos. "Tenho o direito de dizer o que todos estamos pensando. Nenhuma maldição de merda vai recair sobre a gente só porque falei a verdade."

Menos de dez minutos depois, veio a confirmação de que ele estava errado.

Williams volta pra casa em um caixão.

Assim como todos os outros.

De repente, o tempo acelera e se alonga. Segundos depois, estou no chão, segurando Alex enquanto ele tenta falar. A única coisa que sai de sua boca é sangue.

Tem sangue demais. Meu. Dele. É uma grande bagunça metálica e amarga.

Tento entender o que ele quer me dizer. Tento entender seu último pedido, sua última palavra, mas tem sangue demais.

Sempre tem sangue demais.

Não é a primeira vez que eu acordo ensopado de suor.

Mas é a primeira vez, desde que estive internado no hospital, que outra pessoa está comigo quando desperto.

Não me lembro bem das enfermeiras, mas arrisco dizer que nenhuma delas se parecia com Olivia Middleton ajoelhada na minha cama, usando apenas uma blusinha branca justa e um shortinho pink. O que essa menina tem com rosa?

Então, eu me dou conta de que ela está *aqui*. No meu quarto.

Sei qual é o motivo.

O pesadelo. Devo ter gritado, e Olivia veio descobrir por quê.

"Cai fora, porra", ordeno, me sentando e rolando para fora da cama antes que ela possa me tocar. "Cai fora daqui!"

"Você estava gritando", ela diz, calma, enquanto desce da cama, voltando-se para mim. Estou completamente suado e nervoso.

"É claro que estou gritando. É a porra de uma guerra."

Levo alguns segundos para compreender o que falei, então passo as mãos pelo meu rosto para ver se acordo. Tento ver algo que não seja Alex morrendo.

"Sai daqui", insisto.

"Com que frequência isso acontece?"

Eu a ignoro e vou até o aparador, onde me sirvo de um copo da primeira garrafa em que boto as mãos.

"Seria melhor tomar água", ela palpita. "Você está suando; o álcool só vai piorar."

"É? Água seria melhor? Água vai consertar tudo?", pergunto, com ironia. "Você não sabe porra nenhuma, Cachinhos Dourados."

"Legal", ela retruca. "Muito original. Eu não ligo para um palavrão de vez em quando, mas você está começando a ficar repetitivo."

Viro o uísque, apreciando a queimação na garganta. Sirvo outra dose, pensando em quantas vão ser necessárias dessa vez. Quantos copos serão suficientes para amortecer a dor.

Sinto dedos magros e frios envolvendo o meu pulso. "Para."

Solto a mão e a empurro. Sem muita força, mas o bastante para Olivia cambalear.

A parte decente que ainda existe em mim, que é bem pequena, quer esticar a mão para ajudá-la. Quer pedir desculpas. Não, quer implorar para que ela me perdoe, porque Paul Langdon não é do tipo que desconta suas frustrações em mulheres.

Mas ela está perto demais, e sua presença é tão equivocada que, em vez de me desculpar, viro as costas para Olivia e levo as mãos à cabeça, tentando respirar fundo. Meu maior desejo é mergulhar no nada e nunca mais voltar.

"Paul."

"Para", rosno. "Só porque fui legal e deixei que falasse sobre seus bichinhos de estimação da infância enquanto comíamos carne assada, não quer dizer que você pode vir aqui nesse pijaminha minúsculo para enxugar minha testa suada e me consolar sem nem ter ideia do que se trata."

"Então me diz do que se trata", ela pede, completamente calma e racional, o que só me deixa ainda mais irritado. "Ou diz pra *alguém*."

Ah, é. Como se eu nunca tivesse recebido esse conselho antes.

Mas não é o conselho em si que me irrita; é o fato de que, pela primeira vez, fico tentado a segui-lo. Pela primeira vez, quero deitar a cabeça no ombro de alguém, deixar que me faça cafuné e ouvir que vai ficar tudo bem. Quero compartilhar as coisas monstruosas que guardo dentro de mim.

E isso nem é o pior. Em meio à dor de ver Alex morrer de novo, a consciência de uma outra coisa vai tomando forma: eu não estou usando nada além de cueca, enquanto Olivia está praticamente de lingerie.

É perigoso para *qualquer pessoa* ficar perto de mim quando tenho esses pesadelos. Mas ver que ela está aqui, com sua pele macia e perfumada, invadindo meu espaço quando meu sangue está correndo a mil por hora, quando estou com raiva, a ponto de bala, prestes a punir alguém — qualquer um, começando por mim mesmo —, bem...

Viro de novo pra terminar a segunda dose de uísque, mas ela vem na minha direção e tira o copo da minha mão. Sinto seus seios roçarem meu bíceps, e fico ainda mais no limite.

"Sai", exijo. Minha voz fica rouca. *Pelo amor de Deus, vai embora.* Giro a cabeça de leve, só para ver sua reação.

Olivia continua me observando, e não consigo ler sua expressão. "Ou o quê? Vai me botar pra fora daqui com suas próprias mãos?"

"É uma possibilidade." *E a mais segura.*

"Vou embora quando prometer falar com alguém sobre os pesadelos. E se escrevesse sobre eles?"

Ah, sim, isso vai ajudar. A porra de um diário.

"Vou contar até três", afirmo, pegando de volta o copo da mão dela e indo até a garrafa. "Um."

"Paul."

"Dois", continuo, levantando a voz. Viro a dose e sirvo outra, enquanto a anterior ainda queima minha garganta.

Olivia tenta pegar a garrafa, mas dessa vez estou preparado e a levo para longe da garota. Só que agora estamos cara a cara.

Seus olhos estão soltando faíscas. Irritação? Desejo?

"Três", termino de contar, fraco.

Por um segundo, nenhum de nós faz nada. Então, com a rapidez e a impiedade de um soldado, enfio uma mão em seus cabelos loiros e sedosos antes que possa dar um passo para trás.

Seus olhos se arregalam, e pela primeira vez Olivia parece assustada.

Ótimo.

É melhor que esteja mesmo.

11

OLIVIA

Como da primeira vez, a intenção do beijo é me punir.

Mas, se outro beijo era um testando o outro, este tem a ver com domínio.

Paul está ganhando. Minha mente sabe muito bem que invadi seu espaço e sua privacidade, e esse homem ferido está tentando me ensinar algum tipo de lição com sua boca colada à minha.

De fato, é uma lição. Sobre *desejo*, principalmente. Porque, se minha cabeça registra que o beijo é feroz, meu corpo está sedento por ele. A sensação dos lábios de Paul se esfregando grosseiramente contra os meus dispara uma série de fogos de artifício dentro de mim.

Seus dedos vão mais fundo em meus cabelos, enquanto sua outra mão enlaça minha cintura, me puxando para ele. O tecido fino da minha roupa não diminui a sensação de que estou encostando em seu peito nu — que, por sinal, é ainda mais musculoso do que eu esperava. Sei que está escuro, mas posso assegurar que é um belo de um tanquinho.

Mesmo quando eu e Ethan estávamos na fase de descobrir as partes boas um do outro, na adolescência, nunca fui o que chamariam de fogosa. Talvez sensual num dia bom, com a lingerie certa e o cabelo brilhante. Mas nunca teve aquele tesão. Nunca quis me perder em outra pessoa.

Só que agora não estou falando de qualquer pessoa, e sim de Paul. O único cara que eu absolutamente não deveria querer. Mas é quem eu quero.

Sinto seus dedos pegarem meu cabelo com mais força, inclinando minha cabeça para trás, enquanto seus lábios passam da minha boca para a mandíbula. Seus dentes passeiam por ali antes que seus lábios desçam pelo meu pescoço.

Eu não deveria deixá-lo fazer isso. Não mesmo.

Em vez de afastá-lo como meu cérebro manda, eu me ouço gemendo ao mesmo tempo que minhas mãos agarram seus ombros. Ele chupa a pele sensível da orelha antes de se afastar o suficiente pra me olhar.

"Me pede pra eu deixar você ir", Paul diz.

Abro a boca, mas nenhuma palavra sai dela. Não quando estamos com o peito e os quadris colados um no outro, e meu pescoço ainda está molhado dos seus beijos.

Suas sobrancelhas se levantam em uma constatação presunçosa. "Não?", ele pergunta, com a voz áspera enquanto se inclina para morder meu lóbulo. "Gosta disso?"

Fico ofegante diante do encontro da sua língua com minha orelha.

"E disso?" Sua mão vai da minha cintura para os meus peitos, e o tecido fino da blusa é incapaz de esconder minha reação.

Ele sorri no meu pescoço, e eu o odeio por isso. Mas não tanto quanto odeio a mim mesma por não empurrá-lo.

Deixo que enfie a mão sob a blusa pra agarrar meu peito, sentindo pele quente contra pele quente. Deixo que sua outra mão livre-se do meu cabelo para poder tocar no meu peito também, e ele passa os dedões sobre os mamilos, me deixando sem fôlego.

E então, que Deus me perdoe, quando sua boca volta à minha, eu o beijo como se estivesse faminta.

"Você me quer?", Paul pergunta com a boca colada na minha. "Quer minhas mãos em você?"

Alarmes soam na minha cabeça. O tom com que fala essas palavras não possui nenhum afeto, nenhuma gentileza. Ele está fazendo alguma espécie de jogo cruel, usando meu corpo como tabuleiro. E eu estou disposta a participar.

As mãos de Paul descem pela minha barriga, entrando no short antes de parar sobre o tecido fino e úmido da minha calcinha.

Sua respiração fica mais pesada, e sei que está testando seus limites.

Minhas unhas arranham seu pulso de leve, e a razão me manda afastá-lo. Seus dedos se movem, me esfregando, e deixo a cabeça cair para trás.

Em meio à respiração quente e rápida de Paul no meu pescoço, sinto um dedo escorregar por baixo do elástico da minha calcinha, onde estou quente e escorregadia.

"Nossa", ele murmura.

Outro dedo se junta ao primeiro, e eu continuo segurando seu pulso, mas agora sem nenhuma intenção de afastá-lo. Seus dedos brincam comigo, primeiro experimentando, depois mais confiantes conforme descobre o que me faz me contorcer e ofegar.

Fico próxima do orgasmo depressa demais, e ele parece saber disso, porque nesses últimos segundos me puxa para perto com um braço, enquanto movimenta os dedos cada vez mais rápido, até que um grito rouco escapa da minha garganta e eu relaxo.

Eu me inclino sobre ele até que minha perna pare de tremer e eu recupere o fôlego. Mas Paul tira a mão do meu short e se afasta antes que possa fazer isso. Ainda não consigo pensar direito, então levo um tempo para entender o que está acontecendo.

Paul limpa a mão — *aquela* mão — na cueca com um sorrisinho de escárnio. "Isso foi fácil. Fico me perguntando quem está trabalhando pra quem."

Sinto um zumbido nos ouvidos. *Ai, meu Deus. Isso não está acontecendo.* Não acredito que vou ser rejeitada por esse cara. O cara pra quem trabalho.

Ele volta a pegar o copo e dá um longo gole, como se nada tivesse acontecido.

A constatação me atinge como um banho frio: ele não me quer. *Nunca* me quis. Pensei que fosse algum tipo de encontro no meio da noite, que sentíamos uma atração animal um pelo outro, mas ele só queria provar um ponto da maneira mais cruel e fria possível.

"Você é um monstro", sussurro.

Ele vira o rosto para mim, sem revelar nada. "Esperava algo diferente?"

"Por que fez isso?", pergunto, tentando manter algum traço de orgulho, mantendo o queixo erguido e encarando-o de frente.

Paul dá de ombros, e sua indiferença é pior que seu escárnio. "Estava entediado. E você estava implorando."

Fecho os olhos. O que mais machuca é que tudo isso é verdade. Implorei mesmo. Devia tê-lo afastado, e passei dos limites do que é considerado aceitável.

Mas não sou a única culpada. Volto a abrir os olhos, procurando por um traço de remorso em seu rosto. Nada. Talvez ele realmente esteja morto por dentro, como quer que todo mundo acredite. Talvez eu só esteja cuidando de uma estátua com uma inclinação para o sadismo.

Mas... quem era aquele cara tão obcecado pela maneira como eu corria que até esqueceu que supostamente estava ferido? Ou o cara que me ofereceu seu uísque multimilionário enquanto líamos diante da lareira? Ou o cara que eu obriguei a conversar durante o jantar?

Tem que ter um ser humano debaixo dessa criatura gelada. Só não sei como chegar até ele... ainda.

Respiro fundo, tremendo um pouco, sem me preocupar que isso possa revelar meu estado de nervos. Dou um passo para trás, e mais outro, sempre olhando para ele. Quero que saiba que não vou fugir, que não vou sair dessa casa porque ele fez o que quis com o meu corpo e depois zombou de mim.

Pela primeira vez na vida, sinto que estou agindo totalmente por instinto. Embora pareça que estou brincando com fogo, também parece estranhamente certo.

"Sabe onde me encontrar quando quiser conversar", garanto em um tom gentil. "Sobre o pesadelo."

Seus olhos se estreitam com a mudança de assunto, e um sentimento de vitória se sobrepõe à vergonha. Estou certa. O beijo e tudo aquilo não eram só para me humilhar. Eram pra me distrair. Cheguei perto demais dos segredos dele quando o acordei no meio de um pesadelo, e Paul usou o sexo para me distrair.

Não vai acontecer de novo.

Me dirijo à porta, virando a cabeça de leve apenas para fazer uma pergunta antes de partir. "Quem é Alex?"

Ele solta um rosnado, baixando a cabeça ao apoiar as duas mãos na cômoda. Sua respiração está curta e entrecortada.

Faço uma pausa, dando a ele a chance de me responder, mesmo sabendo que não vai fazer isso. E, mais uma vez, estou certa. Paul não diz nada.

Saio do quarto, fechando a porta com cuidado antes de dar alguns passos e apoiar a testa contra a parede por um segundo, tentando recuperar o fôlego.

O que é que estou fazendo?

Não tenho como *ajudar* o cara. Nem sei se é possível ajudar alguém que não quer mudar. Mas não é isso que me deixou toda tensa e no limite.

É que, lá no fundo, sei que a razão pela qual vim pra cá foi a noção inocente de que ajudar Paul acabaria *me* ajudando. Que, de alguma forma, eu poderia consertar o que estivesse quebrado e podre dentro de mim.

Quero consertar a parte de mim que traiu o namorado que eu amava. Quero consertar a parte de mim capaz de enganar a pessoa que mais importava na minha vida. Mas...

E se Paul estiver certo? Ele pode ser um filho da mãe insensível, mas pelo menos é honesto consigo mesmo quando diz que é um bárbaro. Pelo menos não está fingindo ser outra coisa. E se ele estiver certo? Será que não é possível consertar a si mesmo?

Ando lentamente pelo corredor até o meu quarto e me encolho no canto da cama.

O sono não vem.

Por um bom tempo.

12

PAUL

Olivia não foi correr hoje.

Será que foi embora?

Não. Ainda não. Eu teria ouvido Mick tirando o carro e levando a bagagem até lá embaixo.

Mas talvez ela esteja no quarto arrumando as malas.

A ideia me enche de... o que, exatamente?

Eu deveria estar satisfeito.

Eu só queria me livrar dela depois da noite passada, quando a beijei com a delicadeza de um lobisomem. Queria colocar um pouco de agressividade no beijo, mas não tanta. A partir daí, as coisas ficaram mais violentas.

Não teria problema se ela tivesse me empurrado, me arranhado ou até mesmo me dado um tapa, porque eu definitivamente merecia. Mas ela topou. Como se tivesse sido feita pra mim.

O que eu fiz está além do hediondo.

Só a queria em meus braços, deitá-la na cama, ficar com outro ser humano. E, por essa razão, mais do que por qualquer outra, fui cruel. Extrapolei no nível de crueldade. Parte de mim está sendo consumida pela culpa, enquanto outra parte sabe que é melhor que ela descubra agora que sou um monstro.

Mas, desde a noite passada, estou incomodado com uma coisa.

Logo que me afastei dela, humilhando-a de propósito, Olivia ficou em choque e com raiva, como deveria. Mas, em seguida, fiquei irritado com o que vi: resignação. Em questão de segundos, a raiva e a tensão desapareceram dos seus olhos, e ela aceitou o que tinha acontecido, como se ela merecesse sofrer esse tipo de humilhação.

Posso não conhecer Olivia Middleton muito bem — na verdade, não sei nada dela —, mas ela merece mais do que recebeu na noite passada.

Ouço uma batida leve na porta, e odeio a maneira como levanto a cabeça na maior expectativa e como meu coração fica um pouco mais acelerado.

Então lembro que Olivia não bate. É Lindy.

"Você parece cansado", ela murmura, enquanto deixa a bandeja com o almoço sobre a mesa.

"É." Esfrego os olhos. "Foi uma noite difícil."

Ela concorda. "Para Olivia também. Ela levantou cedo, mas mandei que voltasse pra cama. Acho que não pregou o olho."

Eu me seguro para não pedir mais informações. Será que ela contou a Lindy o que aconteceu? Vasculho o rosto familiar da governanta com cuidado, procurando por algum sinal, mas ela se mantém calma e sem expressão, como sempre. Gosto disso nela. É uma das poucas pessoas que aprendeu a conviver comigo respeitando meu espaço. *Está ouvindo, pai? E todos os médicos e psiquiatras com sua baboseira de que o transtorno do estresse pós-traumático tem cura?*

Por um segundo, no entanto, eu gostaria que ela perguntasse. Gostaria que alguém perguntasse o que aconteceu. Como estou. Algo além do enfadonho "precisa de alguma coisa?".

É claro que eu preciso. Preciso de alguém *que se importe*.

"Você não está bebendo hoje", observa Lindy, olhando pra minha caneca de café.

Levanto as sobrancelhas como se dissesse: "E daí?".

Ela dá de ombros. "Pedi um fim de semana de folga ao seu pai. Vai ser só daqui a umas semanas, mas achei bom avisar."

"Tá", murmuro, me sentindo aliviado por ela não ter insistido no assunto da bebida. Durante a manhã toda falei para mim mesmo que dei um tempo no uísque por causa da minha dor de cabeça. Não porque uma garota de olhos verdes me mostrou que estou recorrendo ao álcool da forma errada.

"Mick também vai folgar", comunica Lindy, já se dirigindo à porta. "Vamos dar uma escapadinha até Portland. Seu pai se ofereceu para reservar um hotel. Pensei em ir ao cinema. Provar a comida de outra pessoa, pra variar."

Espera, o quê? Meu pai está dando férias pagas aos funcionários agora? E os dois vão folgar juntos? Tento me lembrar das vezes em que vi Mick e Lindy juntos. Não foram muitas, mas me esforço para ignorar os outros sempre que possível. Eles são...? Bom pra eles se forem. Pelo menos alguém estaria se dando bem.

"Legal", digo.

Lindy aperta os lábios. "Você vai ficar bem. Vai ter comida e tudo mais. Quer dizer, não vai ser a *minha* comida, mas..."

Tecnicamente, ela está falando comigo, mas sei pelo seu tom de voz que está tentando convencer a si mesma de que não está me abandonando.

Olho para ela. "Tem ideia do que os soldados comem no Afeganistão? Vou ficar bem."

"Olivia disse que se vira bem na cozinha", Lindy continua, como se não tivesse me ouvido. "Tenho certeza de que o que ela preparar — ovos mexidos, queijo quente ou qualquer outra coisa — não vai matar você."

Olivia.

Eu e Olivia.

Sozinhos. Em casa.

Olivia num pijaminha minúsculo, com seus peitos pequenos e suas pernas compridas e torneadas.

Olivia com seus olhos verdes dizendo "não mexe comigo", com os lábios mais gostosos do que os uísques mais caros do mercado.

Não vou sobreviver a isso.

"Tanto faz", murmuro.

Fico com um olho vigiando a porta enquanto como, meio que esperando Olivia aparecer com a biografia de Andrew Jackson na mão, provavelmente tendo lido só umas duas páginas, insistindo para comermos juntos. Mas a porta continua fechada, e a casa, quieta.

Depois do almoço, tento ler, mas não consigo me concentrar. Então vou para a academia. Normalmente é a primeira coisa que faço depois da caminhada à beira-mar, antes de ir pro banho, mas estava sem vontade hoje de manhã. Por causa da noite passada, claro.

Eu admito que a academia é ridícula. É gigante para os padrões normais e considerando que sou a única pessoa que a usa, é um completo absurdo. Mick e Lindy poderiam frequentá-la se quisessem, mas não fazem o tipo atlético. Por isso, só eu venho aqui.

Faço a sequência de exercícios com a qual estou acostumado, sentindo os músculos da parte de cima do meu corpo queimarem à medida que chego no limite. A verdade é que, da cintura pra cima, estou em melhor forma do que no auge do treinamento militar, e isso não é pouca coisa. De algum modo, sei que é uma maneira de compensar a perna ferida, mas não estou nem aí.

Por algum motivo, hoje não consigo parar de pensar na minha perna, sabendo que vai ficar cada vez mais fraca. Eu a mantenho funcionando através das caminhadas matinais. Não sou um completo idiota. Posso não acreditar em todas aquelas bobagens difundidas pela fisioterapia, mas sei que membros não utilizados atrofiam e tudo o mais. Mas aqui não faço nenhum exercício para a parte inferior do corpo, mesmo com a perna boa. É uma forma de lembrar como era, e como nunca mais vai ser. Nada de agachamento. Nada de extensão. Nada de *leg press*.

Procuro afastar esse pensamento, e com um grunhido encerro minha série de supino. Fico deitado no banco, com o peito pesado.

"Você vai acabar completamente desproporcional se continuar assim."

A voz é inesperada, e eu sento tão rápido que quase bato a cabeça na barra.

Olivia.

Ela está com uma combinação de top e short na cor, adivinha, pink. Tem um iPod na mão e uma garrafa de água debaixo do braço. É óbvio que veio usar a academia, não me procurar. Só de olhar para o corpo dela, dá para deduzir que se exercita. Deve ter dado trabalho para deixar o corpo gostoso desse jeito.

Olivia caminha na minha direção. Embora seu rabo de cavalo esteja empertigado como sempre, está com olheiras e sua expressão parece mais cautelosa. Colocou barreiras entre a gente, pra me manter à distância.

Sinto uma pontada de arrependimento, e a parabenizo mentalmente por estar fazendo a coisa certa. Eu também me congratulo. *Missão cumprida, babaca.*

"Você vai ficar desproporcional", ela repete. "Enorme e ridículo em cima, magrelo embaixo."

"Não sou magrelo", contesto de imediato. Por que estamos falando disso e não do que aconteceu ontem à noite?

Ela se aproxima, esticando a mão para pegar o tecido da minha calça, enquanto levanta uma sobrancelha. "É? Quando foi a última vez que usou um short?"

Respondo, franzindo a testa. "Você me viu de cueca ontem. Acha que sou magrelo?"

Ela recolhe a mão. "Não vamos falar sobre isso."

"Achei que já estivesse voltando para Nova York a essa altura. Ou que pelo menos viria atrás de mim para exigir que eu me desculpasse."

Sua expressão é impassível. "Pensei sobre isso. Mas preciso ficar longe de Nova York, e não sou tão tola a ponto de achar que me pediria desculpas, então..." Ela abre os braços como se dissesse *estou aqui, lide com isso*.

Essa reação pragmática me irrita. Ela *deveria* ter exigido um pedido de desculpas — qual é o problema dessa garota? E o que é mais irritante... por que quero tanto me desculpar?

"Quando foi a última vez que você trabalhou a perna?", Olivia pergunta, ignorando minha turbulência interior.

Pego sua garrafa de água e tomo um gole, enquanto a examino. "Não é da sua conta."

Ela finge pensar a respeito. "Espera aí, na verdade é da minha conta. Se quiser, posso mostrar os e-mails que troquei com seu pai. Ele fala especificamente que..."

"Sei exatamente o que ele deve ter dito", interrompo. "Pode riscar essa parte, porque não vou cumprir."

"Uma sequência de dez no *leg press*", Olivia sugere com tranquilidade, me ignorando.

"Quê?", pergunto, levantando irritado. "De jeito nenhum."

"Podemos começar devagar. Sem peso."

"Vou voltar pra casa", murmuro, abaixando para pegar a toalha.

Ela se coloca na minha frente. "Cinco."

Reviro os olhos. "Você é péssima em negociação. Está sempre pronta para abaixar o preço, antes mesmo que ofereçam uma recompensa interessante."

"Não estou negociando com você pelo prazer da barganha. Faço isso porque é meu trabalho." Ela leva as mãos aos quadris. Isso me lembra de que minhas mãos estavam nesse mesmo lugar pouco tempo atrás. E que quero colocá-las ali de novo.

Afasto os olhos para não me sentir atraído por essa parte do seu corpo.

"E por que você está trabalhando aqui?", pergunto.

Ela joga os ombros para trás, em uma postura defensiva. Interessante. "Quê?"

"Por que você escolheu trabalhar em convencer um veterano aleijado a exercitar sua perna estragada? A pesquisa que fiz indicava que você estudava marketing. Papai não quis vê-la envolvida nos negócios lucrativos da família?"

Seus olhos evitam os meus. "Claro que queria. Esse era o plano."

"O que mudou?", pergunto, surpreso ao me dar conta de que estou realmente interessado.

"A vida", ela retruca. "Mas não é de mim que estamos falando."

"Claro que é", digo, tomando outro gole de água.

Olivia abre a boca, provavelmente pra me mandar à merda, mas então parece reconsiderar. Ela balança a cabeça, e só então me dou conta no que me meti.

"Troco uma pergunta por uma sequência de dez no *leg press*."

"Não", respondo, já virando. "De jeito nenhum."

"Vai", ela diz, dando a volta pra se colocar à minha frente. "Não quer saber por que uma gatinha de vinte e dois anos com tudo a seu favor está se escondendo no Maine?"

Olho pra ela por cima do ombro. "Você acabou de se chamar de 'gatinha'?"

Olivia sorri como quem diz *te peguei*.

"Ué, eu não sou?"

Meus olhos passeiam pelo seu corpo. *Sim.*

"Mais ou menos."

"E aí, topa? Uma sessão por uma pergunta?"

Hesito, ainda que meu cérebro fale pra eu ir embora. "Você vai dizer a verdade?", pergunto. "Ou dar uma resposta evasiva?"

"Vou dizer a verdade, mas sem nenhuma garantia de que é a história *inteira*. Oferta final."

"Não é o bastante."

Ela suspira. "E se eu disser a verdade *e* deixar que você faça comentários sobre o jeito como eu corro?"

Levo a mão ao peito. "Não acredito nisso. Todos os meus sonhos se tornaram realidade."

"Topa ou não, Langdon?"

Cai fora. Sai daí.

Seus olhos verdes praticamente brilham ao me desafiar. E, o que é mais intrigante, parecem cheios de segredos.

"Foda-se. Topo."

13

OLIVIA

Tudo bem. Concordar em responder às perguntas de Paul Langdon não foi uma das melhores escolhas que já fiz. Mas, para ser honesta, como fazer boas escolhas não tem sido um dos meus pontos fortes, não me parece tão absurdo assim.

No entanto, seguir esse padrão de más escolhas não diminui o meu receio de acabar falando demais, ainda que eu pretenda não revelar nenhuma verdade mais profunda.

Por um segundo, penso em voltar atrás e dizer que não vou ser sincera de jeito nenhum só para suborná-lo a fazer uma coisa que já deveria estar fazendo há muito tempo.

Então, noto a tensão em seu rosto quando olha para o *leg press*. Está nervoso. Quer dizer, também está bravo, e concluo que não sou a única que está furiosa por ter se deixado encurralar.

Mas não é a raiva de Paul que faz com que eu engula meu orgulho e cumpra o combinado, mesmo às custas da minha privacidade. É seu desconforto.

Seu medo de falhar.

Ele se dirige ao *leg press* como se fosse a guilhotina, e eu **ignoro** mentalmente toda a baboseira motivacional que imagino que en**sinem** na disciplina de introdução à assistência domiciliar para lidar com **esse** tipo de situação. Espera-se que eu seja uma animadora de torcida, **mas** esse cara precisa de algo completamente diferente. Agindo apenas por instinto, estico a mão e dou um tapa na bunda dele.

Paul se sobressalta e me lança um olhar incrédulo por cima do ombro — que, por sinal, é bem esculpido e muito tentador.

"O que foi isso?", ele reclama.

Dou de ombros como se dar um tapa na sua bundinha firme e, hum, perfeita não fosse grande coisa. "Achei que precisava de um incentivo."

Ele levanta as sobrancelhas. "Ah, claro. Preciso mesmo ser incentivado. Por que não faz exatamente isso?" Seus olhos se fixam no meu peito, e meus mamilos endurecem em resposta.

Ah, que merda. Saiu pela culatra.

Faço sinal para que continue. "Anda, Langdon, não temos o dia todo. As mulheres precisam se exercitar também."

Ele me lança um olhar compreensivo. "Sei bem o tipo de exercício de que você está precisando..."

Faço uma careta e aponto para o banco. "Anda."

Seu rosto não revela mais que está com medo. Sua expressão é vazia, como se estivesse preparado para o fracasso.

"Tá", eu digo, indo para perto do aparelho, grata por minha mãe ter me contratado um personal trainer quanto tinha dezesseis anos. Parece maluquice, mas pelo menos sei mexer nos aparelhos.

Ele coloca a perna direita no lugar, mas hesita antes de posicionar a esquerda. Está com uma calça de moletom azul, de modo que não consigo ver o ferimento. Eu meio que prefiro assim, embora odeie admitir isso.

Nem reparei nesse ferimento ontem à noite, quando o encontrei de cueca, mas a verdade é que tinha coisas mais importantes com que me preocupar. Tipo o fato de que o cara estava tendo um pesadelo muito maluco. E que ele descobriu rápido demais o que fazer com o meu corpo.

Balanço a cabeça para afastar esses pensamentos, tomando o cuidado para não trocarmos olhares.

"Você está vermelha", Paul diz. "Em que está pensando?"

Olho pra ele. Desconfio que sabe exatamente no que estou pensando. Parece que uma sombra — poderia ser remorso? — passa pelo seu rosto, e por um segundo acho que vai pedir desculpas por ontem à noite. É o que deveria mesmo fazer.

Mas... não quero que ele se desculpe. De alguma forma, se fizesse isso, eu me transformaria em vítima, e eu estava no controle. Bom, não no controle dos meus hormônios. Mas sei que, se tivesse exigido que ele se afastasse de mim, Paul teria obedecido. Ele feriu meu orgulho, mas não *a mim*. Eu queria cada segundo do prazer que ele me proporcionou, mesmo que pelos motivos errados. Não quero um pedido de desculpas por isso.

Meus olhos encontram os dele. *Para.*

Seus olhos se estreitam de leve antes de desviar o rosto.

Bom garoto.

Finjo conferir o peso, mas já sei que está com a carga mais leve. Provavelmente vem assim da fábrica, porque nunca deve ter sido usado.

"Estou pronta quando você estiver", digo, baixo.

Ele pressiona os lábios por um segundo e gira os ombros, parecendo irritado. "Você tem que ficar olhando?"

Dou de ombros, sem ligar muito. "Vi todo o resto do seu treino."

"Aquilo foi diferente", ele solta. "Além de ser meio esquisito."

"Não pude evitar. Você faz um número absurdo de puxadas na barra fixa. Acho que não faço nem cinco."

"Você consegue fazer alguma?"

"Ei!", exclamo.

Paul levanta as mãos, dando uma de inocente. "É difícil. Tinha um monte de mulheres no treinamento militar que não fazia mais do que duas. Assim como os homens."

Abro a boca para argumentar, só que não tenho ideia se consigo fazer nem que seja uma. Aponto para o seu peito. "Você está me enrolando. E já garanti que vou responder a uma das suas perguntas idiotas. Não tenta me convencer a fazer uma puxada também."

"Ah, sim, é o que todo homem quer ver. Uma mulher tentando fazer uma puxada."

Se for remotamente parecido com homens fazendo puxadas, não pode ser tão ruim. Tem alguma coisa em Paul, com seus braços fortes, usando essa regata cinza e essa calça de moletom azul projetando o corpo para cima e para baixo que...

Meus pensamentos relacionados às suas costas perfeitas são interrompidos quando percebo que suas pernas estão se movendo. Tenho que me segurar para não encostar nele como forma de encorajamento.

A primeira vez é ridiculamente fácil para ele, e fica claro que é a perna boa que está suportando todo o peso.

Esse padrão se repete na segunda vez.

E na terceira também. Assim como na quarta e na quinta. A perna direita faz todo o trabalho, enquanto a esquerda pega carona no movimento.

Não. De jeito nenhum. Agora ponho a mão nele. Toco-o de leve acima do joelho bom, mas já é suficiente para fazê-lo parar. Seus olhos encontram os meus, e Paul vira o rosto depressa para não me encarar. Como na maioria das academias, a luz é forte, e de repente me dou conta de que é a primeira vez que tenho a chance de ver suas cicatrizes assim de perto, sem a penumbra do nascer ou do pôr do sol, ou do seu covil, ou do seu quarto que está sempre escuro.

Não há nenhuma sombra aqui para abrandar as cicatrizes, mas eu nem as havia notado. Sei que estão ali, claro, mas, de algum modo, são apenas parte do complexo pacote que é Paul Langdon.

Mas sei que *ele* não vê assim. Então, quando volta o rosto para mim, desvio o olhar. *Primeiro vamos tratar a perna. Depois, precisaremos trabalhar na aceitação do seu novo rosto.*

Pressiono de leve seu joelho, dizendo sem palavras para relaxar a perna boa e deixar a outra trabalhar. Pelo suspiro tremido que solta, sei que entendeu meu pedido.

As mãos se fecham em punho ao lado do corpo, e por um segundo acho que vai me mandar embora, só que então a barra começa a se mover de novo. Mais devagar dessa vez, mas com firmeza.

Seis, conto mentalmente.

Ele abaixa a perna, parecendo surpreso em descobrir que se move conforme sua vontade.

A barra se movimenta de novo. Ainda devagar — e com firmeza. *Sete.*

Dessa vez, há um baque no final, e meu coração se aperta quando me dou conta de que sua perna esquerda é muito mais fraca que a outra.

Mas Paul não desiste. Repete o movimento, ainda mais devagar. *Oito.* O nove é bem mais sofrido.

A barra para na metade da décima repetição, e Paul respira com dificuldade. Pego na sua mão, tentando comunicar que ele consegue.

Seus dedos me apertam com tanta força que juro ouvir ossos quebrando. No entanto, valeu a pena, pois ele levanta a barra mais alguns centímetros. Ela cai com velocidade dessa vez, quando Paul solta a perna. O ruído do metal parece durar para sempre, antes que eu desvie os olhos da sua perna para encontrar seu rosto.

Paul está me olhando. Minha boca fica seca diante da sua intensidade. Quero comemorar. Ele derrotou seu primeiro demônio. Mas a vitória tem um custo.

Puxo minha mão de volta, mas ele não me solta.

"Sua vez, Cachinhos Dourados. Desembucha."

Quero dizer algo espirituoso, mas o melhor que consigo fazer é revirar os olhos de maneira patética, e seu sorrisinho mostra que ele sabe que estou em uma sinuca de bico. Isso não o impede de partir para o ataque.

"Minha pergunta, srta. Middleton, e lembre que prometeu dizer a verdade..." Hesito por um segundo antes de concordar. "Não se preocupe. É fácil." Ele se inclina para a frente. "Quem é Ethan Price?"

14

PAUL

Confesso que minha pesquisa sobre Olivia Middleton foi além dos dados básicos, como idade e local de nascimento. Posso ter vasculhado cada foto em que já foi marcada. Ou não.

E a estrela do show da Olivia é Ethan Price. Um cara que, faz *muito* tempo, está grudado nela em praticamente todas as fotos.

Só que, alguns meses atrás, *bum*! As fotos do casal pararam.

E agora no perfil do tal do Ethan aparece uma morena bonitinha e descolada, o que me faz acreditar que não é muito provável que Olivia e seu antigo namoradinho se reconciliem.

Eu não deveria me importar. Eu *não* me importo. A vida amorosa de Olivia Middleton não tem nada a ver comigo, mas o *timing* é curioso. Ela larga a faculdade alguns meses depois de uma reviravolta na vida romântica? Foge pro Maine? Imagino que as duas coisas estejam ligadas.

A expressão de choque em seu rosto demonstra que a surpreendi com minhas informações dignas de um stalker. Mas não é a surpresa estampada em seu rosto que me intriga. É o lampejo de culpa.

Interessante.

"Como sabe sobre Ethan?", ela pergunta.

Não foi difícil. Só tive que dar uma stalkeada.

Coço a perna distraído, enquanto a avalio. Na verdade, não está doendo tanto quanto eu esperava, mas o fato de um exercício tão simples ser *tão* difícil é uma lembrança terrível de como minha perna está fraca.

Não. De como *eu* deixei que ficasse assim.

Por mais que me odeie, odeio Olivia mais ainda por ter me forçado a isso. Não só por causa da dor na perna, mas por constatar sua fraqueza. Se continuar assim, os próximos três meses vão me destruir. E, caso isso aconteça, vou destruí-la também. Minha perna é meu ponto fraco, e estou apostando que Ethan Price é o dela.

"As configurações de privacidade das suas redes sociais são meio descuidadas", finalmente respondo.

"Não tenho nada a esconder." Ela levanta um pouco o queixo.

"Ótimo. Então não vai ter problema nenhum em me contar sobre seu namorado."

"Ex-namorado", Olivia me corrige, automaticamente.

"Ah", digo, embora já tivesse deduzido isso. "Vai, conta."

"Acabei de contar. Você me perguntou quem é Ethan Price, e eu respondi. É meu ex. Prometi a verdade, não um histórico completo da minha vida amorosa."

Massageio a perna de forma exagerada, como se dissesse "você me deve isso". Ela aperta os lábios por um segundo, o que a deixa com a aparência de ser um pouco fresca, mas ainda muito linda.

"Então", me apresso, sentindo uma abertura. "Ele é toda a sua vida amorosa, né?"

Olivia faz menção de se virar, mas seus olhos pousam na minha perna e ela suspira. "Ethan e eu crescemos juntos. Começamos a sair antes mesmo de saber o que significava namorar. Nossas famílias são amigas."

"Prometidos um ao outro ainda na barriga da mamãe?"

"Mais ou menos isso", ela murmura.

"E o que aconteceu? Vocês dois pareciam um casalzinho de sessão da tarde."

Olivia faz uma careta e cobre as mãos com as mangas compridas da blusa, de um jeito protetor e infantil. "Terminamos. Acontece."

"Claro, mas se vocês estavam namorando desde cedo, precisa ter havido uma boa razão. A menos que só tenham se cansado um do outro."

Sei que não foi isso. Ela não ficaria tão tensa se eles tivessem apenas decidido seguir caminhos separados.

Seus olhos se estreitam. "Por que está tão interessado?"

"Por que está na defensiva?", contra-ataco.

Mas, de fato, por que estou tão interessado? Digo a mim mesmo que é porque quero descobrir o que a tira do sério, para que a gente fique em pé de igualdade. E que não tem nada a ver com a estranha onda de ciúmes que senti quando vi o braço do cara em seus ombros, ou a maneira como Olivia sorria feliz e despreocupada como *eu* nunca a vi sorrir.

"Só estou garantindo que cumpra sua parte do acordo", observo, tentando apelar para seu senso de justiça. "Não quero que se sinta culpada por ter feito um pobre aleijado ficar com a perna dolorida a troco de nada."

"Você sabe que sua perna só vai melhorar fazendo exercício", ela retruca.

"Eu sei", concordo. "Assim como você vai se sentir melhor se falar com alguém sobre o assunto."

"O que isso quer dizer?"

Dou de ombros e jogo as pernas para o lado para me levantar. Até agora, estivemos no mesmo nível, já que estou sentado e ela, de pé. Mas eu me levanto, tomando o cuidado de colocar o peso na perna boa. Mesmo com a ligeira inclinação para a direita, ainda fico bem mais alto que ela.

"Vou facilitar para você", opino. "Não precisa me contar o drama todo. Só quero saber: quem levou o pé na bunda?"

É uma pergunta indelicada, mas já faz alguns anos que sou um cara bem rude.

Seus olhos parecem se perder por um tempo, mas quando volta a me encarar está calma e inabalável. *Boa garota*.

"Foi ele quem decidiu terminar", Olivia revela, em tom baixo.

Pelo jeito que fala, sei que é só a pontinha do iceberg. Tem muito mais nessa história do que um namoradinho dos tempos de escola decidindo seguir em frente. Só que pra conseguir mais informações, preciso dar algo em troca, e não estou a fim de fazer polichinelos ou posar para fotos glamorosas das minhas cicatrizes, então não me aprofundo mais. Ainda.

"Tá bom", digo simplesmente. Aponto com a cabeça na direção das esteiras. "Agora vamos ver se você me ouviu."

"Quê?", ela pergunta, confusa com a mudança de assunto.

"As dicas de respiração que eu falei", respondo. "Vamos ver você em ação."

Ela inclina a cabeça um pouquinho, como se estranhasse a facilidade com que escapou da conversa desagradável, dá de ombros e vai para a esteira.

"Tá, eu mudei de ideia. Quero falar sobre o elefante na sala", Olivia diz, levando a mão aos quadris.

Minha nossa. De onde surgiu esse tesão de ver essa garota usando roupa de academia?

"Que elefante?", pergunto, lembrando como sua clavícula é tão gostosa quanto bonita.

"Ah, eu não sei. Que tal o fato de que na noite passada você enfiou a língua na minha garganta e seus dedos na minha calcinha?"

O calor sobe pelo meu corpo, e eu foco toda a minha energia mental na dor na minha perna para a cena não se repetir de novo.

"Não vamos falar sobre isso", murmuro.

"Você é péssimo nisso, sabia?", ela diz, aumentando a velocidade da esteira. "Não é de estranhar que esteja solteiro. Quer dizer..."

Abro a boca pra comentar que ela ficou claramente satisfeita com tudo o que fiz, e que, caso tivesse esquecido, eu ficaria feliz em fazer outra demonstração. Noto, logo em seguida, Olivia tentando esconder um sorriso. Está me fazendo de bobo.

Estreito os olhos antes de eu mesmo ajustar a velocidade da esteira.

Em poucos segundos, ela está correndo em uma velocidade que é impossível falar. Focar na sua corrida também me impede de fazer o que realmente quero, que é tirá-la da esteira e me aproveitar dela antes que consiga sequer *pensar* em reclamar.

Mas esse pensamento é logo substituído por um ainda mais perigoso. Da próxima vez que nossas bocas se encontrarem, quero que ela tome a iniciativa.

Quero Olivia. Só que, mais do que isso, quero que ela me queira.

15

OLIVIA

"Sabia que Andrew Jackson tinha mais de um metro e oitenta e pouco mais de sessenta quilos?", pergunto, sentando sobre os pés e me virando na direção da lareira.

"Sabia."

Olho para Paul. "Como poderia saber?"

"Já li essa biografia", ele diz, sem levantar os olhos do próprio livro, que me parece ser um volume enorme sobre filosofia.

"Sério?"

"Não. Eu menti."

"Sério?"

Isso faz com que levante o rosto, com os olhos cinza cheios de exasperação. "Está tentando me deixar louco?"

Abro um sorriso bobo pra ele em um gesto de afirmação. "Mas, sério, você leu esse livro ou não?"

"Li, no ano passado. É bom. Você também vai achar se ler de verdade em vez de ficar puxando assunto a cada dois minutos."

É um bom ponto, e em teoria quero terminar o livro. Ler em frente à lareira no fim da tarde tem sido minha parte favorita do dia.

O único problema é que isso não se deve à leitura propriamente dita. São nessas horas de silêncio ininterrupto, mergulhado na leitura, que Paul abandona sua expressão assombrada. E, pra mim, isso é muito melhor do que qualquer livro.

É verdade que minhas interrupções para conversar meio que acabam com isso. Juro que tento deixá-lo em paz. Só que eu subestimei o efeito que a solidão teria em mim. Estava com tanta pressa de escapar do mundo que nem parei para pensar que muitas vezes a fuga anda de mãos dadas com a solidão.

Não estou *totalmente* sozinha. Tomo café com Lindy quase toda manhã, e vi Mick algumas vezes. Até tentei fazer amizade com as moças que vêm limpar a casa às quartas, e elas são bem falantes.

Mas minha verdadeira companhia é Paul. Já faz duas semanas que estou aqui, e, embora ele passe boa parte do tempo me evitando, eu o vejo pelo menos todas as manhãs para correr e fazer exercícios na academia, e toda tarde para ler na biblioteca.

É isso que eu deveria estar fazendo mesmo. Sou paga para fazer companhia a ele, afinal de contas. A parte assustadora é que eu acho que ia procurá-lo mesmo que os cheques não caíssem. Acho que gosto dele. Como pessoa.

Não tenho certeza de que ele sente o mesmo, mas a cada dia que passa, fica um pouco mais fácil convencê-lo a conversar, então gosto de pensar que estamos progredindo, pelo menos no campo da amizade.

E no outro campo... bom, ele não encostou mais em mim. Nem uma única vez. Não desde aquela noite.

Digo a mim mesma que isso é bom.

"Posso perguntar uma coisa?"

Ele grunhe.

"Por que seu pai acha que você precisa de um cuidador? Quer dizer, você deixa bem claro que não precisa de ninguém aqui."

Espero que ele negue essa impressão, mas ele não faz isso.

"Falei no primeiro dia por que meu pai fica mandando vocês pra cá", ele diz, irritado.

"Por causa do negócio do suicídio?", pergunto, incrédula. "Olha, não quero ser leviana com um assunto sério, mas, do jeito que você é, não me parece ser alguém que desistiu da vida. Talvez de uma vida normal e sociável, mas não da vida em si."

Ele encara as chamas na lareira, e eu estudo a linha tensa da sua mandíbula. Ele sempre se senta com o lado "bom" virado pra mim, e seu perfil é lindo de morrer.

Paul fica em silêncio por tanto tempo que acho que ignorou minha pergunta, como sempre faz quando eu forço a barra e as coisas ficam pessoais demais. Então, ele declara, com a voz baixa e áspera.

"Ele não quer que eu fique sozinho."

Mantenho a expressão neutra, mas fico surpresa por ele ter admitido isso. Ele quase nunca menciona Harry Langdon, e quando esse nome surge na conversa é, em geral, acompanhado por um sorrisinho de escárnio. É a primeira vez que ele sugere que seu pai pode estar preocupado.

"Imagino que seja um instinto paternal básico", comento, com delicadeza.

"Seria maravilhoso se eu tivesse doze anos", ele murmura.

"Não vai se irritar por causa disso, mas você acha mesmo que tem o direito de agir assim se vive do dinheiro dele?"

Ele aperta sua mandíbula já tensa. Em seguida, dá de ombros. "E qual é sua sugestão? Minha perna me impede de fazer qualquer trabalho físico, e meu rosto repulsivo seria distração demais no mundo corporativo, não acha?"

"Isso é bobagem. Bom, provavelmente você não conseguiria ser jogador de futebol ou modelo, mas daria pra ganhar a vida."

"Verdade. Talvez eu devesse ser cuidador. Taí uma ótima carreira."

"Nem vem", retruco. "Pelo menos estou fazendo alguma coisa."

"E por pura bondade do seu coração, né? É que você se importa tanto com as pessoas..." Ele se inclina um pouco para a frente, com os olhos maldosos. Odeio que consiga me ler com essa facilidade.

"Eu me importo, sim."

"Comigo?" Paul retorce a boca de um jeito que lembra um sorriso, e eu me pergunto como uma conversa amistosa e casual saiu dos trilhos tão rápido.

"Com as pessoas", retruco.

"Claro", ele diz, voltando a se recostar na cadeira em uma tentativa de parecer relaxado. "Olivia Middleton, a santinha reabilitada."

Como ele sabe a parte do "reabilitada"?

"Não estamos falando sobre mim."

"Talvez eu queira falar", Paul diz.

"Bom, quando *eu* chegar a tal nível de perturbação e instabilidade a ponto de fazer com que meu pai decida pagar você para me fazer companhia, daí poderemos falar sobre mim."

Ele deixa a cabeça cair um pouquinho, e eu calo a boca. Minhas palavras não podem machucá-lo. Tenho certeza disso. O cara não está nem aí pra mim, só me tolera por motivos que ainda preciso descobrir.

Mas o que foi que eu vi passar por seu rosto agora mesmo? Pareceu que era dor.

"Desculpa", murmuro. Não costumo perder a paciência, de modo que o ardor nas minhas bochechas me é pouco familiar e desconfortável.

"Relaxa", ele diz, abrindo o livro de novo. "Você está certa. Meu pai paga pra que você me faça companhia, e enquanto eu viver sob o teto dele vou ter que tolerar isso. O que não significa que preciso distrair você, então, se não se incomoda..."

É minha vez de me inclinar, e dou um chutinho não muito sutil nele, tomando o cuidado de acertar a perna boa. "Vou deixar você ler sossegado, mas sei que sou a primeira cuidadora a durar tanto tempo. Por algum motivo, você está me deixando ficar. Está até sendo mais agradável, embora algo me diga que tudo isso é falso. Então, quando quiser dizer a verdade, adoraria saber o que está acontecendo aqui. Por que está fingindo ser amigável? Por que eu, e não os outros?"

Paul não poderia parecer mais entediado, mas, para minha surpresa, ele levanta os olhos do livro quando termino meu discurso.

"Quer saber por que está aqui quando todos os outros fugiram?"

"Na verdade, quero saber por que decidiu me tratar um pouco melhor. Algo me diz que o monstro mal-humorado que conheci no primeiro dia é quem você realmente é."

"Isso é verdade", ele diz, com tranquilidade na voz. "Agora, quanto à razão de deixá-la por perto..." Ele passa os olhos pelo meu corpo, não de um jeito que me deixa lisonjeada, mas que me insulta e degrada.

Mas meu corpo responde mesmo assim.

"Você só está aqui ainda porque é muito gata", ele afirma. "Como cuidadora, você é inútil. Não sabe merda nenhuma de fisioterapia, é mais irritante que reconfortante e, quando Mick e Lindy forem passar o fim de semana fora daqui a uns dias, sinto que vou descobrir que é uma péssima cozinheira. Mas não se preocupe. Você sempre vai encontrar trabalho com clientes homens. Os mais velhos vão chamá-la de 'colírio para os olhos' e os mais novos, de 'delícia.'"

Em algum nível, sei que deveria estar ofendida, mas é quase dolorosamente visível que ele tem a intenção de me ofender. Por isso, é fácil interpretar esse ataque como uma forma patética de autodefesa.

Eu me acomodo na poltrona e abro meu livro. "Não, não é por isso que você me deixa ficar", digo, como se falasse sozinha. "Mas, só pra registrar, sou uma ótima cozinheira. Você vai ver."

Paul parece incrédulo pelo fato de eu não ter ficado chateada com o que acabou de dizer, mas quase imediatamente recupera a expressão de indiferença. "Você é bem doida."

"É, mas sei que está começando a se preocupar com a ideia de que possa estar gostando de mim", digo, confiante. "Considerando que você se sente atraído por mim, as coisas vão ficar ainda *muuuuito* mais complicadas nos próximos meses."

A risadinha de Paul é o som mais gostoso que ouvi em semanas.

16

PAUL

Hoje é um dia daqueles. No mau sentido.

Na noite passada, tive pesadelos seguidos, a dor na perna foi insuportável e não consegui dormir.

Estou evitando Olivia ao máximo. Digo a mim mesmo que é porque não a quero por perto. Mas, na verdade, ela tem o hábito irritante de espantar o meu mau humor. Isso me assusta pra caralho.

Ainda falta um pouco para amanhecer, e normalmente iria encontrá-la para nossa corrida/caminhada diária. Hoje, no entanto, vou deixá-la ir sozinha. É um desses dias em que sinto que não mereço estar vivo, muito menos aproveitar o dia ao lado de uma garota linda. Não quando meus amigos estão mortos. Não quando Amanda Skinner dorme várias noites na cadeira de um hospital para acompanhar sua filha, que fica deitada na cama conectada a uma porção de tubos.

Da janela do escritório, vejo que Olivia procura por mim. Espero que comece a correr sozinha, mas ela não faz isso. Só fica parada ali, me esperando. Até sinto um pouco de vontade de ir encontrá-la. Quero que me convença a caminhar ou, como tem feito recentemente, me desafie a dar alguns passos sem a bengala.

Giro meu corpo dando as costas para a janela, virando distraidamente as páginas do livro até que ela vai embora.

Eu me dirijo até a academia antes que ela volte. Na maior parte dos dias, vamos juntos. Criamos uma rotina. Eu aceito fazer os exercícios idiotas para a perna, e ela me conta alguma coisa sobre si mesma. Em geral, eu gosto, embora suas respostas pouco comprometedoras me cansem um pouco. Até agora, ela não me disse absolutamente nada sobre a verdadeira Olivia Middleton.

Hoje, no entanto, quero continuar mal-humorado. Ultimamente, tenho esquecido quem eu sou com certa frequência. Tenho voltado a ser o velho Paul, aquele que paquerava e ria na frente das garotas. Preciso de um dia para lembrar quem é o novo Paul, que deveria ter morrido com os outros caras naquela porra de caixa de areia.

Depois da academia, é fácil evitar Olivia pelo resto do dia. Quando são quatro horas, no entanto, eu hesito. De toda a rotina que estabelecemos, é da parte da leitura diante da lareira que eu mais gosto. E é por esse motivo que eu me forço a trancar a porta e ligo a música no volume máximo, de modo que não seja possível ouvi-la bater ou girar a maçaneta.

Uma hora passa, depois outra, e eu me perco no livro.

Mas, quando meu estômago ronca, percebo meu erro: estou com fome.

Achei que Olivia deixaria uma bandeja do lado de fora do quarto, quando me chamou para o almoço e não respondi. Foi inocência minha. A mensagem era bem clara: se quiser passar o tempo sozinho emburrado, vai ficar sem comida.

Não foi um problema no café. Nem no almoço. Mas agora eu estou morrendo de fome, e meu estômago não consegue ignorar o cheiro de carne apimentada vindo da cozinha.

Como esperado, Olivia está lá, só que não está usando um avental fofo nem parece atrapalhada jogando ingredientes numa panela. Ela está vestindo calça preta, botas de salto e uma blusa solta que parece bem cara, daquelas que não são feitas para ficar em casa à toa.

Essa não é a Olivia caseira. É a Olivia pronta para sair.

"Vai a algum lugar?", pergunto, desviando os olhos da sua bunda.

Ela se volta para mim, abrindo a boca como quem vai perguntar onde estive o dia todo, mas interrompe logo esse movimento e dá um sorriso vago.

"Oi. Espero que goste de chili", ela diz. "Está um pouco apimentado, mas o cheddar em cima deve compensar."

"Sem problema", garanto, notando que ela passou até maquiagem. Olivia fez aquela coisa que as garotas fazem pra deixar os olhos mais escuros e misteriosos, e sua boca está rosa e brilhante.

"Tem um encontro?", pergunto, tentando tirar alguma coisa dela.

"É", ela confirma com uma careta. "Conheci tantos caras ótimos desde que estou presa aqui nesta casa. Do tipo hospitaleiro e receptivo."

Tento me aproximar com a desculpa de olhar a panela no forno, mas ela se afasta antes que eu chegue mais perto. Garota esperta.

Ela pega sua bolsa.

"Aonde você vai?" Eu me odeio por perguntar. Por me importar.

Olivia apoia a alça da bolsa no ombro. "Lindy disse que tem um bar não muito longe daqui que pode me agradar. E que você conhecia uma garota que trabalha lá."

"Kali Shepherd", digo, automaticamente. "E pra que você vai lá?".

"Tenho duas noites e um dia livres por semana", Olivia retruca. "Finalmente vou aproveitar."

"E por que não aproveitou até agora?"

"Porque sempre pude conversar com Lindy ou Mick enquanto você estava em um dos seus *surtos* infantis."

"Não são surtos. Tenho o direito de ter um tempo pra mim."

"Bom, então você entende por que preciso sair desta casa. *Eu* preciso dar um tempo. De você." Ela abre um sorrisinho condescendente e se aproxima como se fosse dar um tapinha na minha bochecha. Pego seu pulso e aperto. Forte.

"Não. Me. Toca", eu aviso, entredentes. *Nunca*.

Eu a solto com tanta força que ela quase cai para trás, perdendo o equilíbrio sobre os saltos.

Xingo e estico a mão para ajudá-la, mas Olivia dá um passo para trás, evitando o meu toque. Deixo minha mão cair ao lado do corpo. Não posso culpá-la por se afastar, mas odeio isso mesmo assim. *Sou um monstro*.

"Olivia..."

"Não", ela diz, baixo. "Eu não devia ter feito isso. Desculpa."

Ela se abaixa para alcançar a bolsa que caiu e recolhe as chaves que estão sobre o balcão. "Mick disse que eu podia pegar um dos carros. Não vou demorar, mas estou com o celular se precisar de alguma coisa." Ela se dirige para a porta.

"Espera", falo, me aproximando.

Olivia para e me olha por cima do ombro. "O que foi?"

"Eu..."

Não tenho ideia do que estou tentando dizer. Não sei se quero pedir pra que fique em casa, pra que se divirta no bar ou algo mais terrível e inimaginável, pra que me leve junto.

Me leva pra sair numa sexta à noite, pra ficar em meio às pessoas, à cerveja, às risadas, à música péssima e à minha velha amiga Kali.

Mas não falo nada disso, muito menos a última parte.

Eu não saio mais.

"Obrigado pelo jantar", solto, de modo brusco.

Dessa vez ela nem se vira. "Só estou fazendo meu trabalho, Langdon."

17

OLIVIA

Nunca fui a um bar sozinha.

E não posso dizer que imaginava que minha primeira incursão solitária na bebedeira seria em um barzinho qualquer nas imediações de Bar Harbor. Hoje me obrigo a sair.

Temo que a reclusão de Paul possa ser contagiosa. Se eu não interagir um pouco com outras pessoas, vou me tornar tão hostil quanto ele, uma fera infeliz que não é repreendida por seu péssimo comportamento.

Na verdade, isso é apenas uma parte do motivo pelo qual saí de casa hoje. Pra ser honesta, achei que ele talvez viesse comigo. Não que eu tenha convidado. Não convidei de propósito, porque fui tola de achar que Paul não ia querer ficar totalmente sozinho, o que o motivaria a sair de casa por vontade própria.

Meu plano era dar a impressão de que eu *queria* que ele ficasse em casa. Cozinhei o que o Google alegou ser "o melhor chili do mundo", o evitei o dia todo (na verdade, foi ele quem me evitou, mas tanto faz) e me vesti com todo o cuidado para ficar *sexy* sem parecer que me esforcei muito pra isso. Uma garota pode ir à cidade para se divertir sozinha, e, se por acaso conhecer um cara bonitinho por lá, ué, por que não, né?

Só que Paul não caiu na minha armadilha. Imagino que o fato de ele ter saído da sua toca em busca de comida pode ser considerado um progresso, mas a verdade é que estou decepcionada. Não é certo um cara de vinte e poucos ficar trancado em casa por anos. Quanto tempo até que todo o isolamento o transforme em uma daqueles ermitões que não conseguem mais se adaptar à sociedade?

Estacionei em frente ao Frenchy's. Quero dar meia-volta e ir para casa, no entanto, a conversa com Lindy mais cedo continua martelando na minha cabeça. *Não é porque ele finge estar morto por dentro que você também precisa. Pode não ser Nova York, mas tem um pessoal legal aqui. Vá se divertir!*

Tá, admito, o papo foi um tanto fofo e esquisito, mas Lindy estava certa. Não quero terminar como Paul: socialmente atrofiado e num caminho sem volta para a bizarrice.

Saio do carro.

Do lado de fora, o Frenchy's — imagino que o nome se deva ao fato de ficar na Frenchman Bay — parece uma combinação de um resort de esqui e uma espelunca de beira de estrada. As vigas de madeira contribuem para o clima acolhedor e familiar, enquanto o neon de cerveja na janela deixa claro o que eles vendem. Do lado direito tem um deque coberto, que eu imagino que seja o lugar onde as pessoas ficam em uma dia limpo de verão, só que no fim de setembro ele está deserto. No entanto, o ruído fraco de música mostra que, lá dentro, pelo menos, tem alguma atividade.

Inspiro fundo e abro a porta.

Meu maior medo é de que o silêncio tome conta do lugar e todo mundo vire pra encarar a forasteira. O melhor que posso esperar é que ninguém me olhe e eu encontre uma banqueta livre no bar, de preferência na ponta, onde eu possa me aclimatar.

A realidade não é nem uma coisa, nem outra. Um rock das antigas está tocando quando entro. Embora a maior parte da clientela esteja ocupada demais tomando uísque e cerveja para se dar conta da minha chegada, as pessoas das mesas mais próximas à porta viram para me olhar. E elas ficam me encarando um pouco.

Lindy me garantiu que esse era o ponto de encontro dos locais e que eu ia me encaixar perfeitamente aqui. O problema é que me esqueci do detalhe de que não sou local. Eu não me encaixo aqui. Nem um pouco.

Mesmo se minhas roupas não gritassem "garota da cidade grande" (elas gritam), eu ia me destacar só por ser uma "garota". Tem umas cinco mulheres no bar, uma vez que a maior parte da clientela é formada por homens. Pescadores, a julgar pelas roupas.

Ainda assim, não é tão constrangedor quanto eu imaginava. Claro que é desconfortável, mas a maior parte dos olhares é de curiosidade, não é lascivo ou malicioso. Arrisco um sorriso para um casal de meia-idade, e a mulher retribui com um meio sorriso, enquanto o homem volta a checar o celular e a tomar sua cerveja, totalmente desinteressado.

Embora haja um monte de mesas disponíveis, não me atrai a ideia de me sentar em uma delas sozinha, já que vim aqui procurando por companhia. Por isso, eu me dirijo até os bancos livres no bar.

Quase de imediato, colocam um copo de água na minha frente, com um guardanapo branco por baixo escrito "Frenchy's" no meio em uma fonte simples.

"O que vai querer?", uma voz simpática pergunta.

É uma morena bonita, com sardas e olhos mel calorosos. O cabelo dela está preso em um desses coques bagunçados que algumas garotas conseguem fazer de um jeito legal. Ela é uma dessas garotas.

"Hum, vinho branco?", pergunto, esperando que o pedido não seja muito inusitado.

"Tenho chardonnay e pinot grigio. O chardonnay é bem melhor."

"Pode ser um desse, então", digo, retribuindo seu sorriso amistoso.

Ela põe uma taça à minha frente antes de ir até a geladeira pegar a garrafa de vinho.

"O pessoal não bebe muito vinho aqui?", pergunto, notando que a garrafa está fechada.

Ela dá de ombros. "O pessoal é mais da cerveja, mas as pessoas têm pedido mais vinho agora que eu me livrei do suco de uva doce que costumava ser servido aqui."

"Ah, nossa", comento, enquanto me serve uma taça bastante generosa.

"Você parece estar precisando", observa ela, com uma piscadela, antes de me dar as costas para atender outros clientes.

Ela está certa: o chardonnay é delicioso e eu estava mesmo precisando.

De canto de olho, observo a atendente conversando com um cara mais velho na ponta do bar. Ela ri bastante e com sinceridade, enquanto ele conta uma história sobre as excentricidades do neto.

Lindy não descreveu a misteriosa Kali para mim. Só disse que era "gente boa", mas a idade confere. Me pergunto se ela é a amiga de infância de Paul, que devia passar os verões aqui.

Quando ela volta para encher meu copo de água, crio coragem para perguntar.

"Sim, sou eu", ela responde, parecendo um pouco surpresa. "A gente se conhece?"

"Não, sou nova aqui."

"Imaginei, pela blusa de seda", Kali sussurra, como se fosse uma confidência. "Deve ter custado mais que o financiamento do carro da maioria do pessoal daqui. Turista?"

"Mais ou menos", afirmo. "Estou trabalhando na casa dos Langdon."

O sorriso abandona seu rosto. "Na casa do Paul?"

"É."

Ela endireita as costas, apoiando as mãos no bar enquanto me estuda, de maneira quase protetora. "Você não parece o tipo que trabalha pra eles."

Seu tom não é indelicado, mas deixa claro que estou sendo avaliada. "Então pareço o quê?"

Ela dá de ombros. "Alguém que Paul namoraria há alguns anos. Mas agora..."

Nós nos encaramos e temos um daqueles estranhos momentos de compreensão feminina. Ambas sabemos que ele não namora mais. "Sou a nova cuidadora", revelo, baixo. "Mas essa palavra sempre soa meio esquisita."

"É, Paul nunca foi do tipo que aceita receber cuidados. Pelo menos não o Paul de que me lembro."

Eu me inclino um pouco para a frente, desesperada para continuar a conversa, mas sem querer parecer fofoqueira. "Você não o viu desde que voltou?"

Ela balança a cabeça negativamente e completa minha taça de vinho — um sinal de que não está tentando se livrar de mim. "Não. A casa dos meus pais fica mais ou menos perto da dele. Os Langdon costumavam alugar o lugar. O pai dele só comprou a casa há alguns anos, quando precisou de um... *retiro* para o filho. Agora eu moro mais perto da cidade, mas quando éramos crianças eu *vivia* esperando Paul aparecer para passarmos umas semanas juntos no verão."

Reprimo depressa o ciúme que aflora. Eles eram só crianças, pelo amor de Deus. *Amigos*. Ou pelo menos é o que eu acho. E não me diz respeito se eram mais que isso.

"Ele sabe que você veio?", ela pergunta, em um tom casual. Casual demais. Sei o que está perguntando: *Por que ele não veio me ver?*

"Ele, hum... não anda muito sociável", comento.

"É", ela murmura. "Cheguei a essa conclusão depois de não me deixarem entrar na casa. Fui lá todos os dias por um mês depois que ele mudou."

Sinto um leve aperto no coração diante da tristeza em sua voz.

Que merda, Paul! Agora está claro pra mim que ele não tem amigos e vive sozinho por vontade própria. Não porque as pessoas o evitam.

"Como ele está?", Kali pergunta. "Quer dizer, ouço todo tipo de coisa, mas você sabe como são esses boatos nas cidades pequenas. É difícil distinguir a verdade."

"Os boatos devem ser verdadeiros nesse caso", digo, mantendo o contato visual. "Ele é grosseiro e, em geral, desagradável. Está sempre irritado."

"Poxa", uma voz baixa diz atrás de mim. "Você sabe mesmo como deixar um cara feliz."

Congelo ao ouvir o som dessa voz familiar. Tarde demais, pois me dou conta de que o lugar está em silêncio, a não ser pela música. Viro e noto que os olhares desagradáveis que eu estava esperando finalmente surgiram.

Só que eles não estão voltados para mim.

E sim para o Paul.

Ele me encara por alguns segundos, e seu polegar dá aquelas batidinhas lentas na cabeça da cobra em sua bengala. Então, Paul olha por cima do meu ombro em direção ao bar. "Oi, Kali."

Por favor, não o rejeite, imploro mentalmente. *Por favor, entenda como esse momento é importante pra ele.*

Não sei se ela lê meus pensamentos ou se é apenas uma pessoa muito boa, porque Kali não joga uma cerveja na cara dele ou faz um comentário ressentido. Ela se debruça sobre o bar e enlaça seu pescoço. É um abraço. O olhar de surpresa e prazer no rosto de Paul quase quebra meu coração.

Quando Kali o solta, Paul abre um sorriso quase tímido e faz menção de sentar no banquinho à sua frente, mas ele dá a volta e senta do meu outro lado.

Sinto o peito apertar quando me dou conta do que aconteceu. Ele se senta com o lado do rosto marcado por cicatrizes voltado para mim, e o outro, o lado "bom", para o restante do pessoal.

Paul confia em mim.

A constatação me deixa ridiculamente feliz.

"O que vai querer?", Kali pergunta. "Da última vez que bebemos juntos, foi vodca sabor limão roubada do barzinho do seu pai."

Paul ri. "Mudei um pouco. Que tal uísque com coca?"

Kali coloca o drinque à frente dele antes de se afastar, relutante, para atender um outro cliente.

Muita gente continua olhando na nossa direção, sussurrando, mas Paul parece determinado a ignorar, e eu faço o mesmo.

"O chili estava tão ruim assim?", pergunto, tomando um gole de vinho.

Ele pega uma pedra de gelo com o mexedor. "Comi um pouco. Não estava terrível."

"Estava uma delícia, e você sabe disso. Retire o que falou sobre eu não saber cozinhar."

Os cantos de sua boca se contorcem um pouco. "Achei um sanduíche na geladeira. Imagino que tenha feito pro almoço e teve que guardá-lo porque eu estava me escondendo como uma criança."

Lanço para ele um olhar de "eu já sabia". *Bingo.*

Ele dá um sorrisinho. "Bom, dei uma mordida no sanduíche. Bem comum."

"Era peito de peru com cheddar. O que estava esperando para o almoço? Suflê de queijo asiago e salada de escarola?"

Paul dá uma risadinha de escárnio. "A nova-iorquina em você está se revelando."

Ele tem razão. Passei muito tempo em meio a *wine bars* com preços absurdos e cafés refinados. Era normal pra mim comer suflê de queijo asiago. Mesmo estando presa aqui no Maine por apenas algumas semanas, parece que faz uma eternidade. De alguma maneira, parece *certo* estar sentada nessa banqueta de couro gasto, em um bar com painéis de madeira que parecem mais velhos que eu, sentada ao lado de um cara que é metade mistério e beleza, metade fera imprevisível.

"Pode relaxar", digo, baixo. "Todo mundo voltou ao que estava fazendo."

"Isso só porque ninguém consegue ver minha cicatriz desse ângulo. Caso contrário, estariam se mandando ou vomitando sobre as onion rings."

"Eu *estou* vendo sua cicatriz e não pretendo ir embora."

Ele olha nos meus olhos, e por um segundo rola um clima.

Então Kali volta e o momento passa. Não a culpo. Não posso. Ela representa o lado normal de Paul, que eu ainda não tinha conseguido acessar, que é pré-Afeganistão. E a resposta dela à aparência dele não poderia ter sido melhor.

Mas isso não significa que preciso gostar do jeito como Paul ri de tudo o que ela diz, ou de como mencionam amigos em comum de quem nunca ouvi falar. Cinco minutos atrás Kali era a garota mais fofa e legal do planeta — com certeza poderia se tornar a minha melhor amiga no Maine. Só que nesse momento, eu *odeio* que seja a garota mais fofa e legal do planeta. Também odeio como Paul sorri com facilidade ao lado dela. Ele nunca sorri assim quando está comigo.

Se controla, Olivia. É isso que eu quero para ele. Uma vida social normal. Interação humana. Garotas fofas que veem além da cicatriz.

E agora a mão de Kali está pegando no seu braço. Paul não faz nada para afastá-la. Ótimo. Tomo um grande gole de vinho antes de me intrometer no tête-à-tête gracioso deles.

"Ei, Kali, onde fica o banheiro?", eu pergunto.

Seu sorriso amistoso agora é dirigido a mim, e ela tira a mão do braço de Paul — *acho bom!* — para apontar o lugar. "Segue o bar e depois à esquerda. Fica no fim do corredor, à direita."

Como o banheiro fica na direção oposta da entrada, passo por uma série de mesas diferentes no caminho. Eu me dou conta de que talvez tenha sido um pouco apressada ao assumir que tinha evitado a pior parte das olhadas para a "garota nova". Tem alguns homens de meia-idade no canto que me encaram de cima a baixo, e eles são grosseiros demais, ou estão muito bêbados pra se importar em disfarçar o que estão pensando. Tudo bem. Em Nova York também tem esse tipo de tarado. É só seguir em frente.

Na mesa ao lado deles há um grupo de mulheres mais velhas que também me olham com atenção, mas com uma expressão meio "ah, como era bom ser jovem!" no rosto. Abro um sorriso simpático para elas.

A última mesa antes do banheiro é a mais barulhenta. Tem um grupo de caras mais ou menos da minha idade. Usam moletons iguais com o nome de alguma faculdade, embora, ao passar pela mesa deles (e receber alguns assovios deselegantes), não consigo distinguir o logo na manga. Algum time, talvez? Nunca me interessei muito por esportes, então deixo pra lá.

Os garotos, no entanto, não se esquecem tão rápido de mim. Assim que volto do banheiro, três deles me encurralam contra a parede. Mas não de um jeito ameaçador. Parecem mais bêbados e tontos do que perigosos, mas não estou nem um pouco no clima.

Tento abrir caminho quando um cara bem interessante com um sorriso bonito — ainda que meio predatório — coloca a mão no meu braço com delicadeza. "Posso te pagar uma bebida?"

Meus olhos se voltam para a mesa deles, que está cheia de canecas de cerveja pela metade. "Não, obrigada." Abro meu melhor sorriso "não estou interessada" e tento me afastar, mas ele bloqueia a passagem. Ainda não é ameaçador, mas me irrita.

Olho para ele, parecendo surpresa. "Ah, desculpa. De alguma maneira, dei a impressão de que vim aqui só pra ser assediada por um grupo de *meninos*?" É um golpe baixo, considerando que devem ter a mesma idade que eu, mas minha intenção é ser desagradável mesmo.

Os olhos do cara se estreitam. "Não precisa ser uma megera!"

"Na verdade, preciso sim, se você não me deixar voltar pro meu namorado."

"Namorado, hein?" Ele cruza os braços. "Que tipo de namorado uma garota como você encontrou num lugar assim?"

"Do pior tipo", diz uma voz baixa atrás do cara que está me assediando. Paul.

Logo começo a dizer que não tem nada de mais, que os garotos iam me deixar passar, mas então vejo o rosto dele. Não é mais o Paul simpático e relaxado que estava conversando com Kali no bar. É *outro* Paul. O fuzileiro naval que tem tanta raiva do mundo que qualquer cutucada o deixa enfurecido.

A situação só piora.

O idiota do garoto vira e fica pálido ao ver o rosto furioso de Paul. Daí, a crueldade surge em seu rosto, e ele dá uma risada maldosa.

"Esse é o seu namorado?", ele pergunta, andando em volta de Paul como se fosse uma atração de circo. "Essa aberração?"

"Não faça isso", eu sussurro, sem saber se estou falando com o babaca ou com Paul. Não que importe, porque nenhum deles presta atenção em mim.

"O que você é, um figurante de filme de terror?", o garoto provoca, incentivado pelas risadas dos seus amigos bêbados idiotas.

Fecho os olhos. Era por isso que Paul não queria sair. Eu o coloquei nessa situação.

Arrisco olhar para ele e noto que não parece ofendido, machucado ou mesmo abalado. Na verdade, parece achar aquilo engraçado. Muito engraçado.

Só que os cretinos estão bêbados demais para notar qualquer sutileza e seguem em frente, ignorando o fato de que o "aleijado" à sua frente poderia derrubá-los facilmente com a bengala.

"Por que não vai embora com a gente?", o líder do grupo diz, colocando uma mão na minha cintura. "Não quer ficar com alguém que não vai fazer você perder o apetite?"

Levanto as mãos para empurrá-lo, mas Paul é mais rápido. O babaca está no chão, uivando de dor, antes que consiga entender o que aconteceu. Por instinto, faço menção de ajoelhar ao lado do garoto machucado, mas paro na hora em que vejo na expressão de Paul uma fúria incontrolável.

Minhas mãos tremem enquanto me endireito, embora não tenha certeza se me senti encurralada pelos garotos ou por causa desse lado violento e descontrolado de Paul.

Mas não é bem assim. Ele é violento, mas não está descontrolado.

Acho que preferiria que não estivesse no controle, porque *esse* Paul é uma máquina letal.

O garoto no chão aparentemente se dá conta de que não está tão machucado quanto imaginava. Com um sorrisinho de escárnio, ele tenta pegar a perna ruim de Paul, que, de novo, é mais rápido. Com uma mão ele empurra o garoto, antes de socar seu nariz com a outra.

A bengala vai ao chão, esquecida, e a arrogância aos poucos deixa o rosto dos meninos bêbados.

"Paul", sussurro.

Mas ele ainda não terminou.

"Peça desculpas." Ele se inclina para o garoto, que limpa o nariz sangrando.

"Vai se foder, sua aberração."

Paul se aproxima.

"Pra ela."

"Por quê?", o idiota solta. "Não fiz nada que ela não quisesse."

Meus olhos se estreitam. Antes que eu consiga dizer ao imbecil que precisa aprender boas maneiras e cair fora, um de seus amigos finalmente cria coragem pra defendê-lo e dá um soco no estômago de Paul.

O que é um erro.

Os momentos seguintes são como um borrão. Antes que eu consiga gritar para que controlem a testosterona, socos surgem de todas as direções. Alguns parecem atingir Paul, mas ele se desvia da maior parte deles. Garotos bêbados não são páreo para um soldado treinado, mesmo estando sozinho.

Finalmente, eles recuam, um a um. O idiota do líder parece ainda querer acertar um último soco, apesar do nariz sangrando e do olho que logo mais vai estar roxo. No entanto, tudo o que consegue fazer é dar mais um sorrisinho de escárnio e gritar "Aberração!", antes de conduzir sua trupe de cretinos para a porta de saída. Quando passam por Paul, alguns deles dão aqueles encontrões que os homens adoram, mas ele nem liga.

Só então percebo que o bar está totalmente em silêncio. Todo mundo está olhando para a gente. Paul não parece perceber o que está acontecendo à nossa volta.

Vou em sua direção, mas ele me lança um olhar gelado e se inclina devagar para pegar a bengala.

Ele não a usa para ir embora, mesmo mancando. Embora eu esteja morrendo de vontade de ajudá-lo, o mínimo que posso fazer é deixar Paul sair por contra própria. Com um pouco de relutância da minha parte, vejo-o caminhando sozinho até a porta do bar.

Fecho os olhos. *Merda.*

Preciso pagar Kali, mas quando me viro em sua direção, ela me dispensa com um aceno de cabeça. Devo uma a ela. Deveria ter nos botado pra fora, não perdoado nossa dívida. Um olhar rápido pelo local mostra que Kali não é a única que está do nosso lado. Algumas pessoas me olham com uma expressão de apoio.

Só agora percebo o que estava na minha frente o tempo todo: é uma cidade pequena. Paul talvez não seja amistoso com essas pessoas, mas ele é uma delas. Por isso, o deixam em paz.

Abro um sorriso fraco em agradecimento e o sigo pela porta.

"Paul?", chamo, procurando por ele no estacionamento quase vazio.

Ouço o carro destravando, mas ele me ignora.

"Paul!"

Ando em sua direção, mas ele me lança um olhar assassino. Paro de imediato, com o coração apertado ao ver sangue em seu rosto.

"Vou com você", digo, como uma boba.

Ele nem responde. Só entra no carro pelo lado do motorista e bate a porta.

Trinta segundos depois, estou sozinha no meio do estacionamento abandonado, me perguntando quanto mal posso ter feito a uma alma que já estava em pedaços.

18

PAUL

Enquanto estaciono e corro para dentro de casa, o ódio que sinto por mim mesmo parece me sufocar. Eu me agarro à raiva como se fosse uma boia de salvação, porque a alternativa é o desespero. E o desespero pode me matar.

Atiro a maldita bengala com um grunhido furioso assim que entro na biblioteca. Nem percebo se minha perna está doendo, mas sei que tenho um machucado no rosto. Um daqueles idiotas me acertou. Não foi um soco bem dado, mas o suficiente para doer.

Eu deveria ter limpado o chão com eles. Há alguns anos, isso teria acontecido. Hoje, posso até ter causado algum estrago, mas não acabei com eles.

Cara, eu nem deveria estar lá — no bar ou na briga. Mas estava. Por causa *dela*. Uma mistura de ciúme e um suposto cavalheirismo me fez agir como se fosse o *namorado* de Olivia, quando os garotos a encurralaram. Ela não é minha para protegê-la, mas quando ouvi as risadas e vi a tensão em seu rosto, com certeza não estava pensando nela como minha cuidadora ou funcionária.

Pensei nela como se fosse *minha*.

Sirvo uma dose generosa de uísque e começo a virar o copo, mas logo interrompo esse gesto. Não quero ficar entorpecido. Preciso me agarrar à raiva. Preciso me lembrar deste exato momento para não voltar a cometer esse erro. Preciso me lembrar de que não sou normal. Não sou um cara que pode ir a um bar tomar um drinque com uma garota bonita e reencontrar uma velha amiga.

As palavras do garoto não param de passar pela minha cabeça. *O que você é, um figurante de filme de terror?*

Não estou bravo. Pelo menos, não com o garoto. Ele sabe como o mundo funciona. É Olivia que não entende. Ela acha que não tem nada de mais em tomarmos um drinque num lugar público. A pior parte não é nem que *ela* acredita nisso. Mas o fato de ter conseguido me atrair temporariamente para seu mundo dos sonhos.

Devia ter confiado nos meus instintos. Devia ter ouvido a parte de mim que sabe que as pessoas não são boas.

Termino aquele gole do uísque. Tem o sabor metálico de sangue, cortesia do meu lábio cortado. Nem me dou ao trabalho de ir ao banheiro limpar. Como a dor, o sangue é uma boa lembrança da lição que acabei de aprender.

Nunca mais. Mesmo no bar perto da minha casa, na porra do meu quintal, haverá pessoas estranhas. Elas vão olhar, encarar e me lembrar de que gente como eu não fica com gente como Olivia.

Estou jogando lenha na lareira, alimentando as chamas devagar, quando ouço Olivia entrar no escritório. Seria fácil voltar minha raiva contra ela, mas estou aprendendo que *qualquer* emoção relacionada a ela é destrutiva. É melhor ignorá-la.

Isso é mais fácil de dizer do que fazer.

Me preparo pra ouvir "ai, meu Deus, você está bem?", mas ela se mantém em silêncio.

Continuo agachado em frente à lareira, ignorando o fato de que essa posição é ruim para minha perna. Também tento ignorar o rosto dolorido. E Olivia. Mas falho no último quesito, porque, cara, quero que ela encoste em mim.

Ouço o som familiar de uma tampa se abrindo e do líquido caindo num copo. Por um segundo, acho que ela não percebeu que já estou bebendo e está preparando uma dose para mim. Daí, ela sai pela porta.

Graças a Deus. Ela só queria pegar uma bebida e deixar o monstro sozinho.

Digo a mim mesmo que estou aliviado, mas a verdade é que só me sinto assim quando percebo que voltou. Meus olhos continuam hipnotizados pelo fogo, mas meus ouvidos escutam o ruído familiar de Olivia se ajeitando no que agora considero a poltrona *dela*.

Olivia permanece sentada em silêncio, e eu sei o que está fazendo. Está esperando que eu a deixe se aproximar.

De jeito nenhum.

Espio por cima do ombro, só por um momento, e a visão me tira o fôlego. A luz do fogo faz seu cabelo dourado brilhar. Seus olhos estão sombrios e firmes, enquanto me observa. Suas pernas estão cruzadas debaixo do corpo, como sempre faz quando vai ler. Está enrolada na minha manta favorita, de pele falsa, como se fosse dela.

Mas não é isso que me incomoda. O que me incomoda é que eu quero que *ela* seja *minha*. E, quando me olha desse jeito, quase acredito que é verdade. Quase acredito que tudo o que preciso fazer é esticar a mão, puxá-la pra mim e devorá-la... Que ela vai vir de boa vontade.

Olivia continua a sustentar meu olhar, ao mesmo tempo que leva o copo à boca e toma um gole de uísque. Percebo vagamente o tilintar dos cubos de gelo no copo. Foi por isso que ela saiu — pra pegar gelo. É meio que um crime, considerando quanto custa esse uísque, mas estou pouco me fodendo, porque ela está *aqui*. Me viu no meu pior, e ainda está aqui.

Levanto com cuidado e vou sentar na poltrona à sua frente. E como sei que posso fazer isso com ela, fecho os olhos.

Perco a noção de quanto tempo ficamos sentados em silêncio, com exceção do estalar do fogo e do tilintar ocasional do gelo. Mesmo sem falar, ambos sabemos que Olivia não está aqui como cuidadora. Está aqui como... o quê? Uma amiga? Algo mais?

Não, não tem nada desse "algo mais". Quando me viu no bar, ela ficou contente. Mas não do jeito que uma mulher a fim de um cara ficaria. Pareceu que ela estava *orgulhosa* de mim. E quando fui ajudá-la, sua expressão não foi de alívio. Foi de preocupação.

Olivia Middleton se importa comigo, tenho certeza disso. Não quer que eu me machuque e, mais ainda, espera que eu me cure. Mas não se importa comigo por mim mesmo, por quem eu sou. Por razões que não consigo explicar, isso dói mais que a perna e o rosto sangrando.

Não abro os olhos quando a ouço levantar, nem quando fecha a porta com cuidado atrás de si. Aparentemente, sua paciência com um inválido patético tem limites.

Tomo um grande gole de uísque e tento me convencer de que não ligo. Falo para mim mesmo que quero ficar sozinho e que preciso me acostumar com isso. Ainda que tenha certo medo de que se Olivia for embora — e ela irá —, ficar sozinho não será mais um consolo. Será apenas *solitário*.

Cinco minutos depois, a porta abre de novo. Não olho para ela à medida que se aproxima. Não quero que saiba que estou aliviado.

Olivia não retorna para sua poltrona. Ela se acomoda nos braços da *minha* poltrona, a centímetros do meu braço. Fico tenso. *O que ela pretende com isso?*

Só aí me dou conta de que ela não voltou de mãos vazias. Olivia tira o uísque da minha mão, colocando-o sobre a mesa. Eu deixo.

Fico olhando suas mãos, que mergulham uma toalha limpa em uma bacia de água quente. Vejo seus dedos compridos torcerem o pano. Me preparo para o que está por vir, desejando esse momento.

Não nos encaramos, enquanto ela estica a mão devagar. A um centímetro do meu rosto, ela hesita, então encosta a toalha morna e macia com todo o cuidado na minha pele. Deixo meus olhos se fecharem outra vez.

Olivia limpa o corte com delicadeza, antes de mergulhar a toalha na bacia de novo. O processo é repetido algumas vezes. *Molha. Torce. Hesita. Toca.*

Não me escapa o fato de que ela evita tocar minhas cicatrizes. Não a culpo por isso.

Por fim, ela larga a toalha na bacia, mas não sai da minha poltrona. "Acho que seu nariz não quebrou", ela diz, finalmente quebrando o silêncio. "Mas vou pegar gelo."

Ela faz menção de levantar, e fico chocado comigo mesmo quando toco sua perna em desespero, pedindo que fique. E Olivia fica.

O alívio que sinto não me prepara para o que vem a seguir.

Ela me toca. Não com a toalha, mas com seus dedos quentes e delicados. É inofensivo a princípio. Um toque leve na linha do cabelo. Em seguida, ela segue o contorno da minha sobrancelha. Da minha bochecha. Olivia segura meu queixo, e eu a deixo virar meu rosto na direção que deseja. Faz tanto tempo que ninguém me toca. Desde que permaneça no lado esquerdo do meu rosto — o lado bom —, deixaria que me tocasse pelo resto da vida.

Mas é claro que ela não se contenta com o lado esquerdo. Meu coração para, quando sinto sua outra mão na minha têmpora direita.

Tento me afastar, mas ela segura meu rosto nas mãos. *Não*, imploro em silêncio.

Ela não obedece.

Prendo a respiração enquanto, com suavidade e reverência, Olivia passa um dedo gentil sobre minha bochecha direita. Ele vai descendo pelo meu rosto.

Ela toca minhas cicatrizes. E eu permito.

As três linhas descendo pelo meu rosto sempre me lembraram de uma patada de lobo. Como se um animal tivesse atingido meu rosto, e não um soldado afegão com uma faca e um objetivo a ser cumprido. Ela segue cada uma delas com delicadeza e de maneira atenciosa, como se quisesse curá-las com seu toque.

Então, sinto ela parar de tocar o meu rosto. Dói perder o toque das suas mãos. A dor piora quando ela levanta, segurando a bacia de água ensanguentada.

"Vou pegar aquele gelo."

Eu a toco de novo, dessa vez no pulso, de novo pedindo em silêncio que fique. Dessa vez, no entanto, ela se solta com muita delicadeza, e eu a deixo ir.

Levanto e vou até o fogo. Fico olhando as chamas em silêncio, pensando sobre Olivia e no perigo que ela representa.

Dessa vez, quando ela volta, estou preparado.

Olivia fica à minha frente e me oferece o gelo. Quando ignoro o gesto, ela franze a testa, como se eu fosse uma criança petulante desobedecendo as ordens da babá.

Foda-se. Bato no pacote de gelo na sua mão, que cai. Antes que chegue ao chão, minha mão a envolve pela cintura, puxando-a de forma delicada, mas firme, em minha direção. A outra mão percorre gentilmente seus cabelos, parando na pele macia de sua nuca.

Eu me disse repetidas vezes que não ia beijá-la. Ela teria que me beijar. Mas posso muito bem incentivá-la. Eu a quero. Tanto que até dói.

Nossos olhos se encontram. Vejo o choque se transformar em desejo. *Ela me quer também*.

Faço questão de olhar sua boca. *Me beija*, imploro em silêncio. E então em voz alta: "Olivia, me beija".

Ela balança a cabeça negativamente.

"Por favor", sussurro. Não ligo de implorar. Não ligo se me beijar por pena. Preciso dela.

Uma sombra passa por seus olhos, e eu me preparo para ser rejeitado.

Mas Olivia se aproxima, até que ficamos peito a peito, seus olhos na altura do meu queixo. Seguro sua cintura com mais firmeza, e brinco com a base do seu pescoço.

Ela põe as mãos nos meus quadris, e meu coração bate mais forte.

Devagar, *devagar*, ela levanta a cabeça, e seus olhos vão do meu queixo para minha boca.

Não posso esperar mais. Abaixo a cabeça, inclinando-a um pouco para a direita e tocando seus lábios com os meus, de leve. Repito o processo, me demorando por mais tempo.

Quando tento uma terceira vez, sua boca vai de encontro à minha.

O beijo é quente e voraz, conseguindo ser lento e frenético ao mesmo tempo. Ela agarra a barra da minha camiseta e me puxa para mais perto. Meu braço está por todo o seu corpo agora, enquanto a outra mão segura seu pescoço, mantendo seus lábios fundidos aos meus.

Dobro os joelhos só um pouquinho, para ficar da sua altura, querendo mais proximidade, mas nunca parece ser o bastante. Minha língua procura e acha a dela, tímida a princípio, para depois ficar mais corajosa. O beijo se torna explosivo.

Minhas mãos querem percorrer seu corpo todo. Quero tocá-la por inteiro. Quero Olivia sem roupa na frente da lareira. Mas, por enquanto, me contento com o que está acontecendo. Isso tem que bastar por agora.

Finalmente, ela se afasta, e eu permito que se distancie. Sua respiração está baixa e entrecortada, seu peito sobe e desce como se não conseguisse puxar o ar.

Sei que eu perdi o fôlego. Ela me faz esquecer de respirar. Me faz esquecer tudo.

"Isso foi...". Olivia não termina a frase.

Preencho a lacuna mentalmente. *Idiota. Irresponsável. Maluquice. Incrível.*

Ela não diz nenhuma dessas coisas. Só balança a cabeça, como se para esvaziá-la.

"Tenho que ir", Olivia diz. Suas mãos deixam abruptamente minha cintura, como se não suportasse me tocar.

Eu a solto de imediato, ainda que queira puxá-la de volta, ficar abraçado a ela.

Olivia começa a ir embora, mas para e pega o pacote de gelo. Ela leva a mão com o gelo na direção do meu rosto, parando um momento e afastando-se em seguida. Então, com a testa franzida, decide colocar o gelo com delicadeza no meu nariz.

"Trinta minutos", ela diz, mandona e fofa ao mesmo tempo.

"Certo", afirmo, brusco. "Não podemos deixar um nariz inchado estragar meu rostinho perfeito."

"Não", ela diz, com um sorrisinho. "Não queremos isso."

Olivia me dá as costas, e eu fico ali como um idiota, segurando um pacote de gelo no meio do rosto e observando à medida que ela se afasta de mim.

"Olivia." Seu nome sai dos meus lábios, antes que eu saiba o que dizer.

Ela para e se vira pra mim.

Caralho.

Não tenho ideia do que falar. Na verdade, parte de mim sabe, por isso é imprescindível que eu fique quieto. O beijo precisa ser um acidente. Para o nosso próprio bem.

"Sim?", ela diz com uma ligeira impaciência, enquanto olho pra ela.

Sem pressão, idiota. Deixa claro que não foi nada.

"A gente se vê amanhã?", pergunto.

Afe...

Ela revira os olhos. "Claro."

"Às cinco? Na pista?"

"Como todos os outros dias, a não ser quando você está de mau humor."

"Engraçadinha", murmuro. "Ah, e..."

"Fala, Paul", ela pede, com a impaciência de uma professora.

"O que achou da Kali?"

Bum. Lá se foi o sorriso. E a confiança. Odeio achar graça no desconforto demonstrado por Olivia.

"Ela é ótima", afirma, um pouco animada demais. "Muito bonita. E legal."

"É, muito", digo, pensativo. "Boa noite."

Me volto para a lareira para esconder meu sorriso ao descobrir que ela se incomodou.

19

OLIVIA

Beijei Paul. *Beijei Paul, beijei Paul, beijei Paul.*

Não foi a primeira vez, claro. Mas foi diferente agora. Nas outras duas vezes, ele só tinha me beijado com o intuito de me afastar.

Agora foi mais delicado. Mais quente. E infinitamente mais perigoso.

A pior parte nem é que eu beijei o cara de quem estou cuidando, e sim que quero beijá-lo de novo. E de novo...

Estou deitada na cama, tentando me convencer de que a razão pela qual deixei que isso acontecesse foi para compensar o mal que o babaca do bar causou. Queria mostrar a Paul que ele não é um monstro. Que ele não é motivo de piada. Queria que soubesse que é desejável, mesmo com as cicatrizes.

Mas estaria me enganando.

Não pensei em *nada* disso quando estávamos os dois cara a cara diante da lareira. Não pensei nos problemas dele, ou nos meus, ou em qualquer outra coisa além do fato de que eu o queria.

E ainda quero.

Levo as mãos aos olhos e suspiro quando o maior dos eufemismos passa pela minha cabeça: *Essa não é a situação ideal.*

Não sei quando pego no sono, mas ao ouvir o despertador às cinco, sinto o baque mais forte do que nos outros dias. Desligo o alarme e me forço a jogar as pernas para a lateral da cama para não voltar a dormir. Quase não percebo que meus olhos estão pesados pela falta de sono, porque não consigo parar de pensar no fato de que Paul está dormindo pouco adiante no corredor, sem usar nada além de cueca, e a ideia me deixa completamente desperta.

Acendo a luz e vou até a cômoda em que fica minha roupa de ginástica. É quando uma caixa perto da porta chama minha atenção.

Uma caixa de sapatos.

Só tem mais uma pessoa na casa, o que significa que só esse alguém poderia ter deixado essa caixa na porta. Penso em Paul entrando no meu quarto, com seu abdome musculoso e seus braços fortes.

Se controla.

Pego a caixa. Uma sacudida rápida confirma: sapatos. Mas não algo sexy como Louboutins. Tênis de corrida. Brancos e sem graça.

Tem um post-it neles, com um recado escrito numa caligrafia masculina descuidada: *Como você se recusa a seguir meu conselho, fiz o meu melhor para achar um tênis adequado à sua pisada. Desculpa se não é cor-de-rosa.*

Por acaso é ridículo que eu me sinta toda derretida só porque um cara me comprou os sapatos mais feios do mundo? É. Eu sei que é.

Mas isso não tira o sorriso bobo do meu rosto.

Ao olhar o relógio, percebo que vou me atrasar pra nossa corrida. Ele não vai ligar, porque estou sempre atrasada. Mesmo assim, me visto depressa. Nem *todas* as minhas roupas de ginástica são pink, mas me esforço para garantir que todas as peças que vou usar hoje sejam dessa cor, do top às calças e meias.

Então, coloco o tênis, que é do tamanho certo. O cara deve ter pesquisado.

No pé, o tênis novo parece igual ao antigo, que pelo menos era bonito. Talvez eu só sinta a diferença depois de alguns quilômetros. Paul está sempre tagarelando sobre a importância de se prevenir contra contusões, e os calçados corretos aparentemente impedem a dor na canela, fraturas por estresses e essa bobageira toda.

Como eu sabia, Paul já está me esperando. Com as costas viradas pra mim, olha a água na penumbra antes do amanhecer. Usa uma camiseta azul-marinho de manga comprida e calça. Parece um ex-fuzileiro naval de vinte e tantos anos que está em forma, prestes a correr a qualquer momento.

A não ser pela bengala. Ainda não estou convencida de que precisa dessa bengala. Uma coisa é certa: não é um cara que vai sair correndo por aí.

"Oi", digo.

Me preparo para encontrá-lo no seu pior humor. Depois do comentário idiota sobre a Kali ontem à noite, sei que vai fazer de tudo para me afastar agora.

Paul vira. Não está sorrindo — quem diria? —, mas seus olhos parecem calorosos. Seu olhar vai esquentando conforme passa pelo meu corpo, demorando nos pontos certos antes de se fixar nos meus pés.

"E aí?", ele pergunta, apontando com o queixo para os tênis.

Tá, parece que não vamos falar sobre o beijo. Pelo menos Paul não está sendo um babaca, que é mais do que eu esperava, considerando que o cara se esconde atrás de uma armadura emocional muito espessa.

"São horríveis, exatamente como você planejou."

"Vou acertar sua pisada. Vai me agradecer quando for mais velha."

Reprimo uma risadinha. "Uau, que romântico!"

Seu rosto fica branco, e me dou conta do erro que cometi. Ele pode se exercitar com sua cuidadora, ler com sua cuidadora, até flertar com sua cuidadora e beijá-la... mas não tem espaço pra romance. Não entre a gente.

E, embora eu só tivesse falado por falar, palavras como "romance" são letais para um cara como Paul.

E para uma garota como eu também. Tive todo o romance do mundo com Ethan e consegui estragar tudo. Talvez algumas pessoas simplesmente não sirvam para terem um relacionamento sério.

A expressão de Paul passa de prudente a confusa. "Tá bom."

"O quê?"

Ele abre um sorrisinho, e sinto um aperto no coração quando vejo um lampejo de tristeza. "Achei que fosse precisar passar todo tipo de sinal de que não estou atrás de uma namorada", ele lamenta, pesaroso. "Mas, julgando pelo desprezo no seu rosto, nem preciso."

"Não!", solto. Paul acha que eu o *desprezo*? Quero dizer que, apesar de todos os seus problemas, ele é muito menos tóxico por dentro do que eu. Mas me falta coragem. "Eu só... quer mesmo falar sobre isso?", pergunto, jogando as mãos pro alto.

Ele me estuda por um segundo, antes de olhar para sua mão apoiada na bengala. "Não."

Forço um sorriso. "Então... tem algum truque que eu deva saber para usar esse tênis? Preciso adivinhar uma senha ou eles funcionam por mágica?"

Paul revira os olhos e aponta com a bengala na direção em que normalmente seguimos. "Trota um pouco. Tenta não tropeçar, rebolar ou qualquer outra coisa que envergonhe seu tutor."

"Tutor? É isso o que você se considera?", pergunto. "Porque parece mais a madre superiora." Começo a me alongar, bem devagar.

Sinto o toque gentil de sua bengala no meu joelho. "A última novidade do mundo da corrida é que alongar antes do treino não previne contusões."

Devolvo o pé ao chão. "Mas sapatos mágicos previnem?"

Seus lábios se contorcem em algo que quase parece um sorriso. "Isso mesmo."

"Espero que ninguém me veja assim", murmuro, brincando. "Por outro lado, também espero que esses tênis durem bastante, porque vão ficar ótimos quando eu for para um asilo."

"Aposto que você vai enlouquecer todos os velhinhos."

Eu enlouqueço você?, quis perguntar. Mas o que eu digo é: "Tá, vamos lá". Não sei se estou falando sobre a corrida ou algo muito mais ameaçador.

Ele assente uma vez.

Dou uns cinco passos antes de um pensamento proibido passar pela minha mente. Quando viro, vejo que está me olhando, e o desejo em seu rosto me dá coragem para perguntar.

"Você já tentou correr? Em algum momento? Você sabe, desde..."

A dor toma conta do seu rosto, antes de sua expressão se fechar por completo. "*Correr?* Eu nem consigo andar sem apoio."

Inclino um pouco a cabeça. "Não consegue mesmo?"

Dito isso, viro as costas e saio trotando com meus tênis horrorosos. Tento me concentrar nas técnicas de respiração de que Paul está sempre falando. Só que respirar pelo diafragma é minha última preocupação no momento. Estou perdida em pensamentos relacionados ao desastre maravilhoso que é Paul.

Perco a noção da distância que corro, mas diminuo o ritmo quando já não reconheço mais a paisagem ao meu redor. Fui mais longe do que de costume. Como esperado, Paul não está por perto quando viro, mas, diferente dos outros dias, tampouco o vejo na volta. Fui longe demais com minha pergunta, e ele se recolheu.

Volto para a casa, determinada a não ficar chateada. O que eu esperava, que bastaria um beijo tarde da noite e a mera *sugestão* de que tentasse correr para que de repente corresse ao meu lado em toda a sua glória pré-guerra?

Minha culpa não diminui ao lembrar que Lindy ainda está em Portland e eu preciso cozinhar. Não apenas represento todas as coisas que ele não consegue mais fazer, como ainda vou matá-lo de fome. Tudo bem que ele poderia passar cream cheese no pão sozinho, mas sou *paga* para isso — o que eu deveria me lembrar com mais frequência.

Tomo um banho rápido, coloco uma legging e uma malha azul gostosa, prendo o cabelo molhado em um coque sem muito cuidado para ir logo para a cozinha.

Nunca fui de tomar café, e, em geral, só tomo um cereal ou pego um pão, mas esta manhã meu estômago exige algo mais substancial. Provavelmente porque o "jantar" de ontem à noite foi uma taça caprichada de vinho branco seguida por alguns goles de uísque.

Faço ovos mexidos para dois, acrescentando cheddar e cogumelos. Coloco dois copos de suco na bandeja. Sei que Paul tem café na biblioteca, mas imagino que só tenha uma caneca, então levo outra. Penso em colocar algumas frutas em uma tigela de cristal bem bonita.

Paul e eu jantamos juntos a maior parte das noites — basicamente, porque ele não tem escolha —, mas, em geral, tomo café com Lindy em meio a conversas sobre programas de TV. Pensando bem, já faz um mês que estamos aqui, e é a primeira vez que eu e Paul vamos tomar café juntos.

Tem algo de surpreendentemente íntimo em tomar café com um cara. Talvez por causa de toda aquela coisa da manhã seguinte. Ou talvez só porque é *Paul*, e estou com o beijo de ontem à noite ainda fresco na memória, enquanto carrego a bandeja com cuidado até o escritório.

Desacelero quando ouço um barulho estranho. *Vozes*, no plural.

Uma delas é de Paul, mas não reconheço a outra. Paro do lado de fora da porta. É um homem, o que me consola. Apesar de achar que não tem nada rolando entre Kali e Paul, tenho uma breve visão dela, com toda a sua graciosidade sardenta, sentada na *minha* poltrona, em frente ao fogo.

Mas não, é a voz de um homem.

Minhas mãos estão ocupadas, então não consigo bater. Pigarreio alto e uso o quadril pra abrir mais a porta da biblioteca. Meus olhos distinguem duas figuras tensas de pé em frente à mesa.

Merda. Que merda. O homem diante de Paul, com o rosto retorcido de raiva, não é ninguém senão Harry Langdon.

O pai pródigo à casa torna.

20

PAUL

"Ainda não entendi no que você estava pensando, fazendo um estrago daqueles." Meu pai está puto.

"Não foi um estrago. Só fui a um bar tomar um drinque. *Um* drinque mesmo, devo enfatizar."

Ele tira a mão do rosto e me encara. "Não é a parte da bebida que me incomoda, é a parte do bar. Desde quando você não liga de aparecer na frente das pessoas?"

Desde Olivia.

Não digo isso, claro. Já estou confuso o bastante em relação a meus sentimentos. A última coisa de que preciso é do meu pai descobrindo que o motivo pelo qual ela durou mais que qualquer outro cuidador não tem nada a ver com a porcaria do ultimato e tudo a ver com o fato de eu não querer que vá embora.

Ainda não.

"Qual é o problema?", pergunto, cruzando os braços, odiando me sentir na defensiva. "Você está me enchendo para voltar à normalidade há anos. Quando eu realmente tento fazer esse movimento, você age como se tivesse destruído a honra da família."

Negue, peço mentalmente. *Negue que você só está aqui porque um dos seus amigos viu minha cara hedionda no bar e ligou para reclamar.*

Meu pai confirma minhas piores suspeitas. "Rick me ligou ontem à noite. Disse que você se meteu numa briga."

"Ele se enganou."

"É?", ele zomba. "Então, seu nariz sempre foi assim?"

"Olha, alguns universitários estavam sendo idiotas com a Olivia. Tinham bebido. Fui ajudar, e um deles me deu um soco."

"É claro que um deles te deu um soco!", meu pai explode. "Você não está exatamente em condições de brigar, Paul!"

Dou um passo à frente e o encaro. "Tem certeza disso?"

O rosto dele se enruga em confusão e surpresa, e eu me dou conta de que é a primeira vez que quero passar uma impressão de que não sou uma vítima. Meu pai dá um passo para trás, e eu fico envergonhado e agradecido ao mesmo tempo — envergonhado por meu pai achar que poderia de fato ir pra cima dele e grato por reconhecer que não sou totalmente inválido.

"Ela está bem?" Sua voz sai mais baixa. Mais calma.

"Está", murmuro, passando a mão pelo cabelo em agitação e virando para a mesa. "Provavelmente nem precisava da minha ajuda."

"Precisava, sim."

Meu pai e eu viramos e vemos Olivia na porta. Olhamos para a bandeja em suas mãos, e eu gemo por dentro. Seu cabelo está molhado e suas roupas são casuais. Ela traz dois pratos, dois copos de suco e... uma tigela de frutas? Odeio fruta. Não parece nem um pouco uma funcionária levando uma refeição balanceada ao dono da casa. Parece mais um casalzinho tomando café da manhã juntos.

Merda.

"Srta. Middleton", meu pai diz, abrindo seu sorriso profissional. "Fico feliz em conhecer você pessoalmente."

"Sr. Langdon", ela diz, apenas.

Meu pai vai em sua direção e pega a bandeja. "Lindy me disse que você ia cozinhar esta semana. Obrigado por isso."

"Imagina."

"No entanto...", meu pai comenta, olhando pra bandeja. "Odeio fazer isso, mas o médico está no meu pé por causa do colesterol. Será que você poderia me fazer uma versão só com claras?"

Porra. Meu pai quer que Olivia cozinhe pra ele?

Vejo a consternação e o alívio guerrearem no rosto dela diante do mal-entendido. "Ah! Desculpa. Claro que posso fazer", ela garante. "Queijo tudo bem?"

"Pode caprichar", meu pai responde, dando uma piscadela.

Uma piscadela? A porra de uma *piscadela*? Esfrego os olhos. *Nossa.* Meu pai está paquerando minha...

Ela é sua cuidadora, meu cérebro me alerta. *Seu pai a contratou pra ser legal com você, porque acha que vai cortar os pulsos, perder o controle ou se afogar.*

Olivia sai sem nem me olhar.

Merda. Já faz um tempo que não me envolvo com uma garota, mas conheço esse olhar. Ela está fazendo aquele lance estranho de quando as mulheres se fecham para analisarem a situação.

"Ela é ainda mais bonita que na foto", afirma meu pai, mais para si mesmo.

"Então, você sabia como era a aparência dela quando a contratou?", questiono, deixando a curiosidade levar a melhor.

"Como assim?", meu pai pergunta, todo inocente.

Lanço um olhar sombrio pra ele, mas poderia jurar que está escondendo um sorriso. Pelo menos agora sei que não é coincidência o fato de Olivia não ser como as outras cuidadoras, mais velhas e antiquadas. Meu pai queria me lembrar de que sou um animal de sangue quente.

Bem pensado.

"O que é que você quer?", exijo saber. "Devo ficar aqui como um recluso para não envergonhar você ou voltar ao mundo e fingir que não sou assustador? Vai ter que me desculpar por não saber como ler seus sinais."

Meu pai suspira e vai até a janela. "Não tenho vergonha de você, Paul. Só não quero que você passe por nenhum constrangimento. Encarar um bando de garotos saudáveis com o corpo em pleno funcionamento não vai ajudar na sua recuperação."

Corpo em pleno funcionamento. Algo que eu não tenho.

A ligeira provocação de Olivia hoje de manhã me vem à mente. *Você já tentou correr? Um pouco que seja?* Ela espera coisas de mim. Coisas melhores do que meu pai espera. Ou mesmo Lindy e Mick. Olivia certamente espera mais de mim do que eu mesmo. Não sei se porque só me conhece há um mês, de modo que ainda não tem noção do que sou capaz, ou se, por trazer outra perspectiva, consegue ver um potencial que o resto de nós ignora. Se for o segundo caso, como vai ser quando eu decepcioná-la?

"Então, foi por isso que você veio até aqui?", pergunto ao meu pai. "Para me pedir para não aparecer com meu rosto desfigurado na frente de uns adolescentes imbecis?"

"Vim ver se você estava bem."

Tiro o celular do bolso e sacudo na frente dele. "É pra isso que serve o telefone. Aliás, não foi por isso que contratou Olivia? Pra atender minhas necessidades, me dar sopa e limpar minha bunda?"

"Contratei Olivia pra trazer você de volta ao mundo dos vivos", ele solta. "Mas posso ver que não ajudou em nada seu temperamento."

"É preciso mais do que um par de peitos pra conseguir isso."

"Não seja grosso."

"Claro. Sei como disparar qualquer arma no planeta, vi gente explodir na minha frente, e você acabou de me dizer que contratou uma garota com o único propósito de ver se seu filho ainda conseguia ficar de pau duro. Mas o importante é não ser grosseiro. Quer que eu sirva a porra de um chá pra gente?"

"Eu não disse que foi por isso que a contratei", meu pai diz, parecendo se sentir culpado.

"Bom, com certeza não foi pela experiência dela. Podia ter comprado pra mim um bichinho de estimação ou contratado uma garota de programa que daria na mesma."

Depois de um breve silêncio, me dou conta de que os olhos do meu pai não estão nos meus.

Sinto um vazio no estômago antes de ver a boca contorcida em arrependimento dele. É como se uma cena de filme se tornasse realidade. Aquela em que o babaca diz alguma coisa cruel sobre a menina, quando ela está bem atrás dele.

Fico mortificado. Não posso virar. Não consigo encará-la. Mas o ruidinho que ela solta é o bastante pra me destroçar.

"Fiz seus ovos, sr. Langdon." Sua voz vacila de leve. "Vou deixar aqui na mesa."

Ela vem até nós, e ficamos ombro a ombro enquanto apoia a bandeja, embora não nos olhemos. Mantenho o olhar fixo na bengala, enquanto ela se concentra no meu pai.

"Mais alguma coisa?", ela pergunta, com a voz mais firme.

"Não, obrigado", meu pai responde, baixo. "Por que não tira o resto do dia de folga? Posso cuidar de Paul."

Quero dizer que não preciso que ninguém tome conta de mim. Mas também quero que Olivia seja a pessoa a dizer isso. Quero que diga que está aqui comigo porque quer, não porque está sendo paga. Quero que conte a verdade sobre o café da manhã e a noite de ontem.

Mas é claro que ela não diz nada. E não fico surpreso, depois do que me ouviu falar pro meu pai. *Podia ter comprado pra mim um bichinho de estimação ou contratado uma garota de programa que daria na mesma.*

Foi uma coisa muito cretina de se dizer, mas... não tão absurda. Com toda a sua bondade, sua postura de companheira de corrida, a leitura aconchegante à frente da lareira, até o beijo — esses momentos são para o *meu* bem, não? Está claro pra todo mundo neste cômodo que eu preciso dela muito mais do que ela precisa de mim.

Arrisco um olhar de lado para ela, e o alívio em seu rosto diante da oferta de um dia de folga é óbvio. "Obrigada. Vai ser bom."

E de repente, apenas por um momento, eu a odeio. Odeio os dois.

"Aproveite o dia de folga", solto, batendo indolentemente a bengala no pé. Então, ela olha pra mim, e eu ataco. "Sabe, considerando que vai ter um tempinho pra si mesma, talvez devesse falar com seu grupinho de Nova York. Por que não liga pros velhos amigos? O que Ethan está fazendo? Aposto que *ele* adoraria um pouco desse carinho todo que você tem pra dar."

Me arrependo das palavras na hora que saem da minha boca. Posso não saber o que aconteceu entre os dois, mas sei que é um assunto doloroso, e joguei sal na ferida de propósito.

Me acostumei à crueldade nos últimos anos, mas tenho certeza de que acabei de extrapolar todos os limites. Mereço um tapa, mas o lampejo de dor pura em seus olhos é muito pior. Antes que eu possa me desculpar, ela já foi embora.

De repente, tudo dói. A perna, o nariz, a cabeça. O coração.

"O que foi isso?", meu pai pergunta, parecendo nervoso. Imagino se está começando a se dar conta de que seu plano muito conveniente de me "consertar" usando uma princesa loira pode estar fazendo mais mal que bem.

"Nada", murmuro. *Só estou sendo o monstro de sempre.*

Meu pai vai embora naquela mesma tarde. Não sei nem por que se dá ao trabalho de vir. Ele demora mais pra voar de Boston a Portland do que pra transmitir qualquer mensagem lúgubre e hipócrita que acha que eu preciso ouvir.

Chegamos a mais ou menos um acordo de que vou "pensar duas vezes" antes de ir ao Frenchy's na minha "condição". Não me dou ao trabalho de dizer a ele que entrar no bar depois de anos de solidão foi a coisa mais humana que fiz em muito tempo. Não revelo que estou preocupado que esse gesto não teve nada a ver com o lugar e tudo a ver com a garota que estava no bar.

Não vejo Olivia pelo resto do dia. Mantenho a porta entreaberta pra ficar de olho em seus movimentos, mas, até onde posso dizer, ela permanece no quarto.

Meu pai me manda uma mensagem do aeroporto. *Não esqueça que dei o dia de folga a Olivia. Você vai ter que se virar no jantar.*

Rosno. Por que todo mundo acredita que agora sou incapaz de fazer um sanduíche, quando antes estava apto a defender meu país?

Penso em contar a Olivia sobre Amanda e Lily. Penso em falar tudo: sobre a guerra, eu ter sido a causa da morte de Alex, que deixou uma mulher e uma filha... Mas, se contar agora, vai parecer uma desculpa. Um golpe para comovê-la.

E ninguém sabe sobre os cheques mensais que mando para elas. Não quero que me interpretem mal. Não quero que Olivia pense que sou um herói. Só vai se decepcionar.

Não fico muito na cozinha, mas faço um sanduíche e abro uma lata de sopa. Pela primeira vez desde que Olivia veio para o Maine, janto sozinho no balcão da cozinha. É triste e solitário.

Depois que limpo os pratos, coloco o resto da sopa em uma tigela e faço outro sanduíche. Peito de peru, sem maionese e com muito queijo, como sei que Olivia gosta. Pego uma garrafa de água também.

É uma oferta de paz patética, mas subo com tudo mesmo assim. A porta fechada não me incomoda.

Mas o som do choro baixinho quase me mata.

21

OLIVIA

Paul e eu não falamos sobre o que aconteceu.

Já faz quase duas semanas que o pai dele veio. Duas semanas desde que perdeu o controle do monstro dentro dele, cuja vítima foi meu ser patético.

O clima continua pesado. Sei que Paul acha que estou brava com ele. Depois de tantos anos namorando Ethan, sei ler os sinais. O cuidado na maneira como fala, como se esperasse que eu fosse surtar a qualquer momento e cobrá-lo por algo que já passou faz tempo.

Mas, enquanto os sinais de Paul são bem típicos, há uma diferença entre minhas brigas com Ethan, que eram sobre como ele tinha conversado por tempo demais com uma menina extremamente simpática e de peitos enormes ou como havia se atrasado pra me buscar porque estava jogando *Call of Duty* com Michael *de novo*. Era como se Ethan estivesse sempre preparado para a briga. Ambos sabíamos que uma pequena explosão viria e já vestíamos nossas luvas.

Com Paul... há algo de assombrado em sua cautela. Parece que ele não espera apenas que eu me descontrole e comece a atirar coisas nele em um surto raivoso. Não, Paul está preparado para alguma outra coisa.

Para a minha partida.

Tentamos da melhor forma fingir que nada aconteceu. Fingimos que ele não me diminuiu diante de seu pai, que não disse que eu era uma gostosa qualquer sem nenhum valor pra ele. Eu finjo que não ligo. E ele finge não ligar se eu não ligo.

Mas, como eu disse, o clima está pesado. Tenso. *Péssimo*.

Perdida em meus pensamentos, passo uma água nos pratos do almoço, colocando-os na máquina de lavar.

"Quer falar sobre o que aconteceu?"

Eu me assusto e quase derrubo um copo. "Lindy! Desculpa, não sabia que tinha alguém aqui."

Ela funga. "Provavelmente porque tem evitado a mim e a Mick."

Não me dou ao trabalho de negar.

"Devo, então, assumir que você não quer conversar?", ela pergunta.

Dou de ombros. Ficamos em silêncio por alguns segundos, enquanto ela segue com sua rotina que já me é familiar, montando a batedeira KitchenAid e pegando a farinha e o açúcar.

"Estou com vontade de cozinhar", ela diz. "Pode escolher."

Isso eu respondo rápido. "Cookies com gotas de chocolate?"

Lindy revira os olhos e sorri. "Sem graça, mas fácil. Quando eu deixava o sr. Paul escolher, era sempre uma torta complicada ou um bolo com três recheios diferentes."

"Sério?", pergunto, tentando conciliar o cara que parece sobreviver de sanduíches e uísque com alguém que gosta de doces requintados.

"Bom, isso foi antes de ele ir embora", ela comenta, e seu sorriso diminui. "Acho que ele nem percebe se eu faço um bolo agora."

Ela parece triste. Queria poder reconfortá-la, mas não tenho muito a dizer além de "ele é um cretino".

Sento na banqueta de sempre diante do balcão e ficamos em silêncio por alguns minutos. Lindy não segue nenhuma receita. As medidas de farinha, açúcar e sal parecem muito naturais para ela, como escovar os dentes é para o resto de nós.

"Ei, eu nunca perguntei...", digo, passando o dedo na farinha espalhada. "Como foi a viagem de vocês?"

Ela levanta as sobrancelhas. "Quer saber agora, duas semanas depois?"

Droga. "Desculpa. Eu estava meio que envolvida com minhas próprias coisas, acho."

"Acontece", Lindy fala, sem pegar no meu pé. "Mas a viagem foi boa. Bem boa."

Dessa vez são as minhas sobrancelhas que levantam diante de seu tom de voz. Eu me inclino para a frente, e é minha vez de perguntar: "Quer falar a respeito?". Sufoco uma risadinha, porque Lindy fica vermelha.

"Então é assim", eu comento.

"O quê?"

"Vocês ficaram no mesmo quarto, imagino."

"E por um acaso eu pergunto sobre sua vida amorosa?", ela retruca, toda cerimoniosa. Boa. Virou o jogo.

"Não tenho vida amorosa." Não uma que é saudável, pelo menos.

"Ah, é?"

Estreito os olhos. "Não."

É imaginação minha ou ela parece decepcionada?

A curiosidade leva a melhor. "Ei, Lindy... Antes de eu vir pra cá, você sabia que eu era mais nova que as outras cuidadoras?"

"Você quer saber se eu tinha ideia de que era jovem e bonita?" Ela balança a cabeça. "Não. O sr. Langdon é um bom patrão, mas não do tipo que conversa e faz confidências. Mick e eu só sabemos o que é estritamente necessário. Nome, data de chegada e tal."

Concordo. Imaginei. Ficamos em silêncio enquanto quebra os ovos, mas ela me estuda enquanto a batedeira faz seu trabalho. "O que aconteceu no fim de semana em que estávamos fora? Mick e eu ficamos chocados que o sr. Langdon veio sozinho do aeroporto. Ele nunca chega sem avisar..."

Ela deixa a frase morrer no ar, para que eu preencha as lacunas. Mexo no meu brinco. "Acho que não cabe a mim contar."

"Ah", ela diz. "Então alguma coisa aconteceu mesmo."

E não acontece sempre?

Lindy abre um saco de gotas de chocolate e me surpreende ao enfiar um punhado na boca e mastigá-las, pensativa, antes de me oferecer também. Pego algumas e como uma a uma, enquanto nos examinamos.

"Eu conto se você contar", digo, de uma vez só.

Ela mastiga mais devagar. "E o que é que você acha que eu sei?"

"O que aconteceu com Paul. Quer dizer, o que *realmente* aconteceu com ele quando estava no Afeganistão. Não sou uma idiota. A perna dele não está *tão* ruim, e não tem nada de debilitante nas cicatrizes. O sr. Langdon não contratou uma infinidade de cuidadores por causa de uma questão física. O problema está aqui." Dou uma batidinha na cabeça.

"Entendo. E o que você pretende me contar em troca?"

"Por que Harry Langdon apareceu do nada naquele sábado. Por que Paul e eu estamos pisando em ovos desde então."

Lindy me lança um olhar. "Admito que estou curiosa pra saber por que a relação de camaradagem que vocês estavam construindo foi por água abaixo, mas não é uma troca justa."

Ela está certa. A história da briga no bar não está no mesmo nível do que aconteceu com ele na guerra.

"Valeu a tentativa", digo, abrindo um sorrisinho bobo ao pegar uma colherada de massa de cookie. Por fim, conto a história a Lindy a troco de nada.

Falo sobre como, em minha inocência, achei que seria uma boa ideia Paul sair de casa e ver pessoas reais, principalmente Kali. Falo sobre os idiotas no bar, a briga e os xingamentos. Pulo a parte do beijo, claro. E, então, falo sobre como peguei Harry criticando o filho por sair em público e se expor ao ridículo.

Pretendo parar aí, mas então me ouço repetindo as palavras de Paul: *Podia ter comprado pra mim um bichinho de estimação ou contratado uma garota de programa que daria na mesma.*

E como não sei quando parar, menciono o fato de que Paul jogou Ethan na minha cara.

Ela franze a testa, confusa. "Quem é Ethan?"

"Meu ex."

"Ah", ela diz, com um tom de voz carregado, mas não consigo identificar do quê.

"Você parece ter concluído muita coisa a partir dessas duas palavras", digo.

"Casei e me divorciei, duas vezes. Sei tudo o que há pra saber sobre um ex. Imagino que não tenha terminado bem."

"Bom, vamos dizer que ainda não superei totalmente."

Lindy me surpreende ao rir.

"O quê?", pergunto, um pouquinho irritada.

"Ele fica incomodado."

"Quem? Com o quê?"

Lindy para de moldar as bolinhas que coloca na assadeira. "Paul se incomoda que você ainda não tenha superado o fim desse relacionamento. Se incomoda que você ainda esteja ligada a esse Ethan."

"Eu não disse que ainda estou ligada a ele. Mas, mesmo se estivesse, Paul nem ia se importar."

"Ah, não", ela reclama, lambendo a massa do dedo. "Não vem bancar a boba. Sabe muito bem do que estou falando."

Ah, meu Deus. Ela *sabe*. "Então, hum, você sabe que as coisas não têm sido totalmente profissionais?"

"Está me perguntando se tenho idade o bastante para saber quando dois jovens atraentes de vinte e poucos anos estão soltando faíscas pela casa? Sim, eu tenho."

"Ótimo", murmuro. "Acha que Mick também sabe?"

"Tenho certeza."

Merda.

"E o sr. Langdon?"

"Provavelmente."

Merda, merda.

"Bom", eu digo, me afastando do balcão, "foi bom falar com você. Vou me matar agora."

Ela agita os dedos de um jeito assanhado, parecendo muito satisfeita consigo mesma. "Os cookies vão estar prontos em quinze minutos. Ah, e Olivia..."

"Oi?"

"Eu contaria. Sobre Paul. Se soubesse."

Preciso de um segundo para me dar conta. "Do Afeganistão, você diz?"

Ela assente. "Sei quais foram os efeitos, claro. A perna. As cicatrizes. Os pesadelos. Mas não sei o que de fato aconteceu. E não sei se alguém sabe."

Hum...

"O que ele diz quando as pessoas perguntam?"

Ela me lança um olhar curioso. "Ninguém pergunta."

Já estou na entrada do corredor quando me dou conta do que acaba de falar. "Ninguém? Ninguém nunca perguntou?"

"Bom, tenho certeza de que muita gente perguntou logo depois que aconteceu, mas ele estava perturbado demais para falar a respeito. Mais ou menos no último ano, acho que todo mundo meio que quis dar espaço pra ele."

Mordo o interior da bochecha enquanto penso sobre isso. Talvez ter espaço demais não seja uma coisa muito boa. Talvez ele precise ser cercado pra poder se curar por dentro.

Eu o tenho evitado porque preciso de distância. Mas é hora de lembrar a razão pela qual estou aqui. Antes de tudo, vim para curar Paul.

E, apesar do que ele acredita, não precisa se manter distante.

A perspectiva quase me deixa tonta. *Pode se preparar, Paul Langdon. O negócio vai ficar feio pra você.*

22

PAUL

É oficial: não entendo as mulheres.

Olivia deveria estar puta comigo. Até poucas horas atrás, eu teria jurado que estava. Mas agora a coisa mudou, e não gosto disso. Não confio no perdão não merecido.

E o mais estranho é que sempre soube como agir com elas. Não vou fingir que lia a mente feminina ou coisa do tipo, mas é claro que sei que "tudo bem" não quer dizer que está tudo bem, e que, se você pergunta a uma mulher se pode cancelar um encontro pra ir a um jogo de beisebol com seus amigos, ela provavelmente vai dizer "vá em frente", o que significa que você é um cara morto.

Tive algumas namoradas. Só uma de fato séria. Tanto que a gente tentou manter um relacionamento à distância quando fui para o Afeganistão. Ao voltar, uma enfermeira cheia de boas intenções me contou que Ashley tinha ido me visitar.

Uma vez.

Na verdade, não a culpo por ter sumido depois de ver meu rosto destroçado. Minhas cicatrizes são feias agora, mas, quando as feridas ainda não tinham fechado, eram simplesmente grotescas.

Meu pai mencionou que Ashley casou com o filho de um dos seus vice-presidentes e teve gêmeos. Não sei se ele achava que essa informação ia causar algum efeito em mim, o fato é que não senti muita coisa quando me contou.

A questão é: eu costumava entender as garotas. Mas isso que está acontecendo com Olivia é totalmente diferente.

Em algum momento, ela parou de me tratar como se eu fosse uma bomba prestes a explodir. Começou a ser mais amistosa. Isso não significa que não estivesse sendo simpática antes. Durante as semanas seguintes, depois que basicamente a chamei de prostituta inútil e joguei o ex em sua cara, fazendo-a chorar no quarto sozinha (se existe uma competição de babaquice, eu ganharia a medalha de ouro), Olivia não fez o óbvio de dar gelo em mim, e eu a respeito por isso.

Apesar de ter sido perfeitamente educada, as coisas mudaram. A conversa ficou mais rasa. Ela nunca mais me tocou, nem por acidente. Passou a evitar o contato visual prolongado, e começou a "ler sozinha" à tarde, para poder se concentrar.

Eu deveria estar feliz. Conquistei a distância almejada. Deveria ser como um prêmio. Mas parece muito mais uma punição.

Sinto sua falta.

Mesmo assim, um alarme disparou na minha cabeça. Porque, sem nenhum aviso, a antiga Olivia voltou. E eu estou simplesmente aliviado.

Seus dedos compridos e finos aparecem à frente do meu rosto e estalam três vezes, depressa. "Ei, Langdon. Um bebê consegue fazer mais agachamentos que você. Foco."

É isso que quero dizer. A velha Olivia. A versão saidinha que não me trata como um inválido. Estamos na academia, e ela está bancando a personal trainer durona, o que é irritante e fofo ao mesmo tempo.

Seu cabelo está preso em um rabo de cavalo alto e perfeito, que lembra um pouco uma líder de torcida, e ela usa roxo em vez de rosa. A não ser pelos tênis, que ainda são pink. Ela insiste em calçar os antigos quando não vai correr, porque tem um limite para aceitar se parecer como uma "mendiga", segundo suas palavras.

Mas não importa o que ela está usando agora, porque conseguiu o que queria.

Estou fazendo agachamentos.

E com peso. Não muito, e nem perto do que eu conseguia antes da emboscada. Mas o movimento firme e repetitivo de agachar e levantar não é algo que eu achei que conseguiria fazer. Minha perna nem dói. Não muito.

Volto a me concentrar. Sob o olhar de Olivia, faço as últimas repetições da série.

Ela sorri, fazendo tudo valer a pena. "Como se sente?"

"Uma merda", digo, fazendo o melhor para resistir a seu bom humor.

Olivia se aproxima. Eu recuo, mas o aparelho está logo atrás de mim. A safada me encurralou. Ela chega perto, me atormentando.

"Mentiroso", Olivia diz. "Você gostou e sabe disso."

Droga. Ela está falando dos exercícios ou da proximidade? Porque um é o máximo, mas o outro é uma espécie de agonia.

Seus olhos passam pelos meus lábios por um momento antes que se afaste.

Meus olhos se estreitam. Ela está planejando alguma coisa.

"Imagino que não vá conseguir convencer você a se juntar a mim na ioga, né?", ela pergunta, girando os ombros como se quisesse soltá-los.

"De jeito nenhum", murmuro. "Não tenho nada contra ioga. Mas *assistir* a você fazendo ioga é muito mais interessante do que praticar."

Uma sombra passa por seus olhos, e eu sorrio satisfeito. Também posso fazer esse jogo.

Quando ela termina de desenrolar seu tapetinho — rosa — e faz as posturas que agora me são familiares, fica claro quem está ganhando. Observar Olivia fazer ioga é mesmo interessante, mas também um tormento. É só minha imaginação ou ela está mantendo a postura do cachorro olhando para baixo por mais tempo que o necessário? E tenho certeza de que nunca vi essa posição em que ela arqueia as costas *desse jeito*.

Essas calças justas que as garotas teimam em usar já são tentadoras o bastante sem toda a movimentação. Mas quando a bunda fica no alto, toda contraída e gostosa...

Merda. Quando ela se contorce numa posição em que agarra os próprios tornozelos já estou suando.

Será que tem uma posição de ioga que envolve seu corpo embaixo do meu, as mãos acima da cabeça e o uso opcional de roupa? Porque aí eu poderia reconsiderar a oferta. Quando ela termina, estou de pau duro, mesmo tendo passado parte do tempo fingindo acertar o peso de um aparelho. Olivia toma o cuidado de me ignorar. Eu a ignoro de volta e vou encher minha garrafa de água.

Ela enfia o tapetinho debaixo do braço e vamos juntos em direção à porta.

"Então...", Olivia diz, com tranquilidade e doçura. Doçura demais. Levanto a guarda instantaneamente, enquanto seguro a porta da academia pra ela. Lá vem. O que ela está tramando vai vir à luz.

"Tem tido pesadelos ultimamente?", ela pergunta.

Fico ainda mais tenso. "Não."

É mentira, e sei que ela sabe. Seus lábios se estreitam de decepção quando não digo mais nada, mas o que ela estava esperando? Achava que bastava balançar a bunda e me convencer a fazer exercícios pra que eu desabafasse com ela?

Olivia se recupera rápido. "Tá. Próxima pergunta. Por que disse aquilo sobre Ethan, na frente do seu pai?"

Quase engasgo com a água. Bela mudança de assunto.

"Porque sou um cretino", digo, olhando para ela de relance.

"Isso é verdade", ela diz, conforme nos aproximamos da casa.

Provavelmente está esperando por um pedido de desculpas, mas não estou no clima.

Olivia não me pergunta mais nada, mas continuo tenso, certo de que estou perdendo alguma coisa. Duas questões não relacionadas feitas uma atrás da outra, mas sem me pressionar para que eu responda direito? Não parece coisa de mulher ou coisa dela. O que será que está querendo agora?

Assim que entramos, ela se dirige de imediato pra escada. Ainda perdido em meus pensamentos, começo a segui-la, ainda de olho na sua bunda, porque, afinal, ela está de legging. Isso e os dois anos de celibato. Meu pai sabia exatamente o que estava fazendo quando me mandou uma garota de vinte e poucos anos pra me ajudar na minha "recuperação".

Olivia vira de repente, e sou pego no pulo, mas nem ligo. Ela está um degrau à minha frente, então tenho que olhar pra cima, e levanto as sobrancelhas enquanto espero.

Lá vem. O supertrunfo.

"Ei, acabei de perceber uma coisa", ela diz.

Reviro os olhos. *Ah, é.* "E daí?"

Seus olhos brilham em triunfo. "A bengala. Você esqueceu na academia."

A observação casual me faz dar um passo para trás na escada. Ela está certa. Caralho...

Fico parado ali mesmo, enquanto ela continua a subir. Não consigo me mexer. Quase não consigo respirar.

Olivia está certa. Vim até aqui não apenas sem a bengala, como não percebi que estava sem ela.

Deveria ser um alívio, mas não consigo afastar um pressentimento sombrio. Não importa pra onde eu olhe, as paredes estão caindo. E essa garota continua despertando em mim a coisa mais perigosa do mundo.

Esperança.

23

OLIVIA

De alguma forma, acho que eu deveria estar esperando pelos pesadelos. Meu quarto fica no mesmo andar que o do Paul, mas não ao lado do dele, então não tenho certeza de que ouviria seus gritos através das portas fechadas se não estivesse atenta.

Mas eu estou prestando atenção.

Cheguei a ouvi-lo nas últimas noites também, mas as coisas estavam tão estranhas entre a gente que eu sabia que minha presença não seria suficiente para reconfortá-lo.

Esta noite, no entanto, meu instinto me manda fazer o contrário, levando-me direto para Paul.

Assim que o ouço gritar, eu me levanto na hora. Sabendo que ele dorme quase pelado, pego meu roupão e jogo por cima do short e da regata, dando um nó no cinto, enquanto ando pelo corredor.

Hesito diante da porta, dividida entre o desejo de lhe dar privacidade e de reconfortá-lo. Deus sabe que da última vez que invadi o quarto dele no meio da noite a coisa não terminou muito bem pro meu orgulho.

Ouço um gemido baixo.

Então: "Alex. Alex, não...".

Dane-se. Ele precisa de mim.

A parte superior de seu corpo não está coberta, e há luz o bastante para confirmar que está mesmo sem camisa. Minha nossa.

Respiro fundo e vou em direção à cama. Um braço está jogado acima da sua cabeça, o outro está esticado ao lado do corpo. Seus dedos se agarram ao lençol.

Eu me movo devagar e pego sua mão, sentando na beirada da cama. Me sinto meio boba. Pareço Florence Nightingale, mas a necessidade de confortá-lo fala mais alto.

Paul geme de novo.

Devo acordá-lo? Foi o que fiz da última vez, e ele pirou. Mas deixar que fique preso ao pesadelo me parece cruel.

"Paul."

Ele se contorce.

"Paul", repito, mais alto dessa vez.

Ele fica quieto, mas com o corpo ainda rígido.

Com delicadeza, coloco a mão em seu ombro, tentando segurar as ondas de eletricidade que surgem quando encosto na pele dele. É só um ombro, Olivia.

"Acorda", digo, baixinho.

Ele para de gritar agora, mas sua respiração continua forte e entrecortada.

"Paul!" Eu o sacudo.

Seus olhos se arregalam, e seu corpo fica imóvel.

Fico parada também, deixando que acorde. Espero a tensão em seu corpo diminuir e sua respiração ficar mais regular, mas é quase como se o ar ficasse pesado no momento em que percebe minha presença.

Seus olhos encontram os meus, e o clima passa de tenso a intoxicante.

"É melhor que isso faça parte do sonho", Paul diz, com a voz rouca.

Balanço a cabeça, com medo de que, se falar, vou estragar o momento. Daí, ele vai pirar como da última vez, começar a beber e distribuir beijos quentes como uma forma de punição.

Se ele me beijar hoje, não quero que seja para me punir, mas sim para me aproximar dele.

Não sei quem faz o primeiro movimento. Em um momento, estou me esforçando para não olhar para sua boca e criando coragem para perguntar sobre o sonho; no outro, estou debaixo dele.

Deveria estar chocada, mas não estou. Acho que, no instante em que deixei a segurança do meu quarto, eu sabia que eu terminaria aqui, na cama desfeita de Paul Langdon, com ele em cima de mim.

Ele se apoia no braço esquerdo, passando os dedos da mão direita da minha têmpora até a orelha. O movimento lento continua, descendo pela minha clavícula. Ele para assim que atinge o meu roupão. "Você não deveria ter vindo", Paul sussurra, acompanhando o movimento dos dedos com o olhar.

Engulo em seco. "Ouvi você. Parecia..." *Que precisava de mim.*

Ele balança a cabeça uma vez, como se dissesse que não precisa de ninguém, mas não consegue convencer nem a mim, nem a ele mesmo.

Fico deitada ali, em silêncio, imaginando se tenho coragem de perguntar de maneira direta. Desde a conversa com Lindy sobre como ninguém o questiona sobre o que aconteceu na guerra, sei que vai chegar uma hora em que vou ter que fazer isso. Paul *precisa* falar a respeito; só nunca teve chance de fazê-lo. Não de verdade.

Mas tenho que ir devagar. Isso está enterrado dentro dele há tanto tempo que, se eu o pressionar, vai acabar se afastando. Foi o que fez com o seu pai e com todo mundo que já se importou com ele.

Talvez ainda não seja o momento.

Porque esta noite... esta noite parece que ele não quer conversar. E, quando me encara com seus olhos ardentes, percebo que nem eu quero.

Seus olhos azuis me perguntam o que ele não tem coragem de falar em voz alta. *Você me quer?*

Minha resposta também vem sem a ajuda de palavras.

Mas eu deixo bem claro o que eu quero.

Escorrego a mão por sua nuca, sentindo a aspereza de seu corte de cabelo curtíssimo.

Puxo seu rosto para baixo. E ele se põe em movimento.

Não é nenhuma provocação quando seus lábios abrem os meus e sua língua busca a minha quando escorrega para dentro da minha boca. Solto um leve gemido, enlaçando seu pescoço com os braços conforme ele se coloca por cima de mim, pressionando meu corpo contra a maciez do colchão.

Nossas bocas se movem freneticamente, sem descanso, enquanto tentamos nos aproximar. Um de nós ou os dois chuta os lençóis embolados para fora do caminho, e gememos quando seus quadris se posicionam sobre os meus.

Meu roupão não tem o menor sentido agora. Ainda está nos meus ombros, mas o cinto não sobrevive à aproximação obstinada de nossos corpos. Por isso, ele se abre por inteiro.

A mão dele encontra minha cintura e me acaricia de leve por cima do tecido da blusa. Respirar fica cada vez mais difícil. Paul mostra um autocontrole que eu não esperava, não me toca onde não preciso ser tocada, me torturando com seus afagos insistentes no quadril e na cintura.

Minhas mãos passeiam sem descanso por seus ombros e suas costas, amando a maneira como seus músculos se contraem e relaxam conforme se movimenta.

Quando seus dedos finalmente escorregam para dentro da minha roupa, minhas costas se arqueiam em desejo, e sua mão passeia por ali. Seu dedos estão quentes, e o simples toque me deixa sem chão.

"Nossa", ele murmura, descendo a boca pelo me pescoço. "Por que é tão gostoso com você?"

Tento dizer a ele que é gostoso pra mim também — mais do que gostoso —, mas sua boca está na minha de novo, e ele dá uma porção de beijos longos e entorpecentes, até que não consigo nem pensar, quanto mais falar.

Paul mexe a parte inferior do corpo, e meus olhos se arregalam quando percebo o que está acontecendo. Paul Langdon está duro e pronto, e estamos a duas finas camadas de tecido de cruzar um limite importantíssimo.

E eu quero cruzar. Quero desesperadamente dormir com Paul, mesmo que seja muito errado, dado o fato de que seu pai está me pagando para ficar aqui. Tenho certeza de que, apesar das palavras grosseiras de Paul para o pai naquela tarde, Harry Langdon não quer que eu transe com seu filho. Mas não é por isso que coloco minhas mãos sobre seus ombros e empurro seu corpo. É para o bem dele, não o meu. "Paul."

"Olivia", ele sussurra de volta, reverente, passando os lábios pela minha clavícula. Sinto um aperto no coração. Droga, por que tenho que ser tão complicada?

"Paul." Minha voz é mais firme agora, assim como minhas mãos em seus ombros. "Temos que parar."

"Por quê?" Sua língua continua na minha clavícula, e eu quase perco toda a determinação.

"Você sabe por quê", digo.

Ele gira o quadril apenas um pouco, e nós dois gememos. "Na verdade, não consigo pensar em nenhum motivo para estar em qualquer outro lugar."

Porque não nasci para ficar com alguém. Não assim. A última coisa que eu quero é magoá-lo do jeito que magoei Ethan. E Paul não vai ter nenhuma Stephanie para recolher os cacos.

Ele levanta a cabeça de leve, e a expressão em seu rosto chega a ser tão terna que tenho que fechar meus olhos pra bloqueá-la.

Mas isso é um erro também, porque agora a única coisa que consigo ver é o rosto de Ethan entrando no meu quarto, como costumava fazer milhões de vezes. Só que nessa visão, eu não estou sozinha. Michael está comigo. E Ethan não vê mais a namorada perfeita, e sim a mulher que o traiu.

Ah, merda.

"Para!" Enfio as unhas em Paul. "Para!"

Ele recua de imediato. A preocupação passa por seu rosto, e eu vejo que estica os braços em minha direção.

Sento e me mantenho afastada dele. Meu coração aperta ao notar que ele interpretou errado meu gesto.

O sorriso de Paul evapora, substituído por uma expressão cínica. Ele acha que é uma rejeição.

"Não", digo, esticando a mão. Dessa vez é ele que se afasta, e por um segundo maluco quase quero rir de como somos confusos. Duas almas completamente em pedaços fazendo uma coreografia estranha.

"Paul", digo, pegando a mão dele e esperando que me encare. "Não é o que você está pensando."

"Sei." Ele mantém o rosto virado, como se quisesse esconder as cicatrizes de mim.

Merda. É por isso que não deveria ter deixado meus hormônios assumirem o controle. Toda vez que isso acontece, causa mais mal do que bem.

"Sou eu, tá bom?", digo, soltando sua mão e enfiando nos meus cabelos embaraçados. "*Eu* sou o problema, não você."

Ele fica em silêncio por alguns segundos, estudando meu rosto. Vejo o momento exato em que se dá conta de que estou dizendo a verdade, que não é o único com problemas e que precisa ser curado.

"Bom", Paul diz, com a voz gentil, quase provocadora, "isso é verdade. Você tem mesmo algum problema. Seu cabelo parece um ninho de passarinho e tenho quase certeza de que sua blusa está do avesso."

Lanço um olhar incrédulo para ele, então confiro minha regata. Pra mim parece estar do lado certo, mas está escuro. Paul passa as mãos por cima dela.

"E você não fica bem de vermelho", ele continua, levando a brincadeira a sério ao apontar meu roupão. "Melhor voltar pro rosa."

Deixo escapar uma risada horrorizada. "Está falando sério?"

Paul dá de ombros, mas acho que vejo um esboço de sorriso em seu rosto.

Ergo as sobrancelhas. "Da próxima vez que eu decidir salvar você da terra dos pesadelos, prometo colocar um vestido de festa e pentear o cabelo antes."

Ele me ignora. "Sabe o que não fica bom em mim?", Paul diz, se espreguiçando.

Meus olhos passam por seu dorso nu. *Roupas?*

Ele dá uma piscadinha, como se soubesse exatamente o que estou pensando. Fico vermelha.

"Me deixar, assim, passando vontade. Definitivamente, não é muito lisonjeiro", ele responde.

Solto uma risadinha. "É. Desculpa. As coisas ficaram..."

"Quentes", ele termina pra mim. "Quentes pra caralho."

Eu o encaro. "Ficaram mesmo."

"E paramos porque...?"

"Paul..."

"Não", ele geme. "Já sei que não vai me contar a história real de por que ficou tão assustada, então deixa pra lá."

Respiro fundo. "Eu conto meus problemas se você me contar o seu sonho."

O sorriso dele desaparece. "Não. Não pense que os meus segredos e os seus são a mesma coisa. Como se a troca fosse justa."

Ignoro isso. "Você já contou para alguém?"

Ele se joga de costas, e eu suspiro, reconhecendo os sinais de Paul se fechando.

Mas, então, sou surpreendida. "Não", ele diz, baixinho. "Nunca contei pra ninguém."

"Você ia se sentir melhor se contasse."

Ele vira a cabeça pra mim. "*Eu* ia me sentir bem falando das minhas merdas, mas você pode manter seus segredos só pra você?"

Abro a boca para retrucar, mas ele está certo. "Meus problemas são mais recentes", finalmente respondo.

Ele bufa. "Bom, acredite em alguém que deixou os problemas guardados por tempo demais: quanto mais apodrecem, mais você precisa manter tudo guardado."

Me sinto grata pelo conselho. Não é como se estivesse se abrindo, mas tampouco fica tenso como antes quando falamos de assuntos delicados. E, embora esteja louca para pressioná-lo mais, sinto que é melhor desistir enquanto tenho alguma vantagem. Preciso tirá-lo da toca aos pouquinhos.

Então, em vez de dar uma de psicóloga, abro um sorrisinho e começo a me arrastar para a beirada da cama. Preciso sair desse quarto antes que a gente cometa um erro.

Ele toca meus joelhos e eu congelo, porque é um pedido delicado.

Levanto as sobrancelhas de forma questionadora, mas ele desvia o rosto, se retraindo antes de dizer o que queria. Tento adivinhar.

"Não quer voltar a dormir?", pergunto, sabendo que vou receber um dedo do meio se perguntar a um cara de vinte e quatro anos se ele está com medo dos pesadelos.

Paul não responde. Não com palavras. Mas ele me encara, e eu sei. *Ele não quer ficar sozinho.* Deixo seu orgulho intacto e não o forço a expressar isso em voz alta. Mas não posso deixá-lo sozinho. Não agora. Me mexo de novo, pegando os lençóis na beirada da cama, que estão enrolados em seus pés.

"Antes de qualquer coisa", digo, séria, "você precisa saber que sou péssima em dormir de conchinha."

"Isso não existe", ele diz.

"Existe, sim. Eu chuto e tudo o mais", explico, dando batidinhas em seu joelho para que levante a perna e eu possa puxar as cobertas.

Paul fica um pouco tenso, então me dou conta do que fiz. Toquei sua perna — a perna ruim. Estava tão ocupada tentando não encarar seu pau que esqueci completamente.

Meus olhos voam para seu rosto, mas sua expressão é ilegível. O que é típico. Mas pelo menos não está surtando.

Recolho a mão, mas meus olhos se voltam para sua perna. Não sei o que eu estava esperando. Ossos saindo para todos os lados, cobertos com pele alienígena ou coisa do tipo.

Mas só parece... diferente. Como se a pele tivesse outra textura de um lado da coxa. Um enxerto, talvez?

"Você devia ter visto o outro cara", ele diz, calmo.

Solto uma risadinha, ainda que não seja engraçado. Ele está falando a respeito. Me deixou olhar.

Como uma recompensa por esse pequeno passo, mudo de assunto. "Escuta, soldado, se começar a gritar durante o sono, a oferta para dormir de conchinha vai por água abaixo."

"Não me lembro de ter feito uma oferta."

"Você fez", digo, confiante. "Com seus olhos."

"Você está claramente delirando", ele diz, mas então levanta o braço pra abrir espaço pra mim, e eu me acomodo ali antes que possa mudar de ideia.

E, no que diz respeito a passar dos limites, dormir abraçadinho é quase tão ruim quanto dar uns amassos, mas eu não deixaria esta cama por nada no mundo.

Hesito por um instante antes de descansar a cabeça em seu ombro. Eu não deveria fazer isso. Depois do que aconteceu — do que quase aconteceu —, não deveria mais tocá-lo. Mas não consigo impedir minha mão de acariciar seu ombro e depois seu bíceps. Desço os dedos para o antebraço e o pulso no momento em que ele fica tenso.

Eu o olho, surpresa, mas Paul encara o teto. Ele solta o ar devagar, e eu percebo que está se esforçando para relaxar. Não surtar por causa...

Meus olhos focam no ponto em que minha mão descansa, perto do pulso dele.

As marcas não são óbvias. Não são nada perto das cicatrizes em seu rosto. Mas alguma coisa aconteceu com seus pulsos. Algo desumano e brutal.

Engulo em seco. "Quer conversar?", pergunto.

Seus dedos sobem pelo meu antebraço. Não de um jeito sexual, só... carinhoso.

"Não mesmo", ele responde, calmo.

"Vamos ficar só deitados aqui?", pergunto, ainda que me pareça perfeito.

"Esse é o plano. Estou contando com suas péssimas habilidades em dormir de conchinha pra espantar os pesadelos."

Eu me aproximo dele. "Feito. E, em troca, você pode retirar o que disse sobre meu cabelo e meu pijama."

Paul brinca com as pontinhas dos meus cabelos. "Admito que o cabelo bagunçado tem um certo apelo. Mas me mantenho firme quanto à blusa. É feia e está ao contrário."

"Mas é uma regata", digo. "Dá pra ver meus peitos."

"Ver, mas não tocar", ele reclama.

No meu humor atual, mais sedutor e relaxado, estou prestes a dizer "fica pra próxima", mas me seguro. Só que é tudo em que consigo pensar.

E, pela respiração agitada de Paul, dá pra perceber que ele está na mesma.

24

PAUL

Olivia não estava brincando. Ela é péssima em dormir de conchinha.

Pelos primeiros vinte minutos, ela fica encolhida ao meu lado, e é gostoso. Bem gostoso. Então, uns cinco minutos depois que sua respiração se torna estável e eu começo a pegar no sono também, ela mexe a mão, dando um golpe de caratê na minha jugular. Ainda estou me recuperando, quando Olivia deita de costas de repente, acertando meu nariz ainda dolorido.

Por sorte, consigo segurar seu joelho antes que acerte meu saco. Por pouco. Ela solta um grunhido de irritação antes de esticar os braços para os lados, como se a cama fosse toda dela.

O que de fato é.

Mas o que mais me preocupa é que *eu* acabe me tornando dela.

Viro de lado para olhá-la, embora mantenha distância de seus membros agitados. Pelo momento, ficar perto dela basta. Nunca fiquei tão tentado a contar a alguém sobre os sonhos. Deitar a cabeça em seu colo e só falar. Sobre Alex. Sobre aquele dia. Sobre a maldita guerra que arruinou minha vida e levou tantas outras. Sobre os afegãos insurgentes e suas facas letais. Sobre o fato de que meu melhor amigo, sangrando e quase sem conseguir respirar, deu o que lhe restava de vida para me salvar.

Estico a mão, descansando meus dedos sobre os dela enquanto dorme, esperando que o contato com outra pessoa possa afastar as lembranças ruins. Pelo menos por enquanto.

Aparentemente funciona, porque, quando eu acordo, está quase amanhecendo.

Sorrio ao me dar conta de que Olivia ainda está na cama, embora não seja um daqueles cenários idealizados em que o cara e a garota acordam enrolados um no outro. Não mesmo. A verdade é que ela está toda esticada e, para mim, só sobrou a pontinha da minha própria cama.

Vale a pena, no entanto, principalmente porque meus dedos se entrelaçaram aos dela em algum momento durante a noite.

Solto a mão e sento. Olivia imediatamente ocupa o espaço que acabou de ser liberado. Sorrio, e pela primeira vez em muito tempo, faço isso com facilidade. E sinceridade.

Pego uma camiseta e procuro uma calça de ginástica, então faço uma pausa. Abro outra gaveta e pego um short.

Eu tinha o costume meio esquisito de sempre malhar de short. Não importava a época do ano, com exceção dos dias mais frios em Boston, eu me mantinha fiel ao short. Depois que voltei do Afeganistão, isso, e um monte de outras coisas relacionadas ao "antigo eu", desapareceu. Não conseguia suportar a pele da minha própria perna, muito menos a reação das outras pessoas a ela.

Mas ontem Olivia a viu. E a tocou. E não demonstrou um pingo de repulsa, dó ou curiosidade mórbida. Só estava olhando mesmo, tipo, "ah, então é assim que ficou".

Respiro fundo e coloco o short. Talvez seja hora de deixar o antigo Paul voltar, mesmo que de um jeito minúsculo e insignificante.

Sento na beirada da cama enquanto amarro o cadarço dos tênis. Olivia rola para o meu lado da cama, e seu corpo meio que se aconchega em mim, mas ela não acorda. Por um momento, penso em fazer isso, para que possamos correr. Sei que vai ficar brava se eu não fizer. Mas sou culpado por ela não ter dormido muito.

E quero estar sozinho para o que estou prestes a fazer. Se falhar, que é o mais provável, pelo menos não vou ter testemunhas.

Com delicadeza, solto os dedos agarrados ao meu short e saio do quarto, olhando de relance para a bengala no canto.

Estou indo para a escada quando ouço um som alto vindo do quarto de Olivia. Um despertador. Sorrio ao pensar que ela não acorda naturalmente cedo, como eu. Quer dizer que coloca o alarme todas as noites para chegar a tempo à nossa caminhada/corrida diária.

Entro no quarto. O celular toca cada vez mais alto na cabeceira da cama. Eu o pego, e desligo.

Então, vejo que ela tem oito mensagens.

Oito?

Acho que esqueci que só porque estou desconectado do mundo não quer dizer que ela também esteja. É claro que continua falando com os amigos e a família.

Fico tentado a ler as mensagens.

Quero saber se diz aos outros que está feliz aqui.

Quero saber se fala sobre mim.

Quero...

Se controla, Langdon.

E então, Deus me perdoe, eu desbloqueio o celular. Não para ler as mensagens, só para saber de quem são.

Vejo os nomes Bella, Mãe e Michael. Quem é Michael? Olivia nunca o mencionou. É claro que ela pode ter amigos, mas... dane-se. Eu me resigno ao fato de que não sou um cara legal. Então, é melhor tirar algum proveito disso.

Abro a mensagem, ignorando a onda de culpa que me diz que sou o maior filho da mãe.

Sdds.

A mensagem curta diz muita coisa, e o ciúme que toma conta de mim é tão inesperado quanto indesejável. Não há outras mensagens de ou para Michael, o que quer dizer que ou é a primeira vez que ele escreve em um bom tempo, ou Olivia deletou as mensagens anteriores. E quero saber por quê.

Quero saber tudo sobre Olivia, mas através dela, não porque dei uma de bisbilhoteiro.

Fecho os olhos rapidamente ao perceber o que preciso fazer. Se quero que confie em mim, preciso dar o primeiro passo confiando nela. Tenho que contar tudo.

Devolvo o celular à cabeceira da cama. Com sorte, ela vai ver logo que acordar e não vai nem registrar que a mensagem já foi lida. Caso contrário, vou ter que me entregar. Afinal, a alternativa é deletar a mensagem, e não quero cruzar essa linha.

Fora de casa, uma névoa se espalha, e faz frio. É outubro, afinal de contas. Fico parado por alguns minutos, aproveitando o ar gelado nas pernas descobertas. Quanto tempo faz desde a última vez que usei short? Tempo demais.

Faz *tempo demais* em diversas áreas da minha vida, porra.

Começo a andar, esperando pela pontada na perna que vai me colocar de volta no meu lugar. Mas não há dor. Não há nada além da gloriosa sensação do ar úmido à beira-mar contra minha pele danificada.

Acelero o passo, mas ainda dou à perna uma chance de protestar contra a falta da bengala. E, embora me sinta um pouco desequilibrado, não sei dizer se estou mancando de fato ou se é psicológico.

Uma gaivota solitária grasna, perfurando o silêncio perfeito da manhã. Aumento o ritmo.

Uma gota de água escorre pela minha testa, e me dou conta de que a névoa se transformou em chuva.

E, então, minha caminhada se transforma em corrida.

Estou correndo.

Pela primeira vez em três anos, estou *correndo*.

Não rápido. Para qualquer outra pessoa, é provável que pareça uma caminhada acelerada bem esquisita, ou um trote malsucedido. Mas sei como isso é importante. Estou correndo.

A chuva aperta, mas nem ligo. Pra falar a verdade, eu mal noto.

Eu me concentro em colocar um pé na frente do outro, tomando o cuidado de garantir que meu pé esquerdo atinja o chão por completo a cada passada. Ainda sinto certo desequilíbrio. A perna boa está fazendo a maior parte do trabalho, e a machucada definitivamente reclama por não estar acostumada.

Mas estou correndo. Estou *correndo*, porra.

É claro que logo chego ao limite. Corro pouco mais de um quilômetro antes que a leve estranheza comece a se transformar em desconforto. Mas é um começo. Faz com que eu me sinta o dono do mundo. É um passo rumo à normalidade.

A perna nunca vai ficar bonita — vou ter que suportar os olhares na praia nas férias —, mas, pela primeira vez em muito tempo, a normalidade parece estar ao meu alcance.

E sei a quem devo agradecer.

Volto sem pressa. A chuva está mais pesada agora. Fico ensopado, mas me sinto revigorado. Por mais ridículo que pareça, é um desses momentos em que é bom estar vivo.

Paro diante da porta dos fundos para tirar os sapatos e as meias. Preciso tomar um banho, mas, primeiro, o café.

Não posso evitar. Sorrio quando vejo Olivia inclinada à frente do laptop, na bancada da cozinha, com um pijama listrado de flanela cor-de-rosa e branco. Seu cabelo continua uma bagunça, mas ela está uma graça. Não vejo Lindy. Olivia está de fone ouvido, cantando com os lábios fechados, como costuma fazer quando verifica os e-mails ou faz compras pela internet.

Ridiculamente feliz, eu me aproximo, com a intenção de abraçá-la por trás e pedir para dar uma chance. Para mim. Para nós.

Tenho coisas pra contar pra ela. Passos a dar. Histórias a narrar, fantasmas a expurgar, e tudo mais. Estou pronto.

Meu sorriso some assim que vejo a tela do laptop. Por causa dos fones, ainda não se deu conta de que estou logo atrás dela. Se soubesse, tentaria fechar a janela do navegador.

Toda a euforia que corria pelas minhas veias se transforma em água gelada quando leio a manchete da notícia. É antiga, mas dolorosamente familiar. Meu coração parece entalado na garganta.

Só aí Olivia percebe que estou perto e vira, ofegante, enquanto fecha o laptop ao mesmo tempo. Seu rosto se contorce ao se dar conta de que é tarde demais.

Dou um passo para trás, incapaz de impedir as imagens que vêm à minha cabeça ao ler os eufemismos presentes no título. SOLDADO DA CIDADE DE WESTON É O ÚNICO SOBREVIVENTE DE TRAGÉDIA COM TORTURA NO AFEGANISTÃO.

"Paul." Ela estica a mão, e a expressão em seu rosto é uma mistura de arrependimento e terror.

"Eu ia contar. Ia contar tudo." Minha voz sai rouca.

Seu rosto se contorce. "Eu sei. Mas..."

"Mas o quê?". Minha voz sai carregada de escárnio. "Só queria saber com quem exatamente você dormiu abraçadinha ontem à noite? Queria saber que... não, queria saber com *o que* você quase transou ontem?"

"Para." Sua voz é firme, e ela abaixa a mão. "Só pensei... Você nunca quis falar a respeito, e...".

"Você nunca perguntou!", explodo. "Ninguém nunca pergunta! Tá, você pode ter chegado perto. 'Quer falar sobre seus sonhos, Paul? Tem algo pra me dizer?' Todo mundo me pergunta isso, dos enfermeiros às outras vítimas, mas ninguém nunca me olha no olho durante o jantar e pergunta: 'O que aconteceu lá?'. Acha que eu quero puxar o assunto? Não quero. Mas quero contar para alguém. Queria contar para você. Mas não quando estava olhando para mim como se eu fosse uma criança ferida."

Seus olhos se enchem de lágrimas.

"Eu é que tinha que contar, Olivia. É a minha história."

"Então conta."

Aponto para o laptop. "Não. Você vai ter que se satisfazer com a versão chapa branca da coisa."

"*Paul.*"

Dessa vez, quando ela se aproxima, está com as duas mãos esticadas, como se quisesse me puxar para si.

Merda, é tentador deixar que me abrace, mesmo depois de ter diminuído tudo pelo que passei, todo o progresso que fizemos ao realizar uma pesquisa de merda no Google.

Minhas mãos encontram seus ombros antes que possa me tocar, e eu aperto os dedos brevemente, sentindo a necessidade de tê-la perto de mim. Daí, eu a empurro com toda a consciência, de maneira quase grosseira. Não a machuco. Nunca poderia machucá-la, não fisicamente, mas a dor em seu rosto indica que a rejeição é ainda pior.

Ótimo.

"Se dependesse de mim, você estaria no primeiro voo para Nova York", digo.

Ela me lança um olhar incrédulo. "Ah, *por favor*. Por que eu estava lendo uma notícia a seu respeito? Pois fique sabendo que eu poderia ter feito isso a qualquer momento."

"É, mas não fez!" Odeio a dor selvagem que minha voz emana. "Esperou até agora, até que eu confiasse em você, para fazer isso pelas minhas costas. Esperou até que eu *quisesse* você."

É muita hipocrisia, claro. Eu li a mensagem no celular dela. Mas, de alguma forma, ler uma mensagem curta de um cara que Olivia nunca mencionou não parece tão importante quanto o que ela fez. Fomos os dois bisbilhotar, claro. Mas ela *sabia* que era algo que eu não estava pronto para compartilhar. Nem me deu uma chance.

"Eu não sabia! Você está sendo melodramático e ridículo!"

Balanço a cabeça. "Quer saber o verdadeiro motivo de ainda estar aqui? O motivo pelo qual não te chutei pra fora no instante em que entrou pela porta, como fiz com o resto?"

Posso ver que fica aflita. "Por que nos demos bem?"

Imito o som do alarme de resposta errada dos programas de TV. "Claro que não. A verdade é que tenho que tolerar você por três meses, ou meu pai me põe para fora de casa."

Ela aperta a mandíbula de leve, o que indica que não sabia nada sobre o ultimato do meu pai.

"É", eu digo, me sentindo vitorioso ao ver a dor em seu rosto. "As tardes aconchegantes diante da lareira? Todos aqueles jantares enfadonhos e excruciantes em que tive de ouvir você falar da sua juventude? Era tudo pensado para garantir que você ficasse aqui o tempo necessário para que eu recebesse minha herança."

Olivia aperta os lábios. "Para."

Não paro. Ataco com tudo, dobrando os joelhos de leve ao me aproximar, para que fiquemos na mesma altura, olho a olho. "Ah, e o beijo de ontem à noite? E o beijo diante da lareira? E todas as vezes em que tolerei seu toque monótono e inexperiente?"

Ela vira o rosto, mas pego seu queixo e a forço a olhar para mim. "Não teve nada a ver com a gente. Só precisava garantir que se sentisse desejada pra tirar meu pai da minha cola."

Olivia me encara, seus olhos furiosos e sombrios. Agora é sua vez de atacar. "Coitadinho do Paul! Quer dizer que seu pai espera que você de fato contribua com a sociedade de alguma maneira em vez de ficar choramingando como um covarde pra sempre? Não tinha ideia de como você sofria!"

A raiva toma conta de mim. Olivia não sabe de nada. Não sabe que Lily tem leucemia, que a morte de Alex não foi rápida e misericordiosa, que Amanda só consegue pagar o aluguel e os custos do tratamento da filha porque sou um vendido.

"Cai fora", rosno.

Ela me lança um olhar condescendente. "Tem certeza de que é o que quer? Não passaram nem dois meses. Se me chutar agora, vai ter que começar a se virar, como o resto de nós."

Solto uma risada alta. "Como o resto de nós? De todas as coisas que tem, pelo que exatamente você pagou? Hein? O que não veio do papai? Nós dois sabemos que você não *precisa* desse trabalho. Sei lá quanto meu pai está te pagando, mas *sei* que não é uma questão de dinheiro. Poderia apostar que ainda não depositou nenhum cheque."

Seus olhos mostram que se sente culpada, e não sei se estou aliviado por descobrir que não faz isso pelo dinheiro ou furioso porque significa que está fazendo por alguma razão nefasta que ainda não consegui descobrir.

Ficamos parados por alguns segundos, só nos encarando. Dois jovens mimados e em pedaços. Dois desastres.

"Vou fazer as malas", ela diz afinal, e vai embora.

Eu a seguro pelos ombros. Ela vira o rosto para mim. Estamos ambos com a respiração acelerada, e não nos olhamos. "Fica", digo, brusco. "Já usamos um ao outro até agora. Podemos muito bem ir até o fim."

"Não vou ficar aqui pra você continuar extorquindo seu pai."

"Tá. Então fica por qualquer razão egoísta pela qual veio. Pensa melhor. Termina de me usar, enquanto eu faço o mesmo. Depois vai cada um pro seu canto, como se nada tivesse acontecido."

Seus olhos verdes me encontram, e leio o que está escrito neles. *Até parece.*

Ela está certa. Fomos longe demais para que possamos nos afastar como se nada tivesse acontecido, mas já não me importo.

Se meu objetivo inicial era manter Olivia Middleton na casa, minha nova intenção é muito mais sombria.

Vou acabar com ela, do mesmo jeito que está acabando comigo.

25

OLIVIA

Tá, vou dizer logo: a reação de Paul foi totalmente desproporcional.

Sim, posso ter passado um pouco dos limites pesquisando sobre ele. Se me arrependo? Com certeza.

Mas ele está agindo como se eu tivesse vasculhado as gavetas dele no meio da noite. Não estamos falando de um diário — como se ele fosse manter um diário... Mas deveria ter. Talvez, assim, encarasse alguns de seus problemas e não agisse o tempo todo como se tivesse uma bengala enfiada no traseiro.

A notícia que eu li era uma informação pública. E não foi como se eu a tivesse *desenterrado* — só precisei de doze segundos no Google. O que realmente me irrita é que, se eu não fosse tão burra, já teria pesquisado o nome dele antes de vir pro Maine, antes de aceitar esse emprego.

Se o tivesse feito, talvez soubesse que Paul Langdon tinha mais ou menos a minha idade. Teria visto sua foto e descoberto que havia sido dolorosamente lindo no passado.

É claro que nada disso teria me preparado para o fato desse cara de vinte e quatro anos me atrair loucamente. Nenhum número de artigos genéricos teria me preparado para essa atração intensa e automática a ele.

Mas eu saberia que seus ferimentos não eram apenas resultado de um ataque com explosivos improvisados ou uma emboscada. Se tivesse pesquisado, saberia pelo que passou.

Tortura.

Queria ter sabido antes.

Não, queria que ele tivesse me contado. É claro que não dei chance a ele para fazer isso, mas como daria? Tá, talvez ele tenha o direito de estar bravo. Mas não sei como pudemos passar de dormir abraçadinhos para querer matar um ao outro na cozinha por causa de algo que não é tão importante no plano maior das coisas. Podemos superar isso.

Só que Paul nem está falando comigo.

Jogo a massa de pão no balcão e apoio as mãos no granito. Tento recuperar o fôlego e controlar meus pensamentos. Tem farinha em toda parte, mas nem ligo.

"Você tem que literalmente botar a mão na massa, né?", Lindy diz, entrando na cozinha.

Volto a trabalhar a massa com indiferença, enquanto Lindy esvazia a bandeja com os restos do almoço de Paul.

Dou uma olhada.

Ele mal tocou o macarrão. Não está comendo. Só sei disso porque fico de olho em quanta comida Lindy joga fora, não porque comemos juntos. Mal o vi desde o confronto. Paul se esforçou para isso.

Lindy não me perguntou o que aconteceu entre a gente — de novo —, nem reclama por ter de levar todas as refeições para ele quando sou paga para fazê-lo. Tentei explicar, mas ela só me deu um tapinha no ombro e disse que tem espaço de sobra na casinha, se precisar.

Se continuar assim, vou mesmo precisar. Ouvir Paul gritar todas as noites e não ir até ele está me matando. Tentei uma vez, mas a porta estava trancada.

Lindy e Mick devem estar se perguntando o que ainda estou fazendo aqui. Uma cuidadora que não tem nenhum contato com a pessoa de quem deveria estar cuidando? É uma questão de tempo até o pai de Paul aparecer para me demitir.

Mas isso não vai acontecer, vai? Porque, nesse caso, Paul não poderia continuar com sua vida patética, se escondendo do mundo sem fazer nenhum tipo de contribuição à sociedade.

E daí se Paul está tão concentrado em se manter afastado do mundo que fez um trato inacreditavelmente infantil com seu pai?

Eu não me importo.

Só que isso não é verdade. Me importo tanto que parece me consumir fisicamente. É a primeira coisa em que penso pela manhã, quando vou correr sozinha. É no que penso enquanto tomo café sozinha, e quando almoço sozinha. É no que penso toda vez que pego minha velha biografia de Andrew Jackson e vou para a biblioteca, esperançosa de que dessa vez a porta não vai estar trancada.

Ele se fechou por completo, e parte de mim deseja que me mandasse embora de uma vez para encerrar logo essa agonia. Está cada vez mais claro que Paul Langdon não vai ter a absolvição pela qual eu estava esperando. Cheguei aqui esperando redescobrir minha humanidade — lembrar a mim mesma de que ainda sou uma boa pessoa e posso me redimir pelo fato de ter beijado o melhor amigo do meu namorado.

Mas o Maine só confirmou meus piores medos. Não tenho nenhuma utilidade para as outras pessoas. Paul podia estar arruinado desde bem antes da minha chegada, mas tenho certeza de que, quando eu for embora, ele estará ainda pior. Como se eu o tivesse levado até metade do caminho para a redenção, só para empurrá-lo de volta, quando estava começando a ter esperanças.

Tudo porque não consegui esperar que viesse sozinho até mim.

Mesmo assim... ele está agindo como uma criança.

Lindy solta um ruído desanimado e se coloca ao meu lado. Ela pega a massa que estou mutilando há uns cinco minutos. "Acho que já chega desse seu jeitinho todo especial de sovar a massa."

"Odeio ele." Dou um último tapa na massa. "Odeio ele!"

Ela me dá uma bundada para que eu saia do caminho. "Bom, até onde sei, você tem todo o direito de se sentir assim."

Lanço um olhar cortante para Lindy. "Você sabe o que aconteceu?"

"Não. Nunca sei direito o que acontece com ele. Ou com você", ela completa, passando a massa para uma tigela untada, cobrindo com um pano de prato limpo e reservando para crescer. "E não quero saber. Nem Mick, porque vamos acabar querendo dar um sermão em vocês. Mas isso não quer dizer que eu não veja que, ao ignorar você, Paul está se magoando na mesma medida. Talvez até mais."

Uma leve onda de esperança surge dentro de mim. "É?"

Ela olha para mim como quem entende o que estou fazendo. "Ah, não. Nem vem. Não vou dizer nada além disso. Mas não desista dele. Não se atreva."

Passo o dedo pela farinha que sobrou no balcão. "Não sei o que faço até ele resolver aparecer", desabafo, desanimada. "O sr. Langdon não está me pagando para ficar zanzando pela casa e estragar seu pão."

"O sr. Langdon está pagando você para que traga seu filho de volta ao mundo dos vivos. E é exatamente o que está fazendo, ainda que a abordagem deva ser indireta no momento."

"Tá, mas..." Eu desmorono, jogando todo o peso nos antebraços e me inclinando contra o balcão de granito. "Estou *entediada*, Lindy."

"Achei que estivesse gostando das noites na cidade. A tia da Kali me disse que vocês duas estão se dando muito bem."

É verdade. Kali e eu estamos mesmo nos dando bem. Fui ao Frenchy's algumas vezes na semana passada, em parte porque precisava de um drinque, mas principalmente porque era algo para fazer enquanto o babaca do Paul ficava trancado em seu covil como um lunático ou coisa do tipo. Uma noite, até fui à casa de Kali. Comemos enchiladas, bebemos vinho demais e vimos um programa péssimo na televisão.

Mas preciso achar algo mais para fazer além de beber, me lamentar e tentar terminar biografias de presidentes. Preciso de um *hobby*, uma tarefa, ou...

"Você pode pôr a mesa na sala de jantar", Lindy diz, com a cabeça dentro da geladeira.

Levanto. "Tem uma sala de jantar?"

"É claro que esta casa tem uma sala de jantar."

Reviro os olhos. "Não aja como se fosse óbvio. Já foi usada?"

"Claro que não", ela diz, com a mesma crueza que eu.

Não consigo evitar uma segunda revirada de olhos. "Então, hoje vou colocar a mesa porque...?"

Lindy sai da geladeira carregando o que parece ser uma carne, um queijo diferente, leite, manteiga e ervas. Ela fecha a porta com a bunda.

As peças começam a se encaixar ainda que meu cérebro rejeite o que vê: a grande quantidade de comida, o uso da sala de jantar, o fato de Lindy estar meio sorrindo, meio cantando de lábios fechados, o que não é a cara dela.

"Alguém vai vir?", pergunto.

"Sim", ela diz, com um sorriso convencido, enquanto deposita os ingredientes no balcão e começa a limpar a sujeira da minha tentativa desastrada de fazer pão.

"Quem?", pergunto.

Lindy dá de ombros. "O sr. Paul não disse."

"O sr. Paul não disse", eu a imito, exasperada. "E por um acaso você perguntou?"

"Não é da minha conta. Só preciso saber o número de pessoas e as restrições alimentares."

"Não é da sua conta?", repito. "Imagino que seja a primeira vez que algo do tipo acontece desde, hum, sempre!"

"Não", ela diz. "Ele costumava receber amigos o tempo todo quando aqui era só uma casa de veraneio, e eu trabalhava como funcionária temporária. Você sabe. Antes."

"É disso que estou falando. O que era normal antes não é mais hoje. Não acha esquisito? De repente, ele fica todo sociável?"

"O sr. Paul mudou bastante nos últimos tempos", ela diz, sem me olhar. "Desde que continue caminhando na direção certa, não vou me meter."

Ela está certa, claro. É um bom sinal que Paul tenha convidado amigos.

Mas também é suspeito pra caramba. Tem alguma coisa acontecendo.

"Tá, vou botar a mesa", murmuro, ao perceber que Lindy já revelou tudo o que tem pra dizer sobre o assunto. "Posso fazer meu jantar hoje. Não quero que tenha que cozinhar pra mim também."

"Você vai comer isso", ela diz, batendo na enorme peça de carne.

"Vou jantar as sobras?"

"Não. Você vai estar na mesa com o sr. Paul e seu convidado. Ele disse que seriam três no total. Incluindo você."

Mas que...

"Hum, não", eu digo. "Não vou jantar com ele. Seria totalmente inapropriado."

"Não tem nada de inapropriado, se a ideia veio dele. E veio. Ele falou com toda a clareza."

Estou meio que suando agora. Tem alguma coisa bem esquisita acontecendo. "Paul acha que vou jantar com ele e seu convidado misterioso na sala de jantar, onde nunca coloquei os pés?"

"Isso."

Cruzo os braços. "Nem pensar."

Lindy dá de ombros. "Tá. Diga isso a ele, então. Agora, libere a cozinha pra que eu possa trabalhar. Separei os jogos americanos e guardanapos. Depois que tiver arrumado tudo, por que não faz alguma coisa com seu cabelo que não seja o rabo de cavalo molhado das duas últimas semanas?"

"Ah, sim, com certeza. Vou me arrumar toda para o sr. Paul e sua montanha de problemas."

Ela começa a picar o alho. "Você que sabe. Tenho certeza de que o convidado vai amar o moletom da NYU com um furo na manga que você usou nos últimos três dias."

Resmungo, batendo as unhas contra o balcão e sentindo a curiosidade me consumir.

"Olivia", Lindy diz, com delicadeza.

"Oi?"

"Tenho uma hora para fazer um jantar de verdade em anos e ainda preparar alguma coisa pra mim e pra Mick, e você está me deixando louca."

"Posso ajudar!"

"Fora daqui. Se quer me ajudar, ponha a mesa."

"Tá", murmuro, relutante, só porque estou desesperada para fazer qualquer coisa que justifique minimamente os cheques do sr. Langdon — os quais, depois da desastrosa conversa com Paul sobre eu ser uma filhinha de papai, foram todos depositados na minha própria conta.

É duro dizer, mas Paul estava certo quanto a isso. Eu não tinha nem mexido nos meus cheques até duas semanas atrás. Sou culpada da mesma coisa de que acuso Paul: depender do pai. Somos monstros patéticos e privilegiados. De minha parte, estou determinada a mudar, ainda que Paul não esteja.

Quando isso terminar — o que quer que seja —, vou conseguir outro emprego. E então, outro. Não vou mais usar o cartão de crédito dos meus pais, não vou mais considerar isso uma caridade, um intervalinho da vida real. Essa é a vida real. E estou determinada a fazer por merecer. Mesmo que signifique usar cada vez mais meu moletom horroroso da NYU, considerando que não vou mais ter dinheiro para comprar roupas.

Localizo a sala de jantar com facilidade. Fica do outro lado de duas portas duplas enormes. Fico constrangida em admitir que nunca me dei ao trabalho de abri-las. O cômodo é mais ou menos o que eu esperaria considerando a casa em que está: muita madeira escura, uma enorme mesa também de madeira que é a combinação perfeita de formalidade e charme rústico.

Como prometido, o jogo americano e os guardanapos de pano estão separados. Não são do tipo mais formal, brancos e tradicionais. Lindy sabiamente optou por jogo americano vinho e guardanapos creme com argolas prateadas bem contemporâneas. Em vez de porcelana refinada, encontro os pratos que sempre usamos.

Ponho a mesa rápido e dou um passo para trás para garantir que tudo está perfeito. Falta um enfeite no centro. Flores ficariam perfeitas, mas, como não são uma opção, reviro os armários até encontrar suportes de vela. São de cores e tamanhos diferentes, mas já organizei eventos beneficentes o suficiente para saber que, depois de acesas, vai parecer moderno e elegante.

Me demoro com as velas, sabendo muito bem o que estou evitando. Mas agora é hora.

Vou participar do joguinho que ele está armando? Ou vou fazer o que *ele* faria: me trancar no quarto e me recusar a ser um peão em suas mãos?

No fim, tudo se resume à curiosidade. Vou entrar no jogo. Mas só porque estou morrendo para saber quem motivaria Paul a sair da reclusão por vontade própria.

Não deve ser seu pai — Lindy saberia se Harry Langdon estivesse vindo.

Então, quem?

Kali? Não, ela teria mencionado. Não teria?

Só pode ser alguém de sua vida antiga.

Ah, meu Deus. E se for uma ex? E se for tudo para me torturar? Minha mão voa para o rabo de cavalo úmido, enquanto dou uma olhada no moletom que Lindy reprovou, e que de fato é feio. Talvez me arrumar um pouco não seja uma ideia ruim.

Corro escada acima. Na segurança do quarto, não tenho pressa de ficar pronta. Tomo um longo banho quente e finalmente depilo as pernas, que talvez tenham sido um tanto negligenciadas nas últimas semanas. Não só seco meu cabelo como passo chapinha, pra ficar ainda mais brilhante. As pontas estão meio ressecadas, e eu sorrio ao lembrar a preocupação de Bella quanto à falta de um cabeleireiro enquanto estivesse no Maine. Só faz dois meses que meus pais organizaram uma festa de despedida, mas parece outra vida.

O sorriso se desfaz um pouco quando me dou conta de que não falo com Bella há dias. Ela está saindo com um cara chamado Brian, que "é um pouco baixo, mas compensa em todos os outros setores". Parece que ele a mantém muito, muito ocupada.

Por mais que eu tente me convencer de que é apenas seu novo interesse amoroso que está nos distanciando, suspeito que seja mais do que isso. Nossas vidas nunca mais vão se cruzar com tanta facilidade quanto no passado.

Interrompo o processo de passar o rímel ao me dar conta de que essa é uma parte da vida depois da faculdade para qual ninguém te prepara. Sua vida social não cai mais no seu colo, com as aulas em comum e as atividades extracurriculares. Relacionamentos, seja com amigos, família ou parceiros românticos, daqui para a frente, exigem muito mais trabalho. Chega de amigas da irmandade, chega de só precisar descer as escadas quando preciso da minha mãe. Com certeza, não vai mais ser tão fácil conhecer caras sem a faculdade. Não é como se eu pudesse simplesmente bater um papo com o gatinho da aula de economia.

Pensar nas perspectivas românticas acaba me levando a Paul, e eu solto um grunhido, brava com meu cérebro por ter feito essa ligação.

Ele não serve pra você.

De volta à maquiagem, capricho no lápis, optando pelo visual esfumado. Também passo *gloss* e *blush*, muito embora qualquer convidado do cretino do Paul não mereça nem que eu passe desodorante, quanto mais tudo isso.

Não tenho ideia de quando o convidado vai chegar, então sento debaixo da janela e finjo que estou lendo. Na verdade, só olho para a água lá fora e penso, enquanto espero pela batida na porta. Paul vai ter que me falar pessoalmente que espera, ou até exige, minha presença, não?

A batida nunca vem. As ordens de Lindy de dar uma melhorada no visual aparentemente são o único convite que eu mereço.

Fico tensa ao ouvir a campainha, mas me forço a relaxar. Vai ficar tudo bem. Meus pais organizam mais festas em um mês que a maioria das famílias faz a vida toda. Posso bater papo com desconhecidos enquanto durmo. Dou uma última olhada no espelho e abro a porta do quarto.

Ouço vozes, mas abafadas demais para deduzir se são de homem ou mulher. Me concentro em ouvir à medida que desço a escada. Identifico o timbre familiar de Paul, mas ainda não consigo ouvir a outra pessoa.

Sério, se for mesmo uma ex...

Congelo quando ouço uma voz de homem. Eu a conheço. De onde? Perco o fôlego ao reconhecê-la. *Ah, não*.

De alguma maneira, mesmo registrando como é familiar, não estou totalmente preparada para o que vejo ao chegar ao *hall* de entrada. Não sei se alguém *poderia* estar preparado.

Me deparo com um cara de cabelo escuro diante da porta. O desejo quente em seu rosto quando nossos olhares se cruzam é como um soco na cara. Fecho os olhos para bloquear a sensação e respiro fundo.

Engulo em seco. "Michael."

Ele sorri. "Liv."

Quero morrer. Isso não pode estar acontecendo. O cara de quem estou tentando escapar não pode estar na casa que deveria ser meu esconderijo.

Gostaria que meus modos se sobrepusessem ao pânico, mas falho por completo. "O que está fazendo aqui?"

Pela primeira vez, a adoração em seu rosto vacila. "Como assim?"

"Como foi que me encontrou? Meus pais te deram o endereço?"

Michael franze a testa e se aproxima de mim. Eu recuo.

"Do que está falando?", ele pergunta. "Você me convidou."

Pisco. "Quê? Como assim?"

"As mensagens, Liv. Você disse que precisava me ver. Que não podia sair daqui. E perguntou se eu podia vir..." Ele se interrompe ao ver a verdade em meu rosto. "Você não me convidou."

Mas mal estou ouvindo, porque um perigoso zumbido tomou conta do meu cérebro. Bem devagar, viro a cabeça para encará-lo.

Só, então, Paul emerge das sombras. "Surpresa." Sua voz é letal.

Eu o encaro, e o triunfo cruel está estampado em seu rosto.

Leio sua expressão, e as peças se encaixam. Agora entendi. Sei o que está acontecendo. É tudo parte de uma vingança doentia. Eu me meti na vida dele pelas suas costas — tirei seus fantasmas do armário sem sua permissão.

Agora é a vez de Paul.

26

PAUL

Foi ridiculamente fácil — só mandei umas mensagens rápidas para o misterioso Michael enquanto Olivia estava fora, em sua corrida matinal.

Corridas essas nas quais eu costumava acompanhá-la. Até que ela agiu exatamente como o resto das pessoas, lendo sobre mim como se eu fosse um soldado qualquer e não Paul.

Mas esse não é o ponto. O ponto é que meus instintos estavam certos no que diz respeito a Michael: não é só um amigo, mas tampouco, um namorado, ainda que ele assim desejasse. Estava tudo claro em seu rosto idiota enquanto ela descia as escadas.

Não é para o rosto de Michael que eu olho agora, no entanto. É para o de Olivia. Eu estava preparado para a surpresa e a raiva. Não, esperava pelas duas, pois é, afinal, da natureza da vingança. Mas o que vejo em seus traços perfeitos é a agonia mais pura.

Sou um escroto. Mas sempre soube disso. É hora de Olivia saber também. E sou um grande fã da filosofia do olho por olho. Ela se mete na minha vida, eu me meto na dela. Fui além da conta? Claro. Mas é que foi fácil *demais*.

Tinha pensado que as razões de Olivia para fugir de Nova York eram um pouco mais interessantes que algo tão clichê quanto um triângulo amoroso. Mas Michael respondeu ao convite que achava ser de Olivia em mais ou menos dois segundos. Ele estava obcecado, e ela o estava evitando.

A necessidade de ferrar com a vida dela do mesmo modo que tinha ferrado com a minha era grande demais para resistir, mas agora... agora estou arrependido. A tensão no *hall* é quase palpável, e meu plano já não parece genial. Só cruel.

"Olivia." Michael se aproxima com as mãos esticadas. Ela solta um grunhido de desalento.

Instintivamente, vou na direção deles.

"Vai embora." O silvo é dirigido a mim. "Você me deve pelo menos isso."

Começo a me dar conta da magnitude da minha manipulação. Me sinto um merda. Ainda assim, lanço um olhar de alerta para Michael, como se avisasse para não magoá-la. Mas é em vão. Ele só tem olhos para Olivia.

No caminho para a porta, paro ao lado de Olivia. Abro a boca para... para quê? Me desculpar? Ela nem me dá chance.

"Sai", diz, sem me olhar.

Eu me forço a obedecer. Por um momento, não sei como viver comigo mesmo.

Então, me lembro de que já estou morto por dentro.

27

OLIVIA

Paul vai embora sem nem olhar para trás, provavelmente feliz que tudo esteja indo de acordo com seus planos de vingança.

Eu deveria ficar aliviada que o cretino desapareça, de modo que posso pelo menos ordenar meus pensamentos. Mas a verdade é que Paul é só uma parte desse pesadelo. Uma parte grande, claro. E o catalisador. O fato de que se daria ao trabalho de mandar uma mensagem para Michael com a única intenção de se vingar faz com que eu me descubra num nível de canalhice que, até então, desconhecia.

Ficar distante dele *deveria* me dar um tempo para recuperar o fôlego. Mas não consigo respirar.

Reunindo toda a coragem, levanto o queixo e olho para meu antigo melhor amigo. É só a segunda vez que ficamos juntos desde o terrível dia em que Ethan entrou no quarto de Michael e viu sua namorada e seu melhor amigo se pegando.

É. A letra escarlate presa com um alfinete à blusa é pouco pra mim. Mereço uma tatuagem. *No rosto*.

Paul não tem ideia de que me acertou na jugular me forçando a encarar Michael de novo.

Mesmo assim... Michael veio. Veio lá de Nova York, por mim, depois que ignorei suas mensagens por semanas. Tenho que saber por que, embora talvez já saiba.

"Por que veio?", pergunto. "Quer dizer, sei que achou que era eu mandando as mensagens, mas mesmo assim... é muito trabalho."

O olhar dele é quente. Desejoso. "Porque me importo com você. E quero que saiba disso."

Meu coração se despedaça. "Não. Não faz isso."

"Tá na hora, Liv", Michael diz, entredentes. "Você nunca me deixou explicar." Vejo a dor passar pelos seus olhos castanhos que conheço tão bem.

É a mesma dor que senti quando Ethan saiu da minha vida sem nem olhar para trás. Michael e eu estragamos tudo. Quer dizer, estragamos *mesmo*, não temos nenhuma desculpa. Mas Ethan nunca nos deu uma chance para explicar. Nunca vamos poder consertar as coisas, mas nunca tivemos a oportunidade de dizer a uma pessoa que amávamos que sentíamos muito.

Tive uma chance no fim do verão, quando fui a uma festa na casa dos pais de Ethan nos Hamptons, sem ser convidada. Agora percebo que preciso de um encerramento com Michael também. Assim como ele.

"Depois de tudo o que aconteceu, não posso deixar que pense que era só uma questão de ganhar de Ethan." Ele se aproxima, mas dessa vez deixo que pegue minhas mãos.

"Ele era seu melhor amigo. *Seu melhor amigo*."

Michael parece chateado. "Eu sei. Foi muita canalhice."

Abro um sorriso irônico. "O que a gente fez está tão além da canalhice que nem sei se tem uma palavra apropriada."

Ficamos em silêncio.

"Eu sei", Michael, finalmente, diz.

"E aí? Quer dizer, sei que tenho culpa no cartório, mas você começou. Não estou brava, mas... por quê?"

E, mesmo tendo perguntado, mesmo sabendo que Michael precisa falar e eu preciso ouvir para que nós dois possamos seguir em frente, não quero ouvir a resposta. *Não diz*, imploro mentalmente. *Por favor*.

Mas Michael não sabe da minha súplica silenciosa. Por mais que tenha sido um bom amigo ao longo dos anos, por mais próximos que a gente tenha sido, ele nunca conseguiu ler minha mente. Não assim.

"Porque eu te amava", Michael diz, e a simplicidade da afirmação quase me destroça. "Ainda amo."

Fecho os olhos. "Quanto tempo faz? Quando começou?"

Michael dá de ombros. "Sempre."

Minha nossa.

Ele aperta minhas mãos. "Liv. Tenho que saber. Você... você me ama? Você me ama, Liv?"

Ah, meu Deus.

Quero mentir. Quero poupar meu melhor amigo da dor excruciante que a verdade traria. Mas não posso. Devo a ele — e a mim mesma — honestidade.

"Não", digo, baixo. "Não amo. Não assim."

E, então, fico esperando que me pergunte por que deixei que me beijasse, se não o amava. E por que o beijei de volta.

Mas a pergunta nunca vem. Talvez ele ache que não aguenta ouvir a resposta. Estranhamente, ainda que devesse estar aliviada por não precisar falar disso, quero que ele queira saber. Porque agora estou pronta para dizer a verdade.

Os olhos de Michael se voltam para mim. Embora ainda haja dor neles, aparece um pouco de raiva. Tarde demais, percebo que há algo diferente nele. É como se mudasse diante dos meus olhos. Mas também não é isso... ele estava diferente desde que chegou. Se Ethan era do tipo tranquilão, Michael era intenso — ambos charmosos, mas o humor de Michael se mantinha mais no limite. Como o de Paul, agora que penso a respeito.

Agora, a escuridão parece se assentar em seus traços. Os ângulos de seu rosto parecem mais extremos, o cinismo que sempre usou para fazer graça parece estar mais enraizado e cruel.

Eu fiz isso, me dou conta. Todo esse tempo, estive tão ocupada tentando lidar com a dor que causei a Ethan que nunca me ocorreu que tinha causado sérios danos em Michael também. Tinha dois melhores amigos e tratei os dois que nem lixo: traindo Ethan e me afastando de Michael.

Sua mandíbula vai lentamente de um lado para outro, como Michael faz quando está tentando controlar seu temperamento complicado. Ele solta minhas mãos, se afasta e solta uma risadinha autodepreciativa. "E pensar que corri pra cá achando que você me queria. Que precisava de mim."

Dou um passo à frente. *Não faz isso. Eu não valho a pena.*

"Eu não sabia que você vinha", digo depressa. "Mas... acho que fico feliz. Pelo menos as coisas estão resolvidas."

Estico a mão para tocá-lo, com o coração apertado, mas ele se afasta mais um pouco.

"Achei que você só precisava de tempo." Sua voz sai rouca. "Te dei espaço, achando que precisava se perdoar, e *me* perdoar, pelo que aconteceu. Mas pensei... pensei mesmo que, quando abrisse mão de Ethan, viria atrás de mim."

Fecho os olhos. *Será que dá pra piorar?*

"Mas você nunca ia fazer isso, né?", ele pergunta.

Quando abro os olhos, as lágrimas correm. "Não", digo, baixo.

Michael parece endurecer diante dos meus olhos. Ele engole em seco, duas vezes. Então, fazendo um sinal com o queixo, como se fosse a única despedida de que é capaz, vai embora. Simples assim.

Levo a mão à boca. Não posso deixar de pensar que nunca mais vou ver meu melhor amigo.

E é tudo culpa de Paul Langdon.

28

PAUL

De todas as merdas que fiz na vida, e foram muitas, essa é a pior.

Não sei o que achei que fosse acontecer. Que todos sentaríamos à mesa de jantar e eu ia me divertir com o melodrama se desenrolando à minha frente? Que Olivia de repente ia se abrir, me contar todos os seus segredos e explicar o que exatamente a levou a aceitar um emprego de babá no Maine?

Seria de se imaginar que aprendi minha lição quanto a respeitar a privacidade de Liv depois de mandar a mensagem para Michael, mas sou um cretino. Fiquei ouvindo. A merda toda.

Olivia traiu o Menino de Ouro com Michael. E eu forcei os dois a ficar cara a cara. Achei que eu fosse um babaca, mas essa palavra nem *começa* a descrever o que eu sou. Quando percebi o tamanho da desculpa que eu teria que pedir, Michael já tinha se mandado e Olivia estava trancada no quarto.

Já passaram duas horas. Sei disso porque estou sentado do outro lado da porta há cento e vinte minutos. E ela está chorando durante todo esse tempo. Não de forma delicada. Estou falando de soluços de partir o coração.

Fecho os olhos e apoio a cabeça na porta. O covarde em mim quer ir pro meu quarto, ligar pro meu pai e dizer que afaste Olivia de mim, de modo que não possa prejudicá-la mais.

Mas cansei de ser covarde. Preciso encará-la.

Devagar, deliberadamente, levanto. Ergo a mão e bato na porta de leve, mas o choro não se interrompe. Bato mais forte. Dessa vez há uma pausa. Um pequeno soluço. Mas ela não abre a porta.

"Olivia." Minha voz sai rouca. "Posso entrar?"

Estou preparado pra todas as respostas possíveis. Silêncio. *Cai fora. Odeio você. Sai.* Mas não para a porta se abrindo. E certamente não estou preparado para a dor que surge no meu peito quando a vejo.

Mal noto os olhos inchados, o nariz vermelho e o cabelo emaranhado, pois concentro toda minha atenção na dor incomensurável estampada em seu rosto.

Faço a única coisa em que consigo pensar. Abraço Olivia.

E ela deixa.

Fui eu quem causou essa dor avassaladora, e ela permite que eu a abrace.

E é a coisa mais gostosa do mundo.

Eu a conduzo mais para dentro do quarto só para que possa fechar a porta, então a trago para perto de mim. Olivia enterra o rosto no meu ombro e chora. Não sei como ainda pode ter tantas lágrimas.

Passo a mão em suas costas e em seus ombros do jeito mais tranquilizador que consigo. Então, enfio o rosto em seu cabelo macio. "Desculpa", sussurro, com os lábios em sua pele. "De verdade."

O desespero passa a um chiado, que passa a soluços fracos, que passam a uma respiração entrecortada. E então, finalmente, *finalmente*, Olivia fica em silêncio, e se afasta de leve para me olhar. Fico tenso, pronto para as palavras que sei que mereço.

Mas ela não me ataca, não me xinga. Não me diz em todos os detalhes que mereço a pior das mortes. (Mas eu mereço. Sei que mereço.)

Em vez disso, faz a última coisa que eu esperaria. Fala comigo. Descansa a cabeça na minha clavícula e só *fala*.

"Eu não queria, sabe?" Sua voz sai áspera por causa do choro. "Me perguntei um milhão de vezes se uma partezinha de mim sabia o que Michael ia me dizer... o que ia fazer... quando fui lá aquele dia. Mas, depois de tanto pensar, eu não iria se soubesse. Não teria me colocado por vontade própria nessa situação e magoado Ethan. Se você tivesse visto o rosto dele..."

Olivia estremece ao soltar o ar. Eu a puxo para mais perto, passando a mão em suas costas. Quero dizer que, em perspectiva, não é nada. Que ela vai superar, que Ethan já superou. Mas sei que, para ela, é importante. Por isso, deixo que continue.

"Fui à casa de Michael... subi até o quarto dele, pensando que queria falar sobre uma garota, Casey, com quem meio que estava saindo. Ele nunca tinha namorado sério, então achei que pudesse estar com medo ou coisa do tipo."

Ela fica em silêncio.

"Mas ele não queria falar sobre Casey", ajudo.

Olivia balança a cabeça. "Não. Ele estava estranho desde que cheguei. A gente sempre tinha ficado superconfortáveis juntos. Era o que eu pensava, pelo menos. Mas Michael estava nervoso. Não olhava para mim, ou então me encarava de um jeito intenso por tempo demais, como se estivesse procurando por alguma coisa."

Fico até com pena do cara. Tenho plena consciência do que é se sentir atraído por essa garota, mesmo sabendo que deveria ficar o mais longe possível dela.

"Nem me toquei", Olivia continua, balançando a cabeça de leve. "Num segundo, eu comentava como estava animada com um estágio em que tinha me inscrito e, no outro, ele pegou nas minhas mãos, com o rosto a centímetros do meu, e me disse que não aguentava mais. Que Ethan era seu melhor amigo, mas ele não aguentava mais. Que não conseguia nos ver juntos sem que eu soubesse..."

Ela para.

"Ele disse que te amava?", pergunto.

Ela assente antes de levantar o rosto para me encarar. "Então me beijou. E eu não impedi. *Deixei que me beijasse.*"

A agonia em seu rosto é clara. Quero dizer que não precisa contar tudo, mas sei que quer tirar isso do peito. Pego seu rosto nas mãos com toda a delicadeza. "Por quê? Você também amava o cara?"

Diz que não, por favor.

"Não", ela sussurra, nervosa, passando a língua nos lábios. "Eu me perguntei um milhão de vezes por que, e acho... acho que deixei que me beijasse porque sabia que era uma saída. A coisa com Ethan estava cada vez mais séria. Era o único cara com quem tinha ficado na vida, e todo mundo, inclusive eu, agia como se fôssemos ficar noivos a qualquer momento..."

"E não era o que você queria."

"Não", ela diz, soltando o ar. "Achei que quisesse. Queria querer. Amava muito Ethan. Mas em algum lugar, lá no fundo, tinha algo errado. As coisas estavam boas, mas eu queria mais."

"E Michael era mais?"

O rosto dela se contorce. "Não. Assim que seus lábios tocaram os meus eu soube que não daria certo, mas então o beijei de volta, com força, querendo sentir alguma coisa, qualquer coisa. Não foi... quer dizer, não dormi com ele. Nem cheguei perto disso. Mas também não foi só um beijinho, depois, quando acabou, o empurrei e dei um tapa em seu rosto. Mas fiquei tentando me perder no beijo, então a coisa ficou intensa. E foi aí que Ethan entrou."

Nem preciso perguntar o que aconteceu depois.

"Nunca achei que seria essa garota", Olivia continua. "A que trai o namorado com o melhor amigo dele. Mas agora sei que ninguém planeja essas coisas. Não é algo que a pessoa planeje, tipo 'Quer saber? Acho que vou ser que nem as meninas malvadas dos filmes de quem todo mundo odeia'. Você sempre imagina que vai ser a mocinha por quem todo mundo torce. Até que é tarde mais."

Continuo segurando seu rosto, então começo a acariciá-lo com toda a delicadeza, levantando seu queixo para que tenha que me olhar.

"Você é uma boa pessoa, Olivia", digo, baixo. "Só cometeu um erro. Um grande erro, um erro de merda, com certeza. Tá, você traiu Ethan. Tá, talvez você tenha usado Michael. Mas o fato de estar se matando por causa disso mostra que não é isso que você é. Foi um erro ocasional. Você vai cometer mais erros no futuro, mas não esse. Vai aprender com ele e seguir em frente."

Olivia fecha os olhos. "Você não viu o rosto de Michael. Ethan tem Stephanie, e acho que até já me perdoou, mas Michael..."

"Ele vai superar", digo, com firmeza. "Quantos anos o cara tem, vinte e dois? Se vocês foram melhores amigos durante todos esses anos, só pode ser um cara legal. Só se apaixonou pela pessoa errada."

Ela não diz nada. Seguro seu rosto com um pouco mais de firmeza.

"Michael vai ficar bem. *Você* vai ficar bem."

Quando Olivia abre os olhos, estão carregados de lágrimas, mas não acho que sejam de desespero. Ela parece esperançosa.

"Obrigada." Devagar, ela apoia a mão no meu peito. "Obrigada."

Dou uma risada amarga, tentando ignorar o que seu toque faz comigo. "Você não deveria me agradecer depois do que fiz."

"Bom, em termos de planos malignos, foi muito engenhoso. Não acredito que Michael veio até aqui."

"Ele se importa com você." Meu polegar passeia por sua bochecha. "E talvez eu tenha passado a impressão de que você estava em uma situação dramática."

"Isso é verdade", ela diz, brincando com os botões da minha camisa. "Fazia semanas que você não falava comigo. Nem vi você esses dias."

"Está preocupada de não fazer jus ao salário?", pergunto, tentando manter o tom brincalhão, e não acusatório.

"Não tem nada a ver com isso."

Meu coração para. "Não?"

Ela levanta seus olhos verdes. "Senti sua falta. Não sei por que, já que você é terrível. Mas não entendo por que não consigo parar de pensar em você, considerando como é irritante, e se fecha toda vez que uma coisinha não sai do jeito que espera, e você provavelmente vai me machucar muito mais do que qualquer outra pessoa, mas..."

Minha boca interrompe o fluxo incessante de palavras dela com um beijo forte e desesperado. Fico esperando que me impeça, porque sei que mereço ser rejeitado. Mas seus braços envolvem meu pescoço e sua língua doce procura a minha, enquanto joga o corpo contra o meu.

"Quero você", ela sussurra, se afastando só um pouco.

Perco o controle. Giro meu corpo em torno do dela para pressioná-la contra a porta. Minhas mãos descem do seu rosto para seus braços, que levo para cima da sua cabeça. Ela geme enquanto a beijo repetidamente, até que nossas respirações se confundam. Até que não consigo mais me impedir de passar minhas mãos por seus braços, seus quadris, a lateral de seu corpo, ambos gemendo quando toco seus seios.

Quero me perder nela.

Procurando qualquer pingo de bondade que ainda possa existir em mim, eu me forço a parar, a fim de lhe dar espaço para pensar a respeito. Olho para seu rosto vermelho e sua boca inchada. Estamos ambos arfando.

"Preciso saber o que você espera disso", digo, bruscamente. "Preciso saber qual é o limite."

Olivia aperta os lábios, e eu me preparo para a rejeição. Quase posso ver as engrenagens girando dentro da cabeça dela, como se tentasse descobrir se sou um erro, como Michael, ou se valho o risco.

Pela primeira vez em muito tempo, quero valer o risco.

Os dedos dela param acima da cintura do meu *jeans*. Sinto as pontas quentes através do tecido da camiseta.

Ela se inclina para a frente e beija a concavidade da minha garganta.

"Não quero que haja limites", Olivia diz, e sinto seu hálito morno em minha pele. "Esta noite, não."

29

OLIVIA

Não há nada de gentil no toque de Paul, e não quero que haja. Depois de meses lutando com a necessidade violenta e incontrolável por esse cara, quero me entregar a ele.

Quero me entregar a nós.

Pouco depois de eu dar o sinal verde, Paul já voltou a me beijar, movendo as mãos pela minha cintura e me levantando de leve. Enrolo minhas pernas em volta do seu corpo e ele pega minha bunda, mantendo nossos corpos unidos até que eu sinta seu pau duro através do *jeans*.

Seus lábios estão nos meus, e se os beijos de antes tinham sido quentes, este poderia botar fogo em nós dois. Não consigo me segurar em seu cabelo em estilo militar, então enlaço seu pescoço, enterrando os dedos na pele macia enquanto nos alternamos na exploração do corpo um do outro.

Paul usa o queixo para virar meu rosto, à medida que seus lábios passam da minha bochecha para a mandíbula e para a orelha, antes de devorar meu pescoço. Sua boca e seus dentes me torturam até que fico esfregando os quadris nele intensamente, e, poucos segundos depois, decidimos que nossa posição contra a porta do quarto não dá muito acesso a nenhum de nós.

Em três passos, ele gira, vai para a cama e me deita de costas. Uma parte distante do meu cérebro registra que seus movimentos, com uma autoridade determinada, não são prejudicados por seu ferimento de guerra. Trata-se de um homem que deseja uma mulher. E essa mulher definitivamente o deseja também.

Por um momento, Paul e eu nos encaramos, os dois respirando com dificuldade, enquanto absorvemos o fato de que o que está acontecendo é simplesmente *certo*. Voltamos a nos mover ao mesmo tempo, ele se abaixando enquanto eu me levanto, com os braços abertos.

Eu não sabia antes, mas era disso que estava falando quando mencionei que procurava por alguma coisa quando beijei Michael. Queria esse anseio indescritível por outra pessoa. *Isso aqui*. Desejo Paul. E só ele.

Meus dedos procuram os botões da camisa dele, enquanto os dele mergulham nos meus cabelos, puxando minha cabeça para trás, para que Paul possa acompanhar enquanto eu tiro sua camisa, primeiro um ombro, depois o outro.

Meus olhos se fixam na tatuagem sobre seu coração. Eu já tinha notado as letras simples na noite em que dormimos juntos, mas agora tenho coragem de me inclinar e beijá-la.

"*Semper fi?*"

"Diminutivo de *semper fidelis*, 'sempre fiel'. É o lema dos Fuzileiros Navais."

Engulo em seco. O sentimento me assombra, mas talvez só porque sei o que lhe custou ser sempre fiel.

"Não", ele diz, se inclinando pra esfregar os lábios contra minha cabeça. "Não pensa nisso."

Seus lábios tomam os meus de novo, e não consigo pensar em nada além dele e de seu gosto delicioso.

Quando suas mãos vão para a barra da minha blusa, levanto os braços acima da cabeça.

Não sou o que chamariam de voluptuosa. Sempre fui mais angulosa, e gostaria de ter usado um dos meus sutiãs *push-up* em vez desse meia-taça rosa-claro.

Mas, então, Paul me olha. E faz com que eu me sinta linda.

Devagar, ele arrasta os dedos pelas minhas costelas, e seus olhos seguem o movimento. Quando suas mãos chegam ao meu sutiã, Paul me olha de um jeito sombrio e enevoado.

Trago sua cabeça até a minha ao mesmo tempo que suas mãos se fecham nos meus seios, e gememos.

Ele sobe em mim enquanto me deito na cama, e logo estou embaixo dele, com seu corpo cobrindo o meu. Ele segura meu rosto para um beijo longo e exigente. Quando suas mãos escorregam pelas minhas costas, eu me arqueio, dando espaço para que chegue até o fecho do meu sutiã.

Solto uma risadinha ao ver como é rápido. "Já fez isso antes?"

"Faz um tempo", ele diz, sorrindo também. "*Muito* tempo."

Sinto uma palpitação enquanto processo o que falou. Faz anos que não fica com ninguém. Não vou mentir — eu gosto disso.

"Pobres garotas do Maine", digo, pegando a fivela de seu cinto. "E que sorte a minha."

Ele geme quando enfio a mão no *jeans* e toco seu pau duro por baixo da cueca. "Olivia." Ele abaixa a cabeça, olhando para o meu mamilo por meio segundo, antes de me encarar e lamber a ponta do meu seio.

Solto um gritinho, pondo uma mão em sua nuca e o puxando mais para perto. Sua boca me enlouquece.

Paul se afasta só o bastante para se livrar do meu *jeans* e do dele, até que fica só de *boxer* azul e eu fico só de calcinha. Ele ajoelha e sorri para mim. "É claro que sua *lingerie* ia ser rosa."

Ele passa o dedo pela renda antes de enganchá-lo no tecido fino e tirar minha calcinha.

Estou nua na frente de Paul Langdon, e nada nunca pareceu tão certo.

Ele lança um olhar de adoração para meu corpo. Permaneço deitada para ele fazer isso.

"Você é linda", Paul diz, com uma pontada de arrependimento na voz. "Merece alguém lindo também."

Sinto um aperto no coração diante da expressão em seu rosto. Me ajoelho à sua frente. Então, por meio de gestos, mostro o que não sei colocar em palavras. Eu me inclino e beijo com toda a delicadeza uma cicatriz pequena, que vai do ombro esquerdo ao centro de seu peito.

Paul prende a respiração. "Não."

Eu o ignoro, continuando a beijá-lo até o pescoço, me demorando em sua mandíbula firme, antes de passar para o outro lado.

Ele fica tenso quando percebe o que estou prestes a fazer. "*Não.*"

Minhas mãos encontram as dele antes que possa me afastar, e meus lábios tocam com cuidado a primeira das cicatrizes do rosto. Faço o mesmo com as outras duas, esperando que cada toque da minha boca mostre que, para mim, ele é perfeito.

Paul agarra minha boca com a sua, me deitando de costas. Suas mãos correm por entre minhas pernas, me encontrando molhada e excitada. Ele se afasta apenas o bastante para tirar a cueca antes de voltar para perto de mim, deslizando um dedo para dentro sem me avisar.

"Você precisa ter certeza", Paul diz, com a voz áspera no meu pescoço, seu dedo ainda dentro de mim. "Sem arrependimentos."

Arrependimentos? Nada está tão longe da minha cabeça nesse momento, e subo e desço a mão por seu pau duro para mostrar isso.

Paul xinga antes de pegar meus pulsos e prendê-los com uma única mão sobre a minha cabeça.

"Não vou conseguir ir devagar. Não com você, não da primeira vez. Não posso prometer que vou ser delicado. Talvez, na próxima", ele diz, com uma risadinha.

Fico um pouco atordoada — e feliz, muito feliz — ao me dar conta de que ele acha que vai haver uma outra vez.

Eu me contorço. "Não quero que seja delicado."

Mal sussurro isso e ele mete em mim, forte e rápido. Arfo um pouco diante do prazer invasivo.

Ele enterra o rosto no meu pescoço murmurando um xingamento, e o quarto escuro é preenchido pelo som da nossa respiração acelerada.

Enlaço sua cintura com as pernas e ele vai mais rápido. Continua a segurar meus pulsos com uma mão, enquanto a outra desce pelo meu quadril e vai para a minha bunda. Tento inutilmente soltar os braços, porque quero tocá-lo, mas estou à sua mercê, enquanto me leva à loucura.

"Nossa, Olivia."

Em resposta, viro a cabeça, raspando os dentes na lateral do seu pescoço, com um sorriso safado no rosto ao perceber que isso faz com que acelere ainda mais.

Nunca fiquei assim antes, provocativa e selvagem, mas é como se ele tivesse despertado um lado meu que nem sabia que existia. A garota que achava que queria palavras doces e beijos gentis não está mais aqui. Só quero Paul.

"Mais", sussurro. "Por favor."

Paul grunhe em resposta, soltando meus pulsos para abrir ainda mais minhas pernas. Ele levanta a cabeça de leve, só o bastante para me olhar, e seus olhos azuis parecem de um tom escuro de cinza.

Ele gira o quadril uma vez, duas vezes, me pressionando do jeito certo. Estou mais perto de gozar do que imaginava. E, pela forma como ele acelera o ritmo, não acho que esteja sozinha.

Então, me dou conta de como estamos perdidos um no outro. É o bastante pra fazer bobagem.

"Paul." Com o que me resta de sanidade, bato freneticamente em seu ombro. "Camisinha."

Ele congela. "Merda. *Merda.*"

Tento não gemer quando ele sai de mim, vai até o *jeans* e vasculha o bolso da calça.

"Sério?", pergunto com uma risadinha quase sem fôlego, ao ouvir o som familiar da embalagem sendo rasgada. "Você anda sempre com uma?"

Paul coloca a camisinha e sorri para mim como quem pede desculpas. "Todos os dias desde a primeira noite em que enfiei o dedo em você. Achei que era esperar demais, mas estou *muito* feliz de ver que estava errado."

Então, ele está dentro de mim de novo, com as mãos na parte interior da minha coxa para me manter aberta e deliciosamente exposta.

Suas mãos sobem e seu polegar encontra meu clitóris e o massageia em círculos pequenos. Juro que não vejo mais nada.

E, então, explodo em um gemido que não reconheço como meu.

Segundos depois, minhas mãos estão de novo acima da cabeça. Minha respiração continua trêmula, e eu me encontro totalmente presa à cama, enquanto Paul se move mais rápido e com mais força, seus olhos fixos nos meus até fechá-los. O êxtase toma conta do seu rosto quando entra em mim, e ele solta um gemido estrangulado.

Depois, sinto seu peso sobre meu corpo, mas gosto disso, e passo as mãos possessivamente em suas costas largas, segurando-o junto a mim enquanto nos recuperamos.

Nenhum de nós fala, o que é ótimo. Não tenho ideia do que diríamos.

Nossa.
Meu Deus.
De novo.

Paul, afinal, se move, passando os lábios em meus ombros antes de ir ao banheiro.

Sinto frio sem ele na cama, então reúno energia para puxar as cobertas. Penso em vestir o pijama, ou pelo menos a calcinha e o sutiã, mas meu corpo parece ainda menos inclinado a trabalhar que meu cérebro, então me encolho nua sob os lençóis.

Quando Paul sai do banheiro, fico imediatamente tensa, preparada para que vá embora sem dizer nada ou, pior, depois de falar alguma babaquice como "valeu".

Ele hesita à porta do banheiro. Parece... nervoso. Não porque está sem roupa, claro, porque parece muito confortável com isso (e quero aproveitar pra dizer *uau* para o corpo nu de Paul Langdon).

Só aí eu me dou conta. Ele não sabe se pode ficar. E tem medo de perguntar.

Levanto as cobertas em um convite silencioso.

Em três passos, ele está ao meu lado, se enfiando debaixo das cobertas e me puxando para ele. O beijo é tão doce quanto urgente, então Paul deita de costas e levanta o braço, abrindo espaço pra mim. Me acomodo, feliz.

Eu ainda não disse nada. Estou tentando entender o que aconteceu comigo. Tentando compreender por que esse cara desperta meu lado sem vergonha.

Ele tampouco fala, e por um momento acho que pegou no sono, mas então Paul vira a cabeça de leve, ficando com os lábios na linha do meu cabelo. "Alguma chance de você ser melhor dormindo de conchinha depois de fazer sexo?"

Sorrio em seu peito. "Nenhuma."

Paul solta um suspiro exagerado. "Um dia desses vou acabar amarrando seus braços."

"Promete?", digo, de um jeito provocativo, tendo uma visão insuportavelmente erótica de mim mesma amarrada debaixo dele, enquanto lambe todo o meu corpo. E depois dele amarrado, pra que *eu* possa explorá-lo...

Paul solta uma risadinha. "Olivia Middleton, acho que tem uma garota bem safadinha debaixo dessa aparência de santa."

"Só com você", digo, satisfeita por ele não poder ver minhas bochechas ficando vermelhas.

Paul se mantém em silêncio por alguns segundos. Quando fala, sei que está sorrindo.

"É assim mesmo que eu quero."

30

PAUL

Estou tendo um *déjà-vu*. Do tipo bom, de quando você acorda com uma mulher linda ao seu lado na cama.

Só que dessa vez é mil vezes melhor que da outra em que Olivia dormiu comigo. Desta vez, ela está pelada. Desta vez, passamos a noite fazendo sexo. Desta vez, ela está na minha cama não para afastar os pesadelos, mas porque, depois de revirar os lençóis pela terceira vez, por volta das três da madrugada, ela me deixou carregá-la até meu quarto, porque minha cama é maior.

No entanto, isso não significa que ela não ocupe toda a cama. Bom, nem *tudo* mudou.

Não consigo segurar um sorriso bobo ao esticar o braço para tirar uma mecha de cabelo do rosto dela. Ela está deitada de barriga para baixo, com um braço esticado de um lado e o outro, dobrado debaixo do travesseiro. O lençol está jogado na metade inferior de seu corpo, e bastaria a mais leve puxada para expor sua bunda ao ar frio da manhã.

Um cavalheiro ia cobri-la. Um cavalheiro levaria as cobertas até seu queixo e deixaria um bilhete ao lado da cama dizendo que o café está pronto.

Não é o meu caso.

Puxo o lençol apenas o bastante para dar um tapinha em sua bunda. Tão de leve que pareça uma brincadeira, mas com a dose certa de vigor para que Olivia arregale os olhos.

"O que... está falando sério?", ela diz, rabugenta, esticando o braço para puxar as cobertas. Eu as tiro de novo.

"Acorda, Cachinhos Dourados."

Ela grunhe e dá um tapinha na minha mão. "Está tendo outro sonho com o treinamento, lindinho?"

Não posso evitar. Sorrio ao ouvir o apelido, mesmo sendo ridículo. "É hora da corrida." Me estico e acendo a luz.

Ela vira para deitar de costas e cobre o rosto com os braços. Essa posição deixa seu peito nu bem interessante, mas me recuso a ser distraído.

Acho que mereço uma medalha por isso.

"Você lembra que foi um babaca nas últimas semanas, né?", Olivia diz, sem olhar pra mim. "Me ignorando, trancando todas as portas pra que eu não pudesse entrar, como um menino mimado..."

Sinto uma onda de culpa. Bem merecida. "Sei, eu..."

Ela levanta o cotovelo e me encara com um único olho. "Ainda não terminei. Ia dizer que tinha a parte boa disso, que era eu não ter que acordar antes do amanhecer por causa dessa maluquice."

Pego o *top* na pilha de roupas ao meu lado e balanço na cara dela. "Peguei todas as suas coisas rosas."

Seus olhos verdes se estreitam. "Meus tênis também?"

"Claro que não. Já falei que vai acabar se machucando com aqueles tênis."

"Mas são tão bonitos", Olivia murmura, voltando a cobrir o olho com o cotovelo que tinha levantado.

Perdendo a paciência, passo um braço em volta de sua cintura, empurrando Olivia para o canto da cama, pondo-a de pé.

Ela me encara. Minha Olivia não é uma pessoa matinal.

Minha Olivia.

Ignoro o som fraco dos alarmes disparando dentro de mim, porque simplesmente parece *certo*.

Me inclino para beijar seu nariz. "Quero te mostrar uma coisa."

Uma sombra passa por seus olhos, e ela estica os braços pra mim. "É?"

Dou risada e agarro seus pulsos. "Não esse tipo de coisa. Vamos lá fora."

Ela abre a boca para protestar, mas aperto seus dedos, com certa urgência.

"Por favor", digo. "É importante."

A curiosidade lentamente ocupa o lugar do ressentimento por não poder dormir, e ela vai até a pilha de roupas que peguei no seu quarto.

"Espero que seja bom, Langdon."

Está mais escuro que nunca lá fora. Gelado, limpo e perfeito.

Ela desce os degraus atrás de mim e vamos até a trilha, como fizemos dúzias de vezes. Se ela nota que estou sem a bengala, não diz nada. Não a tenho usado há algumas semanas, mas Olivia nunca me viu em uma de nossas caminhadas/corridas matinais sem ela.

"É melhor que não seja um inseto esquisito ou um ninho de passarinho", ela murmura. "Já não ligo pra essas coisas num dia normal, imagina logo cedo, considerando que dormi só umas duas horas..."

Eu a lembro de que a falta de sono foi por uma boa razão. Por *diversas* boas razões, corrijo mentalmente, pensando que fomos muito criativos ontem à noite. Então, levo um dedo à sua boca para impedir que reclame. "Quietinha. Só me observa por um segundo."

Recolho o dedo devagar, grato por finalmente estar em silêncio.

E, merda, meu coração está a toda. Como posso não ter me dado conta da dificuldade da coisa?

Mas devo isso a ela. Devo a mim mesmo.

Bem devagar, viro para a pista e começo a trotar.

Nos últimos dias, enquanto estava evitando Olivia, acrescentei a esteira ao meu treino na academia. Como resultado, correr foi ficando cada vez mais fácil, mas ainda fico surpreso com isso.

Estou correndo.

Não consigo olhar para trás. Temo que não entenda, que pra ela seja só um cara correndo em ritmo lento, ou dando saltinhos. Tenho medo de que não entenda que eu pensei que nunca mais correria.

Mais que isso, temo que não compreenda o mais importante, o que realmente estou tentando dizer: se não fosse por ela, eu não teria voltado a correr.

Eu a ouço se aproximando. Sua respiração ainda é péssima, como um pássaro grasnando. É difícil ignorar. Então, ela fica ao meu lado. Sem dizer nada. Só acompanhando meu ritmo.

Viro a cabeça para olhá-la, bem de leve, tomando o cuidado para não diminuir o ritmo.

Lágrimas correm pelo seu rosto. De alegria, presumo. Ela entende.

Não consigo esconder o sorriso. Nem tento. Se a sensação de correr depois de três anos é ótima, a de sorrir talvez seja ainda melhor. Mais uma coisa pela qual sou grato a Olivia.

Corremos pra sempre. Ou pelo menos é o que parece. Não paramos até chegar à parte em que a trilha se estreita e mergulha nas árvores. É mais reservado aqui, e parece que Olivia vai dar as costas e voltar, porque diminui o ritmo para uma caminhada e coloca as mãos nos quadris, enquanto recupera o fôlego e olha para a água.

Eu a sigo, e por um momento nos fazemos companhia em silêncio, conforme a escuridão da noite dá lugar ao cinza da manhã.

"Qual é a sensação?", ela pergunta, virando a cabeça só o suficiente para que eu possa ver seu perfil.

Olivia sempre diz a coisa certa. Qualquer outra pessoa viria com uma babaquice melosa, do tipo "Eu sabia que você ia conseguir!" ou "Viu? Só precisava se dedicar!".

Quando ela me pergunta qual é a sensação, sei que não está falando da minha perna, que está bem, embora esteja mais dura que antes da guerra. O que Olivia quer saber é como *eu* me sinto. Como minha *alma*, se vamos ser cafonas, reage à corrida.

"Maravilhoso." Abaixo a cabeça para dar um beijo em seu ombro nu. Olivia costuma correr de regata, o que eu acho um pouco engraçado e *sexy*. Acho que não é muito diferente do meu apego ao short.

Ela puxa o ar, e eu espero que me afaste, dizendo que está suada ou algo do tipo, mas Olivia só balança a cabeça, seguida por seu longo rabo de cavalo.

"Inacreditável", digo, com meus lábios se demorando em sua pele. "Parece bom demais para ser verdade."

Olivia faz um barulhinho de quem acha graça.

Eu me aproximo dela, colando o peito em suas costas, os quadris em sua bunda. Então viro a cabeça de leve, beijando a parte macia da pele em que o ombro encontra o pescoço. "Não saberia como viver sem isso", sussurro, e é a verdade.

Não estou mais falando de correr. Estou falando dela. Quando Olivia inclina a cabeça para apoiá-la no meu ombro com um suspiro trêmulo, sei que ela entende.

Pego seu rabo de cavalo com firmeza e gentileza, e viro sua cabeça para mim. Fico pensando que, em algum momento, vou conseguir tocá-la, saboreá-la, sem ser consumido. Mas estou errado. Assim que nossos lábios se encontram, o beijo é quente e urgente. Coloco uma mão em seu cabelo e a outra em sua barriga, mantendo seu corpo junto ao meu, enquanto ela abraça meu pescoço.

Nunca me ocorreu que seria erótico dar uns amassos na floresta de manhã, com nossos corpos suados, mas o beijo vai de quente a tórrido em questão de segundos, e eu a conduzo para fora da trilha, para a privacidade nem tão reservada da floresta. Olivia tenta girar, mas eu a mantenho imóvel, quase prendendo-a entre mim e uma árvore como uma fera que não consegue se controlar.

E eu *não consigo* me controlar.

Não solto seu cabelo, me recusando a interromper o contato entre nossas bocas, mas ela nem parece se importar. Sua língua procura a minha, enquanto ela tenta se segurar no tronco.

Minha mão entra por baixo de sua camiseta, tocando a pele úmida, a partir da cintura da calça de ginástica até o elástico do *top*, mas eu me recuso a tocar seus seios até que ela peça.

Não demora muito. Olivia arfa ao interromper o beijo. "Me toca."

Solto seu cabelo, deixando sua cabeça cair no meu ombro enquanto deslizo ambas as mãos por seus seios, massageando os mamilos através do *top* até levar nós dois à loucura.

Eu a vi se contorcendo para colocar o *top*, e sei que não vou ter paciência de tirá-lo agora, então, quando não aguento mais ficar sem sentir sua pele, subo o elástico, encontro seus mamilos com os dedos e dou leves beliscões neles.

Nossa respiração entrecortada reverbera no silêncio da manhã. Duvido que alguém apareça por aqui, mas pensar nessa possibilidade só torna tudo ainda mais excitante.

Escorrego a mão em seu short, com toda a intenção de me contentar em brincar com o tecido da calcinha verde-clara que sei que está usando. Esse plano vai para o espaço quando sinto a umidade no tecido, e consigo dar apenas umas poucas passadas de mão provocativas, antes de meus dedos entrarem pela lateral, mergulhando nela.

Olivia solta uns choramingos leves que eu ainda não tinha ouvido, e eu me pego sorrindo, apesar da sensação de que meu pau duro vai rasgar o short a qualquer momento. Amo que fique tão excitada só com os meus dedos nela, apoiada contra uma árvore. Em todos os outros sentidos, Olivia é uma boa garota, mas não assim, não com meus dedos em seu clitóris e meu pau pressionado contra sua bunda.

Amo isso nela. Nossa. Parece que amo *tudo* nela.

Sua respiração acelera, mas então Olivia agarra meu pulso. "Quero você dentro de mim."

Em resposta, desço seu short e sua calcinha de uma vez só, fazendo o mesmo com meu próprio short. Hesito, querendo dar a ela mais que uma transa contra uma árvore com as roupas enroladas nas pernas, mas então Olivia se inclina para a frente, com as mãos apoiadas no tronco, as costas arqueadas, e me lança por cima do ombro um olhar faminto. Ela quer isso. E eu a quero pra caralho.

Agarro seus quadris, metendo com tanta força que Olivia arfa. Então, ela reajusta a pegada na maldita árvore e se volta pra mim quando meto de novo e de novo, minhas mãos subindo por seus quadris, sua bunda e seus seios, antes de finalmente descer e acariciá-la do jeito que eu sei que a deixa louca.

Quero que dure pra sempre, mas já fomos longe demais. Quando Olivia solta um gritinho, estou junto com ela, explodindo mais forte do que nunca, enquanto sinto ela se contraindo em volta de mim.

Puta.

Merda.

Olivia quase desaba sobre a árvore, e por um segundo não consigo fazer muito além de descansar a cabeça entre suas omoplatas. Então, me forço a me mexer, subindo seu short e depois o meu.

Eu a viro e a puxo para mim.

Depois do que fizemos, o abraço casto parece quase ridículo. Olivia deve pensar o mesmo, porque ri no meu peito.

"Ah, meu Deus."

Eu a acompanho. "Pois é. Isso rolou."

Ela inclina a cabeça pra me olhar, perto da adoração. Sinto uma onda de desejo tão intensa que quase perco o fôlego. Desejo por ela, por sua risada, pelo jeito simples como espera coisas boas de mim só porque acha que sou bom.

Em algum lugar lá dentro, um demônio me diz que vou decepcioná-la. Que vou destruí-la. Pela primeira vez desde o Afeganistão, eu o ignoro. Pela primeira vez, eu me deixo acreditar que o passado — minhas cicatrizes — não me define.

Beijo sua testa. "Pronta pra correr de volta?"

"Não, a menos que esse tênis horrível que você me comprou tenha rodinhas. Ou asas. Não posso correr depois *daquilo*", ela diz, acenando com a cabeça para a árvore.

Solto um suspiro de zombaria e ofereço a mão. "Então vamos andando?"

Ela a aceita sem hesitar, enlaçando meus dedos.

Por três anos, achei que não haveria sensação melhor no mundo que a de voltar a correr. Mas eu estava errado.

Andar de mãos dadas com Olivia é ainda melhor.

31

OLIVIA

Continuo amando as tardes com Paul em frente à lareira. Só que, agora que as coisas mudaram, percebi que poltronas de couro não são ideais pra dar uns amassos.

Eu me contento em esticar as pernas em seu colo enquanto lemos. Paul parece não se importar.

Com uma mão, ele vai virando as páginas do livro. Com a outra, alterna entre fazer carinho no arco dos meus pés cobertos por meias e dar um gole do chá que fiz. Pouco tempo atrás, seria álcool que estaria bebericando. Ele ainda toma de vez em quando, mas agora é mais para encerrar o dia do que uma muleta para aguentá-lo.

Não importa para onde olhe, só vejo progresso. Não que pense em Paul como um projeto. Não mais. Ele já não é alguém que preciso conquistar para vencer meus próprios demônios e fazer valer o cheque que recebo. É uma *pessoa*.

Uma pessoa com quem me importo tanto que começo a ficar preocupada.

Meu sorriso diminui, e tento afastar o pensamento, que resiste. Então, decido encará-lo. E daí se não trocamos juras de amor? Tenho vinte e dois. Não preciso de uma promessa de devoção eterna, de um anel de compromisso, ou de uma longa DR.

Mas saber em que pé estamos seria legal. Só pra ter uma ideia.

"Você está franzindo a testa", Paul diz, indolente, com a maior parte de sua atenção dedicada ao livro.

"Essa biografia do Andrew Jackson me faz pensar", minto.

"Sei. Você está devorando o livro mesmo", Paul diz, com um olhar pungente. O cutucão se deve ao fato de que não li nem um décimo, ainda que dois meses tenham se passado.

Abro a boca para dizer que estou aproveitando a leitura, mas fecho o volume de forma abrupta.

"Tá, eu confesso. Não estou gostando." Jogo o livro pesado na mesa, olhando para ele insatisfeita. "Mas estou *tentando* gostar. Sei que *deveria* gostar, que vai ser enriquecedor e tal, mas estou superentediada."

Paul aperta os lábios como se quisesse esconder um sorriso. Estreito os olhos para ele. "Vai em frente. Me julga", digo.

Ele dá de ombros. "Não é nada disso. Só estava imaginando quanto tempo você levaria para admitir que não é seu tipo de coisa."

"Você deve pensar que só leio revistas de fofoca", murmuro.

"Para", Paul diz, apertando meu dedões. "Não precisa se forçar. Nem todo mundo gosta de biografias. Você vai achar alguma coisa que te interessa. Tenho uma porção de livros que poderia recomendar."

Concordo, entusiasmada. Ele me observa atentamente, então fecha o próprio livro.

"Tá. Tem algo além do livro na sua cabeça. Pode falar."

Sorrio. "Sabe, pra alguém que está fora do mercado há um tempo, você conhece bem as mulheres."

"É como andar de bicicleta", diz. "Só que muito mais assustador. Mas, sério, e aí?"

"Nem sei", digo, e é a verdade. "Acho que não estou com vontade de ler."

Suas duas mãos estão nos meus pés agora, me fazendo uma massagem maravilhosa, com movimentos firmes e profundos. "Tá. Então, vamos conversar."

Abro um sorriso irônico. "Qual é a pegadinha?"

"Nenhuma. Na verdade, não. Pretendo trocar essa conversa por algo sexual depois."

Reviro os olhos. "A parte mais triste é que sei que tem um fundo de verdade aí."

"Pois é."

"Por que será que não estou surpresa?"

"Mas, falando sério, Middleton. Diga o que precisa dizer, ou pergunte o que precisa perguntar. Sua angústia mental me dá aflição."

Quero dizer que pode voltar à leitura, que eu adoraria que me recomendasse outro livro. De preferência um que não me faça dormir, como aquela biografia.

Eu *quero* conversar. Só que não vou perguntar sobre a gente. Não só porque não quero ver seu rosto se contorcer, mas também porque morro de medo da resposta que pode vir. Não estou pronta para ouvir que sou só um casinho divertido para ajudá-lo a sair do buraco.

"Me diz o que aconteceu", solto. "No Afeganistão."

Minha mente fica em branco por um segundo, assim como seu rosto, e eu levo a mão à boca.

"Desculpa. Eu só... não sei por que joguei o assunto assim, do nada."

A boca de Paul se contorce, e suas cicatrizes se movem junto. "Você perguntou porque queria saber."

Abro a boca para dizer que não é da minha conta e que ele pode contar quando estiver pronto. Então, me lembro do que disse no dia em que me pegou lendo a notícia sobre o que havia acontecido. Lembro por que ficou tão chateado. Paul disse que ninguém nunca perguntava diretamente o que havia acontecido.

E foi o que acabei de fazer, então... prendo o ar. *Por favor, que seja só isso.*

Ele se inclina um pouco para a frente, escorregando as mãos pelas minhas panturrilhas. Ficamos os dois acompanhando seus movimentos, antes que Paul levante os olhos devagar para me encarar.

"Quero contar. Quero que seja pra você."

Seus olhos não revelam nada além de confiança, e sinto um aperto no coração. Neste momento, eu sei.

Eu amo Paul.

Não é o tipo fácil de amor que eu tinha por Ethan, ou o amor descomplicado e caloroso que eu tinha por Michael, como amigo.

Amo a pessoa que Paul é. A escuridão e as sombras. Seu sorriso e a bondade que faz tanto esforço para esconder. O jovem *quarterback* por baixo do veterano de guerra. Amo mais o lado direito de seu rosto, coberto pelas cicatrizes, que a perfeição do esquerdo.

Eu amo Paul.

E, porque o amo, faço uma das coisas mais difíceis que já tive que fazer. Deixo que me conte sua história, ainda que saiba que os horrores do que tem a me dizer podem muito bem acabar comigo.

Começo a recolher os pés para me endireitar na poltrona, mas suas mãos me impedem, e seus dedos continuam a se mover despreocupadamente pelas minhas panturrilhas, para cima e para baixo, enquanto Paul vira a cabeça para observar o fogo.

"Me diz o que você sabe", ele pede, baixo.

"Não muito. O artigo... mencionava que você e sua equipe foram capturados... e torturados. E pouca coisa mais."

Sua cabeça cai de leve. "A falta de informação faz parecer pior do que de fato foi. No que diz respeito a esse tipo de coisa, tive sorte."

Meus olhos se arregalam. "Sorte? Não vejo como 'tortura' e 'sorte' podem estar relacionados."

"Eu..."

Eu me inclino para a frente, colocando minhas mãos nas suas, entrelaçando nossos dedos. "Começa do começo. Diz o mínimo ou o máximo que puder."

Ele respira fundo. Então, fala.

Paul me conta que fazia apenas cinco meses que estava no Afeganistão, mas que, por mais estranho que pareça, essas coisas já tinham se tornado rotineiras. A vida na base era monótona, mas não horrível.

Ele conta como, no começo, seu coração martelava toda vez que tinham que sair de lá, mas que com o tempo se acostumou.

"Acho que eu sabia", Paul diz. "Acho que de alguma forma *sabia* quando acordei naquele dia que ia ser diferente. Os outros caras e eu... tínhamos um pacto. Não importava quanto entediado a gente ficasse, quanto o clima estivesse ruim, o quanto sentia falta de casa, de um pacote de bolachas, da namorada... não falávamos das coisas ruins. Entende? Era como o poder do pensamento positivo, ou qualquer bobagem do tipo. Se não falássemos sobre a merda que era, não precisávamos pensar a respeito."

Concordo, compreensiva, embora nenhuma experiência minha pudesse ser comparada a isso.

"Mas, naquele dia, Williams perdeu a cabeça. Tínhamos saído para uma patrulha de rotina, e ele disse algo sobre estar fazendo muito calor. Foi um comentário inofensivo, claro. Mas, lá, nada parecia inofensivo. Como idiotas supersticiosos, todos pulamos no pescoço do cara com medo de que nos trouxesse azar. Ainda estávamos pegando no pé dele quando vimos. Tinha... tinha corpos à beira da estrada. Duas mulheres e uma criança..."

Ele se interrompe, e eu engulo em seco, assustada.

"Uma das mulheres estava morta. Ou pelo menos achei que estava. Não tivemos a chance de confirmar. Mas a criança... era um menino, de uns seis anos. Ele estava chorando, apontando para os corpos. A outra mulher levantou a cabeça, só um pouquinho, o bastante para vermos que estava toda ensanguentada, movendo a mão fracamente na direção do garoto, como se implorasse pela nossa ajuda. Como se pedisse que o levássemos, que o ajudássemos. Estávamos no meio do nada, não importava pra onde olhávamos. O menino teria morrido... todos teriam."

Ele fica em silêncio de novo, e eu mal respiro, com medo de que um movimento errado faça com que se retraia de novo, e a história volte a aparecer apenas em sonhos.

"Era uma emboscada. Prefiro pensar que os três não sabiam que estavam envolvidos — o sangue no rosto da mulher era real, assim como o terror nos olhos do menino. Ele estava assustado. Mas os insurgentes nos alcançaram antes que chegássemos até ele."

Fecho os olhos.

"O que mais me entristece é que nem sei o que aconteceu com eles", Paul diz, quase ausente. "Da perspectiva militar, foram só um catalisador do que aconteceria a seguir. No nível humano, eram... enfim, humanos."

Ele deixa minhas pernas de lado com toda a delicadeza e vai jogar mais lenha no fogo, ainda que não seja necessário. Paul apoia as mãos na parede, passando os dedos pela madeira, de um lado para o outro, de um lado para o outro, como se isso pudesse acalmá-lo.

"Eles saíram do nada. Não sei como aconteceu, porque, como eu disse... não dava para ver nada em direção nenhuma. Mas fomos emboscados. Foi rápido pra caralho. Em um segundo estávamos, tipo, 'coitado do garoto', e no próximo... Williams foi o primeiro a cair. Ele estava dois passos à minha frente, e acho que o vi ser atingido... vi o sangue antes de registrar o som de tiros."

Aperto os lábios, louca para dizer que não precisa fazer isso, mas sabendo que, em algum nível, ele *precisa*.

"Tinha seis de nós aquele dia, mas quatro morreram em menos de um minuto. Todo o treinamento, todas as armas não significam nada quando está só você, as balas e o inimigo, pois só leva um minuto. Fico revivendo o que aconteceu... de novo e de novo, e não sei por que não mataram nós todos bem ali. Acho que a intenção era essa, porque tanto Alex quanto eu fomos atingidos também. Levei um tiro idiota na perna e outro no ombro. Mas ele... atiraram no estômago de Alex. É a pior coisa. Todo mundo diz isso, mas só vendo dá pra ter noção. Só vendo a agonia no rosto dá pra entender que é muito pior do que levar uma bala direto no coração ou entre os olhos."

Alex. É o nome que ele chama durante a noite. Tenho vontade de vomitar, mesmo sabendo que não chegamos ao fim da história.

Paul continua. "Mal registrei a dor na perna. Recorri ao fogo aberto quando notei que meu ombro não estava se movimentando como deveria. Mas não fazia diferença. Alex me chamou enquanto os inimigos se aproximavam, e ele estava... *atordoado*. Eu o encontrei deitado no chão, com metade do corpo por cima de Clinksy. Alex só me olhou, como se perguntasse o que estava acontecendo."

Paul engole em seco.

"Quer dizer, que porra a gente deve fazer quando seu melhor amigo está ali, com um buraco no estômago? O que você diz? 'Você está morrendo, cara. Todos vamos morrer.' Mas, então, os cretinos chegaram. Estavam apenas em quatro, e tenho vergonha de dizer que não agi rápido o bastante. Dei alguns tiros a esmo, mas a última coisa de que me lembro daquela estrada deserta foi a fração de segundo que pareceu que meu cérebro tinha derretido."

Levanto, indo por trás dele para descansar minha bochecha em suas costas e abraçar sua cintura. Sua mão pega a minha, e Paul volta a falar, as palavras saindo um pouco mais rápido agora, como se estivéssemos chegando ao fim da história.

"Quando dei por mim, estávamos em uma sala escura cheirando à merda e sangue. Eu estava amarrado, e ao meu lado..." A respiração dele fica entrecortada. "Alex estava ali. Eles nem o amarraram. Provavelmente porque àquela altura estava... não havia restado muito dele. Nem sei como sobreviveu por tanto tempo."

Ao ouvir a dor em sua voz, lágrimas começam a rolar pelo meu rosto.

"Sabe o que é pior? Quando vieram pra cima de mim com a faca, acho que só queriam me machucar. Depois... ficou todo mundo dizendo que queriam alguma coisa. Informações, ou sei lá o quê. Mas acho que só queriam se afirmar. Todos riram quando o menorzinho ficou à minha frente, com um hálito podre como se algo tivesse morrido ali dentro da sua garganta, e pôs a lâmina serrilhada na minha bochecha."

Meus dedos apertam sua barriga. Quero pedir que pare.

"Doeu. Parece pouco dizer isso, considerando que tinha visto meus amigos morrerem, mas doeu quando fizeram essas linhas no meu rosto como se eu fosse um pedaço de carne. Mais do que as três balas na panturrilha ou a outra no ombro, a faca doeu."

Não consigo segurar o soluço, e ele vira para me encarar, me puxando para si como se *eu* precisasse de conforto.

"Como..." Minha voz falha. Umedeço os lábios e tento de novo. "Como você escapou?"

Ele solta o ar devagar, fazendo meu cabelo voar. "Queria poder dizer que bolei um plano engenhoso, mas, naquele lugar, eu era como um animal no matadouro. Foi Alex quem me salvou."

É a voz de Paul que falha agora.

"Ele ainda estava vivo. Por pouco. Mas estava vivo. Dois afegãos tinham saído da sala para fazer sei lá o que, e ficou apenas o cara batendo em mim. O idiota estava tão ocupado rindo e admirando o trabalho que havia feito em meu rosto que não teve a chance de reagir quando Alex pegou a arma do cinto dele e atirou entre seus olhos. Os outros correram para a sala como um bando de palhaços, e Alex atirou neles também. Os caras nem eram profissionais. Eram peixe pequeno. Estavam ressentidos pelo fato de estarmos lá, e, por isso, nos usaram como uma forma de distração. Mas não importa que não fossem os mais inteligentes ou os mais rápidos. Armas são indiferentes a quem puxa o gatilho, e a bala no estômago de Alex o destroçou de dentro pra fora."

Minha garganta está seca, e não é a primeira vez que penso em como meus problemas são pequenos em comparação aos dele. Em comparação aos de *qualquer* soldado.

As mãos de Paul se movem para cima e para baixo nas minhas costas enquanto fala. "Todos os documentos acusam tortura. Tem que ser assim, para explicar meu rosto e por que não fomos todos mortos na estrada. Mas não foi tão ruim quanto poderia ter sido. Não pra mim."

"Paul, não diminui tudo pelo que você passou."

Ele me lança um sorriso triste. "Mas estou vivo, Olivia. Não entende? Estou vivo enquanto todos eles morreram."

"O que aconteceu... depois?", pergunto. Não tenho certeza de que quero saber, mas sei que ele precisa contar.

Paul engole em seco. "Alex morreu na minha frente. Com a arma nas mãos. Nem consegui ir até ele. Mas tentei." Sua voz falha. "Puxei e puxei as malditas cordas, gritando por ele, dizendo que aguentasse, que eu ia ajudar. Mas não ajudei. Ele só escorregou para o chão, com sangue saindo da boca. Só ficou olhando pra mim."

Estou chorando agora. É muito pior do que eu tinha imaginado, e eu tinha imaginado muita coisa.

Ele continua. "Sabe como, nos filmes, sempre dá pra dizer quando a vida de alguém se esvai? Tipo, os olhos da pessoa simplesmente... mudam? Eu não soube. Alex continuou olhando para mim. Não sei em que momento morreu."

Eu o abraço mais forte, ainda que saiba que não vou conseguir livrá-lo da dor.

"Fomos encontrados no dia seguinte. A porra da cavalaria apareceu tarde demais. Acho que eu deveria ser grato por terem conseguido me achar. No hospital, disseram que algumas crianças haviam mencionado 'uns americanos mortos'. Não me lembro de nada da missão de resgate, nem me dei ao trabalho de perguntar a respeito."

Paul fica em silêncio por um breve momento antes de continuar.

"Não liguei pra nada por muito, muito tempo. Nem pra tudo o que fizeram pra salvar minha perna. Nem pro cirurgião plástico que meu pai contratou pra mexer no meu rosto. O único momento em que senti alguma coisa foi quando a mulher de Alex foi me visitar."

Meu coração fica entalado na garganta. "Ele era casado?"

Paul se afasta para me olhar. "Amanda. Eles estavam juntos desde os quinze anos, porra. Eu já a conhecia, do baile dos Fuzileiros Navais. Era a mulher perfeita para ele. Corajosa, doce e maravilhosa."

Enxugo o nariz na manga.

"E ele tem uma filha. Uma menininha chamada Lily, que está doente pra caralho. Câncer, do tipo que tem as piores opções de tratamento e prognósticos ainda piores."

Ele se afasta de novo para me encarar, e as lágrimas fazem seus olhos brilhar. "Faço o que posso para ajudar. Os cheques que recebo do meu pai não são pra mim. Nunca foram. Mas o dinheiro não substitui Alex. Não substitui nenhuma das pessoas que morreram lá."

"Paul..."

"Menti pra ela, Olivia. Disse a Amanda que Alex tinha morrido de um jeito glorioso, e essa parte é verdade. Mas também disse que foi rápido e que ele não sofreu. Acho que ela sabia que eu estava mentindo, mas segurou minha mão tão apertado para agradecer... mesmo eu tendo sobrevivido, e não seu marido. Eu... eu falei que ele tinha me pedido para dizer que a amava. Alex não tinha forças pra dizer mais nada, então inventei suas últimas palavras. Eu *inventei* as últimas palavras de um homem, Olivia."

Seguro seu rosto, passando o dedão com delicadeza sobre as cicatrizes. "Você fez bem, Paul. Fez bem para seu amigo e a família dele. Alex ia querer que Amanda recebesse algum tipo de gentileza."

Paul solta uma risada áspera, como se não acreditasse em mim. Mas me deixa abraçá-lo quando começa a chorar.

E, por enquanto, é o bastante.

32

PAUL

"Não achei que fosse possível, mas sua namorada está ficando *pior* nos dardos com a prática", Kali diz, colocando outra cerveja à minha frente antes de se jogar na cadeira ao meu lado.

Já faz algumas horas que estamos no bar, e Kali se alterna entre atender os clientes e ficar conosco no fundo do salão.

Levo um minuto para me dar conta de que não fiz uma careta quando disse "namorada". Olivia não é minha namorada. É minha...

Merda. Não tenho ideia do que ela é, mas "namorada" parece ao mesmo tempo exagerado e muito pouco. Olivia é mais que isso.

Ainda assim, não temos futuro. Temos? Não me permito pensar muito a respeito. Depois daquela noite diante da lareira, quando eu contei tudo, as coisas estão... ótimas. Prefiro mesmo nem pensar a respeito.

Eu não estava mentindo quando disse a Olivia que no Afeganistão tínhamos medo de atrair coisas ruins se pensássemos nelas. Agora, tenho ainda mais medo de dar sopa pro azar falando das coisas boas com Olivia.

E é *bom*. Tudo. O sexo, a conversa, correr juntos. Adoro até o jeito todo especial como ela dorme abraçadinho, desde que seus membros não atinjam partes vitais do meu corpo. Olivia é tudo pra mim.

Mas não falo a respeito. Não posso.

"Argh, você está viajando, né?", Kali diz, tomando um gole da minha cerveja. "Tem ideia do quanto mudou desde aquela primeira noite em que entrou no bar e comprou briga com um bando de moleques bêbados. Não vai me voltar atrás agora."

Envolvida com os dardos, Olivia solta um resmungo ultrajado, e eu balanço a cabeça ao constatar que, apesar das instruções que Darcy "Dardos" Martinez cuidadosamente passou para ela, Kali está certa. Olivia está, de fato, piorando.

Mas também está se divertindo. E, surpreendentemente, eu também.

"Muito melhor", Kali diz, fazendo um sinal de positivo em direção ao meu sorriso. "Você faz isso sempre que olha pra ela, sabia? Sorri."

Afasto sua mão. "Para com isso."

Kali volta a cair na cadeira. "É que é tão romântico. Um anjo lindo interferindo pra salvar um cara desprezível e mal-humorado, com potencial de ser um assassino recluso."

"E feio. Não esquece", digo, sem me importar.

"Não", Kali diz, assentindo em agradecimento quando um dos funcionários traz uma *cuba libre* pra ela. "Você era bonito demais antes. Ficava até difícil comer com toda aquela perfeição por perto. Me deixava enjoada. Agora você tem personalidade. Ficou bem em você."

"Você está dando em cima de mim, Kal?"

"Hoje, não. Mas tenho que admitir que fantasiei algumas vezes que você apareceria depois de todos esses anos, ficaria estupefato com a minha beleza e perceberia que eu sempre tinha sido a garota certa pra você."

"É?", pergunto, olhando desconfiado pra ela. Kali sempre teve esse jeito meio desconcertante de falar, sua voz bem doce e sincera, então você se deixava levar e depois descobria que ela estava brincando com você o tempo todo.

"Mais ou menos", ela responde com um sorriso rápido. "Vamos apenas dizer que desisti dessa fantasia alguns meses depois que seu pai comprou a casa que vocês costumavam alugar no verão. Eu esperava que você aparecesse no Frenchy's ou na minha casa. Mas nunca aconteceu. Você nem ligou."

Faço uma careta. "Desculpa."

Isso não parece o bastante. Ela era uma boa amiga, e eu a deixei de fora como fiz com todo mundo. Não sei como dizer o quanto estava perdido — a essa altura, tudo o que eu disser vai parecer uma desculpa. Não consigo explicar o que mudou.

Não tenho ideia de como contar a alguém, até mesmo a uma amiga próxima como Kali, que centenas de consultas com o psiquiatra não conseguiram me atingir da mesma forma que o toque e o sorriso de Olivia.

"Desculpa", repito.

Kali toca minha mão por um instante. "Tudo bem", ela diz. "Prefiro dizer que é bom te ver e deixar por isso mesmo."

Sorrio, agradecido. Não apenas por sua compreensão, mas pela maneira como inclui tanto eu quanto Olivia em seu círculo social. Pela primeira vez em anos, tenho amigos. São só alguns caras com quem saio para tomar uma cerveja, não estamos próximos nem nada, mas eles me conhecem de antes de eu ser um cretino total e parecem não se importar com o fato de eu já não ser mais tão bonito quanto antes.

Olivia volta para nossa mesa, radiante porque um dardo acertou o alvo. Por pouco.

"Acho que estou melhorando!", ela diz, animada.

"Não está", Kali diz, tomando um gole do drinque. "É a quarta vez esta semana, e você *literalmente* não melhorou em nada. É impressionante, na verdade."

Olivia franze o nariz para Kali e dá um gole no vinho. "Não me faça levar meu jogo para outro lugar, onde os funcionários de fato apoiam minhas habilidades esportivas."

Kali levanta um dedo. "Primeiro: dardo não é um esporte. Segundo: se conseguir encontrar outro bar aberto fora da temporada que sirva um vinho tão bom quanto o meu, fica à vontade."

"É verdade", digo, apontando com a cabeça para Kali. "Aqui a vida noturna não é muito vibrante no inverno."

"A gente devia ir pra Portland", Olivia diz, se inclinando animada para a frente.

"É!", diz Kali, ao mesmo tempo que eu digo: "Nem fodendo".

As duas viram pra me olhar. "Por que não?"

"Em primeiro lugar, você já foi a Portland?", pergunto a Olivia. "Não é exatamente o Village."

Kali revira os olhos. "Para de tentar fazer com que pareça um lugar minúsculo. Não estou dizendo que vai ter uma série de pontos turísticos, mas tem alguns *wine bars* bem bons, além de restaurantes que servem alguma coisa além de anéis de cebola."

"Não." Minha voz sai um pouco mais cortante do que era minha intenção. As duas se olham como quem diz "que porra é essa?".

Será que não entendem? Vir ao Frenchy's é uma coisa. Aqui, as pessoas conhecem minha história; sabem o que esperar. Noventa e nove por cento dos clientes vivem aqui, o que significa que todos já deram uma bela olhada no meu rosto. A não ser pelo bêbado ocasional me encarando, ninguém mais parece notar quando eu entro.

Mas sair de Bar Harbor... Eu estaria pedindo pras pessoas apontarem e encararem. Estaria convidando abertamente a fazerem perguntas, sentirem pena e aversão.

Pior que isso, as pessoas iriam se perguntar o que alguém como Olivia está fazendo com alguém como eu. Ela é maravilhosa, estonteante. Sou no mínimo desfigurado, um monstro, na realidade. Só porque finalmente estou em paz comigo mesmo não quer dizer que os outros vão estar.

A última coisa que quero agora é que Olivia se confronte com uma amostra de como seria a vida real com alguém como eu. As coisas estão indo bem sem isso.

Não posso arriscar. Não vou.

E, lá no fundo, sei que quando ela se der conta de que o resto do mundo não vai aceitar seu Frankenstein particular com tanta facilidade, vai querer mais. Olivia acha que se importa comigo, e eu sei que é verdade. Mas, eventualmente, vai querer ter uma vida normal. Com viagens espontâneas para Las Vegas, cruzeiros de inverno, jantares comemorativos. Não posso oferecer nada do tipo.

O futuro dela envolve festas glamorosas nos Hamptons e caras bonitos de terno. O meu envolve solidão em bares no fim do mundo, como o Frenchy's.

Kali me distrai dos meus pensamentos com um ruído de irritação e corre para o bar, onde o novo atendente limpa de qualquer jeito a cerveja que derramou por todo lado.

Olivia vira para mim, com o mesmo sorriso fácil e apaixonado da semana toda. Ela me puxa para um beijinho, e eu deixo. Mas então aprofundo o beijo, em parte por desejo, mas principalmente por desespero. Sei que, em algum momento, ela vai embora, e pretendo fazer tudo em meu poder para atrasar isso.

Porque, depois que ela se mandar, vou ficar pior do que antes.

Não vou ser só problemático.

Vou estar vazio.

33

OLIVIA

Sabe aquele momento na relação em que tudo vai muito, muito bem, e você começa a pensar que nada pode dar errado, o que é um perigo, porque meio que garante que algo vai dar *supererrado*, em pouquíssimo tempo? Pois é.

Mas...

Estou com dores na canela. Nem sabia que era possível, mas vamos apenas dizer que o trote de até cinco quilômetros dos últimos meses são uma espécie de *aquecimento* para Paul. A perna dele ainda não está em seu melhor. Ela continua incomodando quando pisa errado, então precisamos fazer um intervalo (ah, que pena!), mas, na maior parte do tempo, o cara é uma máquina. Corremos juntos quase todos os dias, desde aquela manhã em que me comprovou que ele *podia* correr. Embora eu ame cada segundo, não consigo mais seguir seu ritmo. É um jogo totalmente diferente, em que a novata se mata para acompanhar o *quarterback* e lenda do treinamento Paul Langdon, que considera um trajeto de oito quilômetros "uma corridinha". Dizer que ele recuperou o tesão é pouco.

"Anda, Middleton!", Paul grita da frente da casa, com as mãos nos quadris, observando enquanto me arrasto até ele.

"Acho que quebrei a canela", digo, arfando.

Pelo menos ele se esforça para parecer compreensivo. "Dor na canela é horrível. Vamos pôr gelo e tirar um dia ou dois de folga."

Fico pasma. "Com um ou dois dias espero que esteja falando de pelo menos uma semana. Minhas pernas estão destruídas."

Paul dá um tapinha na minha bunda quando passo pela porta. "Você está bem. Eu sei disso porque tive as pernas de fato destruídas."

"Por quanto tempo vai usar essa desculpa, hein?", digo.

"Meio que pra sempre", ele retruca, com um sorriso.

Três meses atrás, eu apostaria minha bolsa Chanel preferida que de jeito nenhum Paul Langdon brincaria a respeito de seus ferimentos.

Não que seja assunto para piada. De jeito nenhum. Aquilo por que ele passou, por que todos os soldados passam, merece todo o respeito.

Mas talvez brincar com isso signifique que um dia a expressão assombrada que ainda surge em seu rosto pode sumir com o passar do tempo.

"Quer ver um filme?", pergunto, me apoiando no balcão da cozinha, enquanto ele pega dois pacotes de ervilhas congeladas e coloca sem cerimônia nas minhas canelas. "Tem um cinema por aqui, aliás?"

"Claro. Fica entre o restaurante três estrelas Michelin e o *shopping* com lojas de marca. Nunca viu?"

Faço uma careta. "Então, não?"

Ele descasca uma banana e me entrega metade. "Na verdade, acho que tem um cineminha no centro. Ou pelo menos tinha."

"Eba! Quer ir?"

Ele dá uma mordida na banana com seus dentes perfeitamente brancos. "Não."

Franzo a testa, ainda que já estivesse esperando isso. Ele nunca quer ir a lugar nenhum que não seja o Frenchy's. Por mais que diga a mim mesma que não tem importância, que é só porque não tem muita coisa acontecendo em Bar Harbor, em algum lugar no fundo da minha mente morro de medo de que seja muito mais do que isso.

"O que tá rolando, Langdon? Acho que até entendo por que não ficou animado com a sugestão de ir a Portland, mas você se recusa a experimentar qualquer restaurante, não quer visitar a Kali quando o namorado dela está lá, não topou passar o feriado de Ação de Graças com a minha família, não corre durante o dia porque tem gente demais, e agora nem concorda em ir ver um filme comigo?"

Ele me ignora.

Eu sabia que faria isso, mas o caminho que sinto que estamos seguindo começa a me preocupar. O sexo é ótimo. A conversa também.

Mas somos só nós dois. O tempo todo. Sem nenhum plano futuro de mudar. Entendo por que não quer ir pra Nova York comigo no feriado — nem sei por que perguntei. Mas isso está ficando ridículo.

"E uma livraria?", arrisco.

"Dá pra comprar livros pela internet. Não precisa pagar frete e chega em dois dias."

"Preciso comprar shorts de corrida", contra-ataco.

"Internet."

"Preciso cortar o cabelo", digo, desesperada. "Não dá pra fazer isso pela internet."

Ele dá de ombros. "Então, vai."

"Você vem comigo?"

"Por quê? Eu quase não tenho cabelo, e é fácil manter assim com a maquininha."

"Mas..."

"Desiste, Olivia", ele diz, com a voz cortante.

Fecho a boca e olho para baixo. Então, porque a raiva também está em meio à dor, jogo os sacos de ervilha no balcão sem nenhum cuidado e levanto. "Vou tomar banho."

"Tá." Ele está mexendo no celular e nem olha pra mim.

Engulo uma resposta antipática e conto mentalmente até três, dando a Paul a chance de perceber que está sendo um babaca.

Um, dois, três...

"Ei", ele diz, ainda sem olhar pra mim. "Eu encomendei o *box* de DVD de *A Identidade Bourne* e chegou ontem. Quer fazer uma maratona depois que a gente tomar banho?"

Espero, mas ele continua sem levantar os olhos.

Tá. Já chega.

Tiro o celular de sua mão para que seja obrigado a me encarar. Ele não parece arrependido, só intrigado, o que é ainda pior.

"Não, eu não quero fazer outra maratona infinita, Paul. Nem quero passar o dia todo lendo, ou fazer uma longa caminhada sozinha. Não quero continuar aprendendo xadrez, não quero experimentar a assinatura do serviço de audiobooks que você fez, não quero jogar video game, não quero ir à academia de novo."

"Você disse que gostava de xadrez", ele murmura.

"Não estou falando de xadrez! Ou de filmes de espionagem! Não se trata de gostar ou não de ler diante da lareira com você, porque eu gosto. É só que *isso* não é saudável! Não podemos ficar trancafiados aqui pra sempre."

Uma sombra cobre seus olhos. A prudência e a confusão são substituídas por teimosia e raiva quando fica na defensiva.

Entro em pânico, mesmo que ainda esteja brava com ele. Com os olhos estreitos, digo: "Você pretende me levar pra jantar algum dia? Vamos viajar juntos, nem que seja só um fim de semana?".

Ele aperta o maxilar. "Olivia...".

"Não, espera", digo, levantando a mão. "Vou reformular a pergunta. *Vamos sair desta casa em algum momento?*"

Ele não diz nada, mas seus olhos azuis continuam fixos em mim, imóveis e determinados.

"Ah, meu Deus", digo, recuando. Me sinto um pouco tonta, apesar do fato de isso ter ficado bem claro desde o primeiro dia. "Você não tem a menor intenção de sair."

Ele desvia o rosto.

"Nunca?", pergunto, com a voz falha.

"Olha, por que não vamos para Cape Cod? Meu pai tem uma casa lá e..."

"Me deixa adivinhar", interrompo. "Completamente isolada?"

"Com privacidade", ele corrige.

"Não posso viver assim!", explodo. "Não posso passar meus vinte presa no meio do nada."

Paul levanta para me encarar. "Desde quando? Você sabia exatamente em que estava se metendo quando veio. Aliás, foi por isso que veio, não? Pra fugir de tudo? Pra escapar da culpa? E agora que se perdoou e se deu conta de que seu ex está indo muito bem sem você, vai mudar as regras?"

"Sim! É assim que funciona, Paul. As pessoas lidam com as merdas que aparecem, então superam isso. Seguem em frente."

"Eu segui em frente", ele diz, de braços cruzados.

"Seguiu nada." Aponto para ele. "Achei que você tivesse melhorado, mas na verdade só adicionou outro item à sua coleção particular. *Eu.*"

Paul não responde, e eu solto uma risadinha descontrolada. "Sabe que fui inocente o bastante pra acreditar que tinha ajudado você? Me deixei pensar que tinha conseguido te tirar do buraco, do desespero. Mas foi o contrário, não foi? Você só me puxou pra todo o medo e isolamento."

Paul tenta segurar meus braços, mas eu me afasto, então ele esfrega os olhos. "Você me ajudou, Olivia. E muito. Mas isso não quer dizer que estou pronto para encarar o mundo e lidar com as pessoas apontando e me encarando com pena."

"A única pessoa com pena aqui é você. O resto do mundo não vai se importar com sua aparência, se *você* não ligar."

"É muita ingenuidade sua."

"Tá, então algumas pessoas vão olhar duas vezes. Algumas vão sussurrar. Mas isso não importa."

"Diz a garota com o rostinho perfeito."

"Tá", digo, jogando as mãos para o alto. "Vai em frente, usa isso contra mim. É uma boa carta para ter na manga quando precisar alimentar sua raiva. Sempre que chegar perto de ter uma vida normal você vai se lembrar de que tem cicatrizes e ninguém mais te entende. Esse é o plano?"

"Você não entende mesmo!", ele grita. "Não finja que entenda!"

"Nunca vou entender aquilo pelo que passou, Paul, ou como se sente. Mas entendo que quem está no controle é *você*. E está escolhendo o caminho errado."

Ele solta uma risadinha irônica. "E qual é o *seu* plano? A gente muda pra Nova York juntos e anda de mãos dadas pela Quinta Avenida, olhando as luzinhas de Natal?"

Reprimo um suspiro, porque, na verdade, isso é algo com que sonho. Não precisa ser na Quinta Avenida, mas é isso aí. Qual é o problema? Eu me imagino andando pela minha cidade de mãos dadas com o cara que eu amo. Mostrando os lugares em que cresci, onde dei meu primeiro beijo, indo à minha loja de cupcakes favorita.

Mas sou uma idiota. Ele não aceita nem ir ao cinema.

Paul respira fundo, claramente tentando se controlar. "Não quero prender você, Olivia. Quer ir pra Portland com Kali? Vai. Quer ir pra

Nova York a cada quinze dias? Vai. Vai cortar o cabelo, passear na livraria, ver o filme que quiser."

"Sozinha", deixo claro.

Ele dá de ombros. "Ou com amigos. Como quiser."

"Mas não com você."

Ele aperta o maxilar e olha para os próprios sapatos. "Não comigo."

"Nunca?"

Ele me encara, e o que eu vejo parte meu coração.

"Entendi", digo, tentando engolir o desespero. "Essas são minhas opções. Posso viver na luz sem você, ou ficar aqui na escuridão."

Paul abre a boca como se fosse protestar, mas então se dá conta de que só estou dizendo a verdade. Devagar, ele concorda.

Fecho os olhos, tentando bloquear a dor, tentando não ouvir o desespero com que sussurra meu nome.

Paul tenta me tocar de novo, mas eu recuo, vendo a dor passar por seus olhos antes de deixar que a indiferença assumisse.

É, faz isso, zombo em pensamento. *Vai, vai embora.* É como se todo o progresso nunca tivesse acontecido.

"Há quanto tempo estou aqui?", pergunto, pra ele e pra mim mesma.

Paul dá de ombros. "Faz um pouco mais de três meses."

Assinto, me dando conta de quanto tempo passou.

O bastante para o outono evoluir para o inverno.

O bastante para Paul largar a bengala e deixar de mancar, o bastante para que sentasse frente a frente comigo à luz do dia sem tentar esconder as cicatrizes.

O bastante para que eu perceba que o que aconteceu com Michael e Ethan não faz de mim uma pessoa horrível.

O bastante para eu me apaixonar de uma maneira louca e definitiva por Paul, ainda que fique cada vez mais dolorosamente claro que o sentimento não é mútuo.

E o mais importante para ele...

"Você cumpriu o que seu pai pediu", digo, com um sorriso triste no rosto. "Me manteve por perto por três meses."

O rosto dele se contorce de raiva. "Não faz isso."

"Parabéns. Conseguiu a herança, o cheque em branco, ou sei lá o quê."

"Para. Não foi por isso que..."

"Então, por quê? Por que me manteve por perto todo esse tempo? Por que fingiu que era humano, quando claramente ainda vive como a sombra de um homem?"

Ele pisca, deixando a cabeça cair um pouco para trás diante das minhas palavras cruéis, mas não as retiro. Quero que saia daqui tão ferido quanto eu. Quero segurar um espelho à sua frente e forçá-lo a encarar o covarde que é.

"Não quero que vá embora", Paul diz, com dificuldade, agindo rápido e me puxando para ele, antes que eu possa aumentar a distância entre nós. "É isso que você precisa ouvir? Que eu quero você? Que preciso de você? Porque eu quero, Olivia. Eu preciso."

Coloco as mãos em seu peito, empurrando de leve enquanto meus olhos se enchem de lágrimas. "Eu sei." Minha voz falha. "E é por isso que preciso ir embora. Isso não está certo, Paul. Pra nenhum de nós. Achei que tivesse se livrado da sua bengala, de uma parte da raiva, mas a verdade é que agora sua bengala sou eu."

Ele balança a cabeça, sem entender.

Subo na ponta dos pés e pressiono meus lábios contra os dele, precisando sentir seu toque uma última vez.

Então, recuo.

"Eu te amo, Paul. Mas não posso viver por você."

"Olivia!" Ele soa desesperado agora, e seu rosto está carregado de angústia, mas eu continuo me afastando, enquanto as lágrimas correm pelas minhas bochechas.

"Tchau, Paul."

Então, vou embora. Fiz tudo o que podia por Paul Langdon.

O resto cabe a ele.

34

PAUL

"Você vai ficar bem, sr. Paul."

Tenho quase certeza de que Lindy diz isso mais pra si mesma do que pra mim. Mesmo assim, me agarro um pouco às suas palavras.

"É, eu vou ficar bem", digo, forçando um sorriso. É algo que eu tenho feito bastante ultimamente. Forçar sorrisos. Pelo menos me dou ao trabalho de tentar.

Ela apoia as mãos no topo de uma grande pilha de papéis. "Separei todas as minhas receitas mais fáceis. Coisas que você pode fazer no domingo e deixar as sobras para a semana, jantares rápidos com ingredientes da despensa. E, claro, não deixe de tomar café. Seus ovos são bons."

Ponho as mãos em cima das dela e aperto. Ela me encara surpresa. Em todos os anos trabalhando para minha família, não sei se alguma vez a toquei, mas no momento parece a coisa certa a fazer.

"Obrigado", digo, baixo. "Por tudo."

Ah, meu Deus. A mulher vai começar a chorar, posso ver pelo queixo tremendo e pela maneira como olha para um canto do teto da cozinha e depois para outro.

"Talvez não seja a decisão certa", ela diz, com a voz falha. "Talvez..."

"Não", digo, me inclinando e me forçando a soar simpático, ainda que minhas palavras sejam resolutas. "Você merece se aposentar, Lindy. E Mick também."

E é verdade, mas o *timing* não é dos melhores. Quase duas semanas depois que Olivia me deixou, Lindy e Mick pediram demissão. Eles disseram que queriam me contar pessoalmente, ainda que fosse meu pai quem pagava o salário deles e com quem de fato precisavam falar.

Mas sei o real motivo pelo qual me encurralaram no escritório aquele dia. Não era mera formalidade. Queriam marcar sua posição.

Era a maneira deles de dizer que, se eu tinha deixado Olivia ir, deveria deixar que também fossem embora.

Em outras palavras: se queria viver sozinho, então viveria sozinho *mesmo*.

O lance é que não consigo nem ver os dois como traidores. É claro que ficaram do meu lado antes que Olivia tivesse aparecido. E se mantiveram comigo enquanto assustava todos os cuidadores que meu pai mandava. Na superfície, nada precisaria mudar. Na teoria, deveríamos ser capazes de voltar a ser só nós três, eles fora do meu caminho e eu os tratando com mais educação do que reservava ao resto do mundo.

Mas isso já não é o bastante para eles, e fico contente. Sempre mereceram mais do que ficar com uma fera ranzinza que, em seus piores dias, mal conseguia reunir forças para dizer "obrigado".

"Não vamos estar longe", Lindy disse, se recompondo. "E pode passar o Natal com a gente se quiser. São só quarenta e cinco minutos. E você é sempre bem-vindo."

"Vou ficar bem, Lindy. Não se preocupe."

Mas não estou bem. Estou tão mal que nem tem uma palavra pra isso. Mas já faz dois anos que não comemoro o Natal, e isso não vai mudar agora. Quase consegui ouvir a decepção na voz do meu pai ao telefone quando disse que não ia aparecer para as festas, e Lindy parece igualmente magoada.

Quando vão aprender a não esperar nada de mim?

"Sr. Paul... Paul", ela se corrige, se dando conta de que não trabalha mais pra minha família e de que não tenho mais doze anos.

Não, imploro em silêncio. Mas ela não lê minha mente. Ninguém consegue.

Bom, *Olivia* conseguia. Mas foi embora. Já faz um mês, e não mandou nem uma mensagem ou um e-mail. Nem sei onde ela está.

"Paul", Lindy continua, se aproximando de onde estou sentado, em frente ao balcão. Parece que quer me tocar, mas se segura. "Sei que as coisas parecem... desanimadoras. Todo mundo está indo embora. Mas você entende, não?"

Na verdade, não. Não entendo. Quer dizer, sei que as pessoas não querem ficar perto de mim. Sempre me perguntei por que Lindy e Mick me aguentavam, principalmente no começo, quando eu era ainda pior.

É como se Olivia de alguma forma tivesse dado o exemplo, querendo me obrigar a mudar através do sofrimento.

Nem Kali está falando comigo.

Não que eu ache que Olivia falou com qualquer um deles sobre o que aconteceu. Ela foi embora uma hora depois da nossa conversa.

Mas sua desistência mandou uma mensagem clara: *se o monstro quer ficar sozinho, que fique.*

Tanto faz. Vou ficar bem. Lindy está certa, meus ovos são bons. Sei fazer carne pra taco ou o que for. Ferver a água para o macarrão.

E sempre dá pra comprar comida. Se minha perna está boa o bastante pra correr, certamente está boa o bastante para dirigir.

Não que eu tenha corrido muito. Não curto mais. Até isso Olivia tirou de mim.

Antes eu adorava correr por causa da solidão. Mas agora... só me sinto sozinho pra caralho.

"Se cuida, Lindy", digo, ignorando seu olhar questionador.

Então, faço o impensável: dou um abraço nela. E deixo que me abrace de volta.

Ela se segura em mim por tempo demais, mas talvez eu também. É o mais próximo que eu tive de uma mãe desde que a minha morreu, há séculos.

Mas não posso pensar assim. Um funcionário se aposentando é uma coisa. Uma mãe substituta desistindo de você é algo avassalador. Não quero ver as coisas assim.

"Precisa de ajuda pra carregar o carro?", pergunto ao me afastar, desesperado para mudar de assunto.

"Não, Mick já colocou tudo pela manhã", ela diz, ajeitando o cachecol e voltando a piscar sem parar.

"E onde ele está?"

Lindy mexe de maneira ainda mais deliberada no cachecol, para não ter que me encarar.

Estreito os olhos. "Lindy?"

"Bom..."

Suspiro ao compreender o que acontece. "Meu pai está vindo, não é? Mick foi ao aeroporto."

"Sim", ela diz, com um sorriso inocente. "Acho que Mick quer se sentir necessário uma última vez."

"Merda", deixo escapar.

Não vejo meu pai desde que veio me dizer um monte de merda por ter ousado dar as caras no Frenchy's. Na verdade, depois daquilo, nem tenho mais tanto medo de sua chegada quanto teria alguns meses atrás.

Se alguém vai entender por que não fui capaz de atender às expectativas absurdas de Olivia quanto a sair para fazer compras, ir ao cinema e viajar, é ele. Meu pai nem queria que eu aparecesse na frente dos habitantes deste fim de mundo. Provavelmente teria um ataque do coração se eu seguisse Olivia até Nova York, ou pior, se tentasse voltar à minha antiga vida em Boston.

Desde que Olivia foi embora, questiono minha decisão todos os dias. Meus pesadelos não são mais sobre a guerra, tampouco são uma montagem clichê com todo mundo apontando pra mim e rindo quando apareço em público.

Não, eu sonho com ela.

Os mais sombrios são aqueles com invernos sem fim em que tento alcançá-la sem sucesso.

Mas os piores — os que estão me matando — são os bons. Aqueles em que Olivia ri, ou corre ao meu lado em seu ritmo lento, ou se esparrama pela cama, ocupando todo o espaço.

É nessas manhãs que eu acordo querendo ir atrás dela.

Abro um sorriso severo. Pela primeira vez em muito tempo, quero que meu pai chegue logo. Preciso de uma boa dose de realidade antes que corra atrás de Olivia, como se a vida fosse um grande conto de fadas com um final feliz.

Dou um último beijo na bochecha de Lindy. "Se não vir mais você... obrigado. Por ter estado presente."

E lá vão seus olhos de novo, se enchendo de lágrimas. Então, Lindy dá um tapinha desconfortável no meu rosto.

Eu a observo deixar a cozinha. É a segunda mulher em um mês a fazer isso.

Vou para o escritório. Não consigo acreditar nisso, mas fico de fato olhando para o relógio da minha mesa, esperando pela chegada do meu pai. Deveria ter perguntado a Lindy quanto tempo faz que Mick saiu, mas provavelmente isso só faria com que os minutos passassem mais devagar. Eu deveria ter me acostumado. Nos últimos tempos, os dias têm sido longos demais, e não só porque parece que fica escuro até o meio-dia e logo depois das três.

Os dias são longos porque estou entediado. Revirei o cérebro pra tentar lembrar como costumava preencher o tempo. Procurei voltar alguns meses atrás, quando os dias, as semanas e os meses passavam em um borrão. Mas nem o uísque parece ajudar mais.

Devagar, a solidão sem fim está me sufocando. E eu deixo.

"Paul."

Estremeço um pouco no sofá, onde estou jogado, entrando em *links* aleatórios no laptop sem ler nada. Estou viciado em internet ultimamente. Não tinha ideia de que havia tanta bobagem esperando para ser absorvida por mentes vazias e entediadas.

"Pai."

Ele para e me lança um olhar intrigado. Provavelmente porque é a primeira vez que pareço animado com sua chegada. Cara, é a primeira vez em anos que o chamo de pai sem ironia.

"Desculpa não ter ligado antes", ele diz, sentando do outro lado da mesa, como se fosse uma reunião de trabalho. Faço questão de ignorar o aperto no peito. O que eu estava esperando? Um abraço? Depois de anos sem retornar suas ligações e fazer todo o possível para mostrar que não preciso dele?

Dou de ombros.

"Como você está?", ele pergunta distraído, enquanto coloca a pasta na mesa e começa a mexer nos papéis lá dentro.

"Bem", minto. "Ótimo."

"Hum-hum", ele diz, sem levantar o olhar. "Ah, ótimo, aqui está. Sei que poderia ter mandado pelo correio, mas queria me despedir de Mick e Lindy, então pensei em fazer isso pessoalmente."

"Claro", digo, me recusando a me magoar pelo fato de que veio até aqui para ver os funcionários, e não seu filho. Não por mim. Nunca por mim.

Você colhe o que planta, acho.

Ele me entrega uma folha dobrada, e eu a abro pensando que vai ser uma nova exigência que vou ter que cumprir para continuar morando aqui.

Mas está longe disso.

Franzo a testa. "Isso é..."

"A escritura da casa", ele diz, fechando a maleta com um clique. "Você cumpriu sua parte do trato. Três meses com a mesma cuidadora."

Seu tom é monótono. Se está decepcionado com o andamento das coisas com Olivia, não demonstra. É como se estivesse pouco se fodendo.

Balanço a cabeça. "Você está me dando a casa? Simples assim?"

"Isso."

"E qual é a pegadinha?"

Sua expressão não se altera. "Não tem pegadinha."

"Tá..." Continuo esperando, no entanto.

Meu pai solta um suspiro impaciente. "A casa está paga. As contas do dia a dia são suas, claro, mas você vai receber sua herança em um mês, quando fizer vinte e cinco. Achei que fosse ficar feliz."

Eu *deveria* estar feliz.

Deveria estar dando pulos de alegria.

Posso ficar por quanto tempo quiser, sem nenhuma obrigação. Não vou ter que participar dos joguinhos do meu pai, não vou precisar esconder a bebida de Lindy, não vai ter ninguém para me obrigar a me exercitar, comer direito ou "sair mais".

Sei que de cavalo dado não se olha os dentes. Mesmo assim...

"Sinto que perdi alguma coisa", digo, devagar.

Meu pai esfrega os olhos. "Eu só... não posso continuar com isso, Paul."

A tensão no meu peito fica ainda pior. "Com o quê?"

"Tentar ajudar alguém que não quer ser ajudado. Achei que trazer Olivia de alguma forma mexeria com sua cabeça, e em algum nível sei que mexeu. Você não parece mais morto, nem está sempre bêbado."

"Continuei indo ao Frenchy's", eu interrompo. "Sinto muito se incomoda você, mas..."

"Para." Ele levanta a mão. "Eu estava errado quanto a isso. Só não queria que se machucasse. Achei que era cedo demais, mas estava errado. Na verdade, gostaria que tivesse feito isso antes. E gostaria que se forçasse a fazer mais do que se enfiar em um bar local pelo resto da vida."

Solto um grunhido. "Você também?"

Meu pai aperta os lábios. Se falou com Olivia e sabe como as coisas terminaram, não diz nada.

"Eu te amo, Paul."

Engulo em seco.

"Te amo muito, por isso não posso mais assistir a você fazendo isso. Se quer viver sozinho aqui até se tornar um velho ainda mais rancoroso do que você já é, não vou impedir você."

"Chega de babás?"

"Chega", ele diz, levantando. "Todas com exceção de Olivia foram uma total perda de tempo. E nem ela conseguiu o que eu esperava que conseguisse."

"Pai..." Respiro fundo e digo o que deveria ter dito há muito tempo. Não porque quero que pense que sou um herói, mas porque não suporto que pense que o extorqui por todos esses anos. Quero que saiba que seu dinheiro foi para algo mais importante que o estoque de uísque de seu filho inútil. "Sabe quem é Alex Skinner?", digo, sem saber bem como começar.

"Sei."

"Bom, ele era..."

"Eu *sei*, Paul. Sei tudo a respeito. A mulher, a filha, a situação delas."

Meu queixo cai.

"Quando? Como você...?"

"Tenho muito orgulho de você", ele diz, sem se dar ao trabalho de responder minha pergunta. Conhecendo meu pai, provavelmente chantageou a CIA ou coisa do tipo. "Não contei que sabia porque era a única coisa importante com que parecia se preocupar, e achei que, se metesse o nariz, você desistiria só de birra."

Abro a boca para retrucar, mas uma parte de mim teme que esteja certo. Sou assim mesmo.

"Vou tomar conta delas, Paul. Prometo. Você não vai mais receber cheques meus, mas vai ter a casa."

Meu cérebro continua tentando processar tudo. Não estou nem aí pro dinheiro; vou sobreviver. Ou pra casa, na verdade. Mas parece que... estou sendo abandonado. "Espera", digo. "Então chega de me atormentar para ir ao psicólogo, ao médico ou..."

"Chega de tudo, Paul. Esta vai ser minha última visita."

Ele levanta, mas eu continuo sentado. "Espera. Você não vai mais passar aqui? Não vou ver mais meu próprio pai?"

O rosto dele se contorce por um segundo, antes que fique apenas uma expressão indiferente. "Moro em Boston. Sempre estarei lá se quiser me ver. Sempre."

Sua expressão me diz que não espera que eu o visite. *Ninguém* espera. Me certifiquei disso.

"Você está me dando as costas, então?", pergunto, levantando a voz para que me ouça enquanto sai.

Meu pai me lança um olhar suave por cima do ombro. "Não é o que você sempre quis?"

35

OLIVIA

Estou morando sozinha.

Pela primeira vez na vida, pago aluguel.

É um estúdio antigo e minúsculo entre o Upper East Side e o Harlem. Cheira a comida tailandesa e tem vista para um centro de reabilitação.

Mas é meu. Pago com meu salário, que recebo de uma empresa de verdade, não de um executivo qualquer que nem se dá ao trabalho de cuidar do filho problemático.

Estou trabalhando para o pai de Ethan. (Eu sei, é irônico.)

Como uma completa idiota, fiquei tão envolvida em minha obsessão por Paul que nem pensei no que faria quando os três meses passassem. Saí pela porta aquele dia com o coração partido e nenhuma perspectiva de conseguir um emprego.

Então, fiz o impensável. Liguei para o sr. Price e pedi um estágio ou o que fosse. Depois da minha tentativa espetacularmente desastrosa de ser cuidadora, pensei que talvez o mundo dos negócios fosse melhor para mim, no fim das contas.

Estou fazendo algumas aulas numa faculdade comunitária para conseguir meu diploma. Meu pais estão desesperados que eu tenha feito tudo isso só para voltar atrás. Estão certos num ponto: teria sido mais fácil simplesmente cursar o último ano na NYU, junto com meus amigos. Mas não sei como explicar que aquilo não era pra mim. Precisava fazer algumas coisas antes, descobrir mais sobre mim mesma antes de me dar conta de que, sim, a ideia original do mundo dos negócios era escolha certa o tempo todo.

Mesmo assim...

O salário inicial de assistente de marketing não sobra muito pra luxos. A certeza de ter água quente é coisa do passado, e o aquecedor do meu prédio parece ter dois níveis: "desligado" e "pelando".

Mas estou conseguindo. Sozinha.

No entanto, a verdade é que, quando vejo meus pais uma vez por semana pra jantar e eles me perguntam se preciso de dinheiro ou mencionam que seus amigos vão passar o resto do ano em Paris e poderia ficar de graça no apartamento deles na Park Avenue, fico tentada a aceitar a oferta. Só um pouquinho.

Deveria existir todo um orgulho em fazer as coisas por si mesmo, e acho que há, mas sinto falta dos restaurantes badalados e da eterna conta bancária só para comprar roupas da minha vida passada. Estaria mentindo se dissesse que não era mais fácil antes. Mas também era meio vazio.

O tempo que passei no Maine, embora tivesse sido noventa e cinco por cento um desastre, também me mostrou que eu prefiro errar sozinha do que fazer a coisa certa por causa de outra pessoa.

Foi por isso que não deu certo com Ethan. Eu estava com ele porque deveria estar. O mesmo aconteceu com a NYU. Eu estava lá porque deveria ser a aluna perfeita.

E agora?

Agora estou no caminho certo.

Bom, pra ser sincera, me sinto um pouco perdida. Mas pelo menos comecei a entender o que eu *não* quero, e é um começo.

Sou voluntária no sopão da Décima Primeira Avenida todo domingo. Não porque queira continuar me punindo pelos erros do passado, mas porque parece certo.

Cheguei à conclusão de que o melhor que cada um de nós pode fazer é reparar da melhor forma possível os erros que cometemos com as pessoas que magoamos, e se esforçar mais no futuro. Um dia por vez e tudo o mais.

Mas não consigo esquecer Paul. Quero tirá-lo da minha cabeça. Passo muito do meu tempo fazendo isso. Ou tentando, pelo menos.

É sexta à tarde. Certamente o momento errado para se lamentar.

Quando só estudava, eu achava que as tardes de sexta eram maravilhosas, mas a euforia diminui agora que trabalho.

Não me entenda mal, gosto do emprego. Como assistente de marketing, sou mais como a assistente do assistente do gerente, o que significa basicamente que faço cópias. Mas, depois de apenas três semanas, vejo um caminho claro à frente, e isso é meio legal. Não sei se vou me ater a ele, mas até agora me parece muito mais adequado que a história de ser cuidadora. Acho que dificilmente o marketing vai partir meu coração, e isso já é uma vantagem.

Independentemente do trabalho, beber alguma coisa para comemorar o fim da semana parece perfeito agora.

Depois de descer as escadas para o metrô, puxo o celular para mandar uma mensagem para Bella. Como acontece com as melhores amizades, continuamos exatamente de onde tínhamos parado, como se eu não tivesse passado os últimos três meses no Maine, quase sem nenhum contato.

Como sempre, ela lê minha mente, e vejo que já me mandou uma mensagem. *Vinho hj à noite? Um balde, no mínimo.*

Sorrio e respondo. *Na minha casa?*

Ela escreve de imediato. *Nem pensar. Minha blusa ainda tá com cheiro do pad thai da última vez. Fiquei sabendo de um* wine bar *novo em Hell's Kitchen. Te mando os detalhes.*

Quando chego ao meu prédio, nem me dou ao trabalho de esperar pelo elevador. Em um dia bom, fora do horário de pico, ele é lento como uma tartaruga. Às seis da tarde de uma sexta nem sonho em vê-lo, considerando que tem um caminhão de mudança estacionado do lado de fora. Alguma pobre alma está prestes a se dar conta de que a cama, o sofá, a cômoda e todos os outros móveis não vão caber na caixa de sapatos que é o elevador. Coitada.

Subo dois degraus por vez. Gosto de fingir que assim me exercito. Estou cansada quando chego ao sexto andar, provavelmente porque não corro desde que voltei do Maine. Sei que é idiota, mas correr me faz lembrar dele.

Assim como sanduíches de peito de peru.

E livros.

E uniformes militares.

E qualquer pessoa com olhos azuis.

Viro para minha porta e quase bato em uma pilha de caixas. Parece que o novo morador está vindo pro meu andar.

Por favor, por favor, que não seja um cara bizarro.

Acho que, desde que não seja um aspirante a músico, vou ficar bem. Já tem uma garota assim no apartamento ao lado do meu. Ela jura que tem futuro em *"folk rap"*. É. Parece que isso existe. Porque eu a ouço tocando.

Como disse, preciso de um vinhozinho.

Um cara corpulento cheio de tatuagens sai do apartamento que devia estar vago para pegar algumas caixas. Ele me dá uma secada indiscreta e lambe os lábios. Eu poderia matá-lo pelo jeito como o encaro, mas o homem só me manda um beijinho.

Cretino. Definitivamente, não estou mais na Park Avenue.

Bella ainda não me escreveu, então me sirvo uma taça de vinho e me acomodo na namoradeira com minha biografia do Andrew Jackson depois de tirar os sapatos.

É. Voltei a ela.

Fui para Bar Harbor com dois objetivos: (1) curar Paul Langdon e (2) terminar este maldito livro. Estou determinada a conseguir pelo menos uma dessas coisas, e certamente não vai ser a primeira. Paul deixou isso bem claro nas semanas que se passaram.

Não é que eu estivesse esperando que viesse atrás de mim ou coisa do tipo. Quer dizer, se não tem coragem nem de ir ver um filme no Maine, definitivamente não vai aparecer no meu escritório em um gesto romântico. Para tanto, ele teria que se importar.

Para tanto, teria que me amar tanto quanto o amo.

Rá. *Amava*, no passado. Preciso deixar essa história pra trás.

Ouço uma batida na porta. É Maria, a *folk rapper*.

"Oi. Preciso de maisena", ela diz, esticando a mão como quem diz "mandaí".

Sério?

"Não tenho maisena", digo.

Maria franze o nariz, irritada. "É um lance que um vizinho faz pelo outro. Uma xícara de maisena, ou algo do tipo."

"Na verdade, acho que é uma xícara de açúcar. Isso eu tenho, se precisar."

Tenho uma tonelada de açúcar. Estou disposta a reproduzir a receita de *cookies* da Lindy, mas até agora não cheguei nem perto.

"Tá, pode ser. Me dá o açúcar, então."

Franzo a testa. "Espera aí. Você precisa de açúcar ou maisena?"

"Maisena, mas aceito o açúcar."

Balanço a cabeça, confusa. "Um não substitui o outro."

"Quê?"

Ai, meu Deus. Eu deveria ter trazido minha taça de vinho. "Açúcar e maisena. Não é a mesma coisa."

"Então, o que posso usar no lugar da maisena?"

Quero dizer que procure no Google como qualquer outra pessoa, ou que vá até o mercadinho e compre a porcaria da maisena, mas mantenho a expressão simpática. Talvez, eu realmente venha a precisar de uma xícara de açúcar um dia.

"É só para engrossar? Talvez dê certo com farinha", digo. Lindy ficaria superorgulhosa.

"Oi?"

Sorrio, tentando ser amistosa. "Não leve a mal, mas talvez você devesse comprar comida pronta."

"É, acho que sim."

"Então, tá", murmuro, começando a fechar a porta.

Ela não deixa. "Já viu o vizinho novo? Bem gatinho."

"É, eu vi. Força e devassidão não é exatamente o que eu procuro."

"Nem eu, porque sou lésbica. Mas, de qualquer maneira, esse não é o vizinho novo. É o cara da mudança. Bruce."

"Bruce é o cara da mudança ou o novo vizinho?", pergunto, me questionando por que continuo com essa conversa.

"O cara da mudança, claro. Ele é bizarro."

Minha cabeça está girando.

"Mas eu total mudaria de lado pelo vizinho novo", Maria sussurra, chegando mais perto.

"Boa sorte com isso", digo, olhando por cima do ombro de forma deliberada, como se dissesse que é hora de ir.

"Bom, obrigada por nada", ela diz, com um aceno. "Acho que vou de Tasty Thai de novo esta noite. Ah, e antes que eu esqueça... vou tocar em um lugarzinho novo na Noventa e Seis com a Lex amanhã, se quiser ir. Mas não sei se é seu tipo de coisa...", Maria diz, depois de olhar pra minha roupa de trabalho, calça social e malha.

"É, talvez não. Mas obrigada pelo convite."

Ela segura a porta antes que eu possa fechá-la, e reprimo um gritinho irritado. Talvez seja por esse tipo de coisa que Paul evita os vizinhos. Porque eles são *um saco*.

"Você pode ir com o novo vizinho."

"Boa ideia!" Arregalo os olhos para parecer disposta. "Vou pensar a respeito!"

Só que não.

"Ele perguntou de você", ela diz, enfiando o rosto pela fresta antes que eu possa fechar a porta.

Franzo a testa. "Quem?"

"O novo vizinho."

Meu coração bate forte, e não de um jeito bom. Nenhuma garota que mora sozinha quer ouvir que seu novo vizinho andou perguntando por ela.

"Isso é... esquisito."

Maria dá de ombros. "Você não pensaria assim se visse o cara. Quer dizer, dependendo do ângulo. Um lado dele é de ator de cinema, mas o outro... sei lá, alguma coisa aconteceu. Mas não estou julgando. Acho *sexy*. Se eu gostasse de homem..."

"Espera." Meu coração sai totalmente de controle. "Espera um segundo. Ele tem cicatrizes no rosto?"

"Isso." Ela levanta três dedos e faz o movimento de uma garra arranhando. "Cicatrizes sinistras. E *sexys*."

Sem dizer nada, fecho a porta na cara dela. Grosseiro? Sim. Necessário? Com certeza. Porque tenho vontade de vomitar.

"Ei!", ela grita do outro lado da porta. "Não fala pra ele que eu contei. O cara me pediu pra não fazer isso!"

Fecho os olhos e escorrego até o chão apoiada contra a porta, enquanto tento me recompor.

Paul está aqui. Não, Paul está *morando* aqui. No meu prédio.

A pergunta é: como me sinto a respeito?

Chocada? Sim. Animada? Talvez. Um pouco brava por ele não ter pego o telefone pra me ligar antes? Com certeza.

Mas nada disso importa, porque, enquanto meu cérebro passa por todas essas reações, meu coração se agarra a uma única coisa: cautela.

Pouco tempo atrás, eu era uma romântica incurável. Acreditava em amor verdadeiro e finais felizes.

Então, eu amadureci.

Beijei o melhor amigo do meu namorado, para depois tentar roubar meu ex da nova namorada.

Daí, achei que poderia compensar tudo isso consertando um pobre coitado que nem queria ser consertado.

Sozinha, ferrei com tudo.

Em outras palavras: romance é algo que deve ficar restrito à Disney e aos filmes água com açúcar. Nem sei se existe mesmo.

O instinto de autopreservação é muito mais seguro. Impede você de sair correndo pelo corredor e se jogar nos braços do cara que ama mais que qualquer outra coisa.

Garante que, se contendo, você não vai dar a outra pessoa a chance de dizer que você não vale a pena, enquanto vai se distanciando.

Significa que você não precisa se preocupar com o momento inevitável em que vai magoá-lo.

Não. Não. Não vou fazer isso. Não vou percorrer esse caminho de novo, não vou me punir pelo que fiz no passado.

Mas...

Tampouco vou seguir em sua direção.

Devagar, eu me levanto, enxugando as lágrimas.

Paul Langdon veio, como se planejasse um final grandioso, e vai conseguir isso. Mas não acho que ele vá encontrar quem esperava.

O fim dessa história vai ser do tipo doloroso, duro.

Do tipo que vai ser melhor para os dois no longo prazo.

36

PAUL

Preciso me lembrar de perguntar a Olivia por que escolheu morar no apartamento mais nojento de Manhattan.

Pego algumas notas que acabei de sacar da minha conta agora vazia e as entrego aos dois grandalhões da mudança. Nenhum dos dois se dá ao trabalho de contar o dinheiro, o que me parece meio idiota, mas pelo menos assim vão embora mais rápido.

Minha casa. Nossa.

O locador garantiu que era o maior apartamento disponível no andar. Um apartamento luxuoso de dois quartos. Tudo bem que tecnicamente há dois cômodos em que caberia uma cama, mas a parte do luxo não sei de onde veio.

E a geladeira pré-histórica? O congelador que não para de fazer barulho? Não, deve ser o chuveiro surrado embaixo do qual *talvez* eu caiba de lado. Ouço um carro buzinar do lado de fora. Não, espera. São *dúzias* de carros buzinando do lado de fora.

É claro que a essa altura sou praticamente imune a isso. Estou nessa cidade há algumas horas, mas bastou a viagem do aeroporto até este prédio para buzinas se tornarem muito naturais para mim. Entendo por que os nova-iorquinos dizem que o barulho nem incomoda mais depois de um tempo. Você *tem* que se acostumar, caso contrário enlouqueceria.

Estou muito, muito longe de Bar Harbor.

Passo a mão pelo rosto e olho em volta, para as caixas entulhadas no espaço ridiculamente pequeno. Não trouxe muita coisa. O essencial para a cozinha, roupas e talvez mais caixas de livros do que dá para ter em um apartamento em Nova York. Mas até meus pertences mínimos lotam este lugar.

Não me importo. Não me importo com o reboco nojento do balcão, com a geladeira minúscula ou com o fato de que meu locador me deixou um bilhete indicando o lugar mais barato para comprar ratoeiras. Não estou aqui pelo luxo.

Estou aqui por ela. Porque Olivia é tudo.

O único problema é que meu grande plano de reconquistá-la parece consistir em mudar para o prédio dela para mostrar determinação e... só. Tipo, esse é o fim da porra do plano.

Estou assustado demais para ir além. Morro de medo de que me mande dar o fora. De que tenha encontrado outra pessoa — alguém que não aja como um garotinho superficial e assustado, escondido em seu castelo porque teme o que as outras pessoas podem pensar.

Eis a conclusão na qual cheguei: não ligo para as outras pessoas. Levei bastante tempo para crescer, mas é a mais pura verdade.

Mas me preocupo com *algumas* pessoas. Lindy. Mick. Meu pai. Kali. Amanda e Lily.

Olivia.

As semanas sem ela foram as piores da minha vida, e eu ficaria feliz em passar o resto do meu tempo como uma atração de circo, com todo mundo apontando na minha direção e rindo, desde que esteja ao meu lado.

Mas aí é que está. Tenho que descobrir como trazê-la de volta.

E é por isso que mudei para este buraco, quando posso pagar por algo três vezes maior, e que não cheire como a Tailândia.

Queria ficar perto dela. *Preciso* ficar perto dela. Mesmo se não quiser mais nada comigo, mesmo se tiver que vê-la entrando com outro cara em seu apartamento, preciso ficar perto dela. Por isso, irei onde ela estiver.

E Olivia está em Nova York. É meio que meu pior pesadelo, mas ela se dá bem aqui. Com seus bons modos e sua inteligência, pertence à nata de Manhattan, em vez de ficar trancafiada no meio do nada. Fui um completo idiota ao exigir dela a segunda opção.

E é por isso que estou aqui. Porque *Olivia* precisa estar aqui. E eu preciso de Olivia, onde quer que esteja.

Abro uma caixa, com a esperança de saber o que lhe dizer depois que tudo estiver arrumado.

Mas sei que não vai ser fácil. Quando você escolhe a solidão patética em detrimento da garota que ama — e eu amo Olivia —, não dá pra simplesmente bater na porta dela e dizer que a quer de volta. Precisa comprar flores, se humilhar em público, ou...

"Gostei do que fez com o apartamento."

Meu coração para por um instante, e a caneca que acabei de desembrulhar vai ao chão.

Olivia.

Fecho os olhos e engulo em seco. Me forço a virar para encará-la, mas não consigo me mexer.

"Deveria trancar a porta", ela continua. Pela voz, sei que está chegando mais perto. "É um bairro perigoso."

Em algum lugar no fundo da mente, os alarmes disparam ao ouvir seu tom casual demais. Eu pensava que, no melhor dos casos, ela correria pros meus braços; no pior, eu levaria um tapa na cara. Mas estava enganado. *Este* é o pior dos casos. A indiferença junto com o tom de quem fala com um desconhecido são insuportáveis.

Sinto o coração apertar ainda mais. *Cheguei tarde demais.*

Viro para encará-la.

Parece que ainda está usando a roupa com que saiu para trabalhar. Calça preta, saltos pretos e uma malha. Rosa.

"Olivia..."

Merda. *Merda.* Minha voz sai áspera.

Ou ela não ouve ou não se importa com o fato de eu mal conseguir falar. Não parece se dar conta de que meus braços estão literalmente *tremendo* com a necessidade de tocá-la, e minha garganta arde com a necessidade de dizer que sinto muito.

E que a amo.

As palavras não saem. Tenho medo demais de foder com tudo. Medo demais de que diga o que já sei: que não a mereço.

Seus olhos finalmente encontram os meus, e meu coração para com o que vejo neles: nada.

Nem alegria nem raiva. Nem mesmo dor. Seus olhos estão vazios, muito distantes dos olhos verdes expressivos com que sonho toda noite.

"Então, qual era o plano?", ela diz, dando de ombros e abrindo um sorrisinho. "Você ia mudar pro apartamento do lado como o pior dos stalkers, perguntar a uma vizinha sobre mim e...?"

Não sei.

Senti sua falta.

Te amo.

Por favor, me ama de volta.

"Oi", digo.

Pelo amor de Deus, Langdon.

Ela levanta as sobrancelhas. "Oi?"

Enfio as mãos nos bolsos traseiros da calça para evitar tocá-la.

"Surpresa?", digo apenas.

Dessa vez seus olhos se estreitam.

Definitivamente não está indo como eu esperava.

"Eu queria fazer algo grandioso", acrescento, depressa. "Mas ainda não tinha decidido o quê. Pensei em aparecer no seu trabalho pra fazer uma serenata, só que não sei cantar. Até considerei me vestir como Andrew Jackson, só porque Ethan sugeriu uma fantasia, e..."

Ela levanta a mão. "Espera aí. Para de falar um pouco. *Ethan?* Foi assim que você me encontrou?"

"Meu pai conhece o pai dele e..."

"Claro que sim. Malditos ricaços...", ela murmura.

"... fiquei sabendo que estava trabalhando pro sr. Price."

"Você tem meu telefone!", Olivia grita, e toda a aparência de calma e indiferença desaparece. Ela está brava. E não terminou. "Você tem meu telefone, meu e-mail e já provou que é muito bom em stalkear pessoas nas redes sociais. Foi o que fez comigo!"

"Eu sei", digo. "Mas..."

"Seis semanas, Paul. Faz seis *semanas* que você me deixou ir embora. Não, que me *empurrou* pra fora da sua vida. Passei as primeiras duas numa incredulidade raivosa, certa de que ia ligar para se desculpar. Passei a terceira e a quarta semanas às lágrimas, porque percebi que você não ia ligar. Semana passada fiquei puta. Puta por ter preferido a solidão ao amor."

"E esta semana?", eu me forço a perguntar.

A voz dela falha, e eu não consigo me controlar. Tento chegar mais perto, mas Olivia recua. A rejeição queima, mesmo sendo esperada.

Ela levanta o queixo e, embora a provocação em seu rosto faça meu coração doer, também tenho vontade de aplaudir. Olivia não é mais a garota complicada e cheia de desprezo por si mesma que apareceu na minha casa há quase seis meses. É uma mulher orgulhosa e maravilhosa que sabe o que quer e, o mais importante, sabe o que merece.

E o que ela merece não é um covarde como eu. Mas tenho que tentar.

"Esta semana?", ela repete, com a voz calma de novo. "Esta semana superei tudo. Superei você. Não sei por que veio, Paul, mas queria que tivesse ligado antes, porque poderia ter te poupado do trabalho de vir pra esse buraco. Acabou, Paul. *Acabou*."

Não!

O pânico me rasga ao meio. De alguma forma, é pior do que o que aconteceu no Afeganistão ou desde então. E sei por quê. Porque Olivia me ensinou a amar. Ela fez algo dessa magnitude. Me ensinou a *viver*.

E não quero fazer nada disso sem ela.

Eu me aproximo, e ela se afasta. "Vim aqui por você", digo. "Iria a qualquer lugar por você."

Ela ri, irônica. "E levou todo esse tempo pra descobrir isso?"

"Levei." Minha resposta simples parece tirar seu chão, então prossigo. "Não tenho orgulho do que fiz. Nem um pouquinho. Queria não ter deixado que fosse embora? Claro. Queria ter caído na real antes? Claro. E, talvez, se eu tivesse levado só um ou dois dias pra clarear a mente, então teria ligado pra você. Mas quando alguém fode as coisas como eu fiz, não basta ligar. Nem mandar mensagem ou e-mail. É preciso ir até a garota e *implorar*."

Olivia dá mais um passo para trás, mas vejo a mudança em seus olhos. É só um lampejo, mas me dá esperanças.

"Não vou te culpar se desistir", continuo, calmo. "Mas não vou a lugar nenhum. Vou ficar aqui, e vai ter que ver minha cara feia todos os dias. Alguns amigos do meu pai estão dispostos a me dar uma chance no mundo dos negócios. As pessoas adoram veteranos reabilitados, e eu não ligo que me contratem por pena. Vou aceitar e provar que valho o risco."

Ela balança a cabeça, e eu fico ainda mais agitado. Olho em volta, procurando por algo que mostre que estou mudando. Meus olhos pousam sobre o copo do Starbucks, e eu aponto para ele.

"Comprei café. Sozinho. Em um Starbucks na Times Square, então dá pra imaginar como estava cheia. As pessoas me olharam. Outras ficaram me encarando, mas não liguei." As palavras saem correndo agora. "Não ligo para nada disso, Olivia. E sei que vai demorar — semanas, meses, sei lá — para mostrar que não vou voltar a me esconder só porque alguém me olha esquisito ou um babaca me insulta. Mas, não importa o que aconteça, vou ficar aqui, porque você está aqui."

As lágrimas correm pelo rosto dela, e eu não sei se é de compreensão, desespero ou felicidade. Pelo menos a indiferença se foi, e eu vou com tudo.

Devagar, me aproximo. Meu coração acelera quando me dou conta de que ela não recua. Pego sua mão e a levo devagar até meu rosto, colocando a palma em minhas cicatrizes. Deixo que me toque. Preciso que me toque.

Olivia soluça de leve. Com delicadeza, eu a enlaço com o outro braço, apoio a mão em suas costas e a puxo em minha direção.

"Não quero ficar sem você", digo, com a voz baixa. "Mas sei que posso ficar, se for o que deseja. Sei que vou sobreviver e ficar bem, por *sua* causa. Você fez com que me sentisse completo de novo. Pegou uma alma infeliz e em pedaços e mostrou como voltar a viver." Engulo em seco e a puxo para um pouco mais perto. "Acho que o que estou dizendo é que não *preciso* de você pra sobreviver, Olivia. Sei que não gostaria que fosse assim, que eu estivesse desesperado e carente. Mas isso não significa que não tenha medo de viver sem você. E não há nada que eu não daria por uma segunda chance — uma chance de fazer você feliz."

Ela se mantém em silêncio, e eu sinto uma coceira suspeita no canto do olho. Pisco depressa para impedir as lágrimas de caírem.

"Por favor. *Por favor.*"

Nem sei o que estou pedindo.

Qualquer coisa. Tudo.

Me ama.

Olivia não me encara. Em vez disso, foca na mão que toca meu rosto. Muito lentamente, ela traça cada uma das minhas cicatrizes, como fez aquela noite diante do fogo, tantas semanas atrás.

"Você está errado", ela diz, baixo.

"Sobre?" Sinto o coração na garganta.

"Disse que eu teria que ver sua cara feia todos os dias." Seus olhos, finalmente, encontram os meus. "Mas seu rosto é lindo."

Fecho os olhos, não me atrevendo a ter esperanças. Levo minha mão livre à sua cintura também, incapaz de soltá-la. Eu me forço a abrir os olhos e encará-la. Chega de me esconder.

"Como vou saber que você não vai desistir?", ela pergunta. Sua voz sai forte, mas seus olhos parecem vulneráveis, e é como se eu tivesse uma faca encostada no meu coração.

Levo meus lábios aos dela por um momento. E então de novo, porque o gosto é tão bom, e senti tanto sua falta. Mas volto para terminar o que comecei.

"Não vou a lugar nenhum. Talvez ainda não acredite em mim, e tudo bem, mas acredita *nisto*." Levo as mãos ao seu rosto, fazendo carinho em suas bochechas perfeitas. "Acredita que eu te amo." Agora são os olhos dela que se fecham, mas eu repito, com certo desespero. "Eu te amo, e entendo se achar que não é o bastante, mas..."

Olivia se joga em mim com tanta força que tenho que dar um passo para trás a fim de não cairmos. Seus braços enlaçam meu pescoço, e ela enterra o rosto ali. "É o bastante", diz, contra minha pele. "É o bastante."

Solto o ar, sentindo como se, depois de semanas, finalmente pudesse respirar direito.

"Vou fazer com que me ame de novo", digo em seu cabelo. "Eu juro."

Olivia se afasta, voltando seus olhos verdes e intimidadores para mim. "Não seja tonto. Em momento algum eu disse que tinha deixado de te amar."

Respiro fundo. "É?"

Ela se inclina para um beijo rápido. E então um pouco mais, quando nossas línguas se enroscam. "É", Olivia diz quando se afasta. "Nunca deixei de te amar. Nem por um momento. Eu estava brava, e triste, e duvidei que tivesse vindo pelos motivos certos. Mas foi um belo discurso,

Langdon. E admito que não sou totalmente isenta de culpa. Pressionei você antes que estivesse pronto e..."

Tapo sua boca, exasperado. "Não... Você estava certa em me deixar naquele momento, e pelas razões que mencionou. Quer que eu faça meu discurso de novo? Parece que não estava prestando atenção."

Ela ri, e eu me sinto no céu. "Aposto que não achava que iria ter que vir a um lugar desses para pôr seu grande plano em ação", ela diz. "Sei que é meio nojento, mas... estou determinada a me virar sozinha, sabe? Sem o cartão de crédito do meu pai e tudo mais."

Concordo. "Certo. Vou fazer o mesmo. Talvez juntos a gente consiga."

Um sorriso ilumina seu rosto. "Fechado! Mas tenho que confessar uma coisa."

Meus olhos se estreitam diante de seu tom malicioso. "Siiiiim?"

"Me livrei daqueles tênis horrorosos que você me comprou. Gosto mais do rosa."

Solto um suspiro. "Em trinta anos você vai se arrepender. Suas juntas vão estar desgastadas e você só vai poder usar sandálias ortopédicas horrorosas, porque seus pés vão estar completamente deformados. Se for sério mesmo..."

"Se for sério, posso pegar sua bengala de cobra emprestada", ela interrompeu. "Daí, eu serei a mal-humorada com a bengala, pra variar."

Eu a tiro do chão. "E vou estar lá com você. *Sempre.*"

Agradecimentos

Sempre fui meio solitária quando se trata dos meus livros. Escrevo, escrevo e escrevo no vácuo, sem primeiros leitores e sem críticas dos meus colegas. O resultado é que, quando saio da caverna três dias antes do prazo final, preciso de um banho e o texto está uma bagunça.

Por isso, agradeço às pessoas que me ajudaram a transformar uma confusão de palavras em uma história. Minha incrível agente, Nicole, que parou tudo o que estava fazendo para ler este livro em um dia. Sim, um dia. Ela tirou os excessos, apontou os nós na história e basicamente deixou o livro no formato necessário para ser mandado à editora. Então, foi a vez de Sue Grimshaw, que o editou em tempo recorde com sua inacreditável habilidade de identificar cada furo na trama. Nic e Sue, vocês não precisam aguentar meu método de trabalho maluco, mas sempre, sempre aguentam... e sou muito grata por isso.

Agradeço também ao resto da equipe de estrelas da Random House (vocês sabem quem são). Muito obrigada por cuidar da parte difícil dos bastidores, que nunca é devidamente reconhecida. Vocês pegam um arquivo e o transformam em um livro. Nós, autores, deveríamos agradecer a vocês todos os dias por isso.

TIPOGRAFIA Adriane por Marconi Lima
DIAGRAMAÇÃO Verba Editorial
PAPEL Pólen Soft, Suzano S.A.
IMPRESSÃO Gráfica Bartira, julho de 2021

A marca FSC® é a garantia de que a madeira utilizada na fabricação do papel deste livro provém de florestas que foram gerenciadas de maneira ambientalmente correta, socialmente justa e economicamente viável, além de outras fontes de origem controlada.